W0214917

FLIC DE QUARTIER

PATRICK DELACHAUX

FLIC DE QUARTIER

EDITIONS
ZOE

Ce livre a bénéficié de
l'aide à la première œuvre de
la Fondation Pro Helvetia

L'auteur remercie Valérie Solano
et Nadine Tremblay de leur relecture
et de leurs conseils

www.editionszoe.ch
Maquette de couverture : Evelyne Decroux
Illustration : Alain Babel, *Molard-nuit* (détail)
ISBN : 2-88182-482-X

À mes compagnons de travail
À Pascale, à Kevin et à Megan qui m'inspirent…

I

Fin de nuit

— Quel froid !

Tu relèves le col de ton blouson, enfonces tes doigts gelés dans tes gants en cuir noir. Menottes, matraque, arme de service, il ne te manque que le cœur à l'ouvrage.

— C'est bien du matériel de merde.

Il pleut. Appuyé contre le mur de ce bâtiment vétuste, au coin de ce carrefour encombré, tu lorgnes ce kleenex froissé qui passe devant tes pieds. Il flotte. Ballotté. Il pleut. La chaussée est trempée, l'eau s'écoule sur l'asphalte pour aller s'engouffrer dans les caniveaux. D'un œil, tu observes les bouches d'égout refouler le trop-plein. Toutes sortes de détritus sont entraînés dans les rigoles. Un rat noir suit de près. L'éclairage jaunâtre des lampadaires se reflète sur l'asphalte mouillé. Le flux ininterrompu des voitures dessine les ondulations d'un serpent ; serpent majestueux qui se glisse entre les immeubles ; corps lumineux qui suit inlassablement les contours de la route. Il fait nuit. Il pleut. Les enseignes des établissements publics, bars, cabarets, brasseries, restaurants et hôtels, répandent des lumières tantôt blanches, tantôt rouges, tantôt bleues, tantôt violettes. Traits de couleurs sur les bâtiments noirs. « Des lucioles… un bal de lucioles ! » penses-tu. Ton véhicule de service est stationné le long de la chaussée. Tu tends l'oreille, tu as perçu le crépitement de la radio : « L'appel est-il pour moi ? te demandes-tu. Non, pour un autre flic. »

Quatre heures du matin. Un cri. Tu relèves les épaules, te mets en mouvements, fatigué. Tu jettes un coup d'œil en direction de la voiture de service, ton collègue y dort à poings fermés. Tu le laisses tranquille. Alors tu marches ou plutôt traînasses, et penses, penses que ces nuits de service n'en finissent pas. Tu sais qu'il te faut chercher au plus profond de toi la motivation nécessaire pour accomplir cette énième intervention. Un cri. Tu te figes. Tes yeux s'écarquillent dans la pénombre. C'est la nuit noire. Tu te dis que toutes ces nuits sont différentes et pourtant si semblables. En y réfléchissant, il te semble que ce sont les couleurs et les lumières, parfois à peines aperçues, qui font le lien. Il y a ces éclairages, néons, halogènes, panneaux publicitaires et lampadaires ; mobilier urbain sur fonds noirs, bâtiments noirs. Il y a les teintes, les coloris, les nuances et les grains. Noire. Peau. Jaune. Peau. Blanche. Peau. Ainsi il y a les hommes.

« Ce cri est teinté, teinté de rouge », penses-tu. Et tu te diriges vers cette voix qui demande de l'aide, qui implore protection.

Arc-en-ciel ! Les nuits, noires, ne s'offrent jamais, elles se découvrent ; alors seulement apparaissent les couleurs. Arc-en-ciel ! Les hommes ne s'offrent jamais, ils se découvrent ; alors seulement apparaissent les lumières. Et ces trop nombreuses interventions qui finissent dans la douleur t'ont enseigné que la mort, elle-même, se découvre petit à petit. Seulement alors apparaît sa couleur. Rouge. Dans le quartier, elle se pare de son manteau de sang. Quelquefois, face à elle, tu as croisé son regard d'encre. Tu sais aujourd'hui que si elle te choisit, si elle te désigne, alors tu n'as plus qu'à jeter l'ancre. Tu imagines qu'elle n'est rien d'autre qu'un coup de couteau ou un flingue sur la tempe ; ou alors un poing sur le visage, un coup de pied dans les gencives. Que l'adversaire est à terre, qu'il a peur, qu'il est saisi par les cheveux, qu'il est frappé et encore frappé. Tu penses que tant qu'il ne gît pas, inanimé, il représente encore une menace. Il résiste, est enfin neutralisé quand, inconscient, il baigne dans son sang. Zone rouge. Tu sais te persuader que ce sont les règles de ces vies nocturnes, et qu'ici la mort est réservée aux seuls flics et aux putains.

En ce moment, ce sont les couleurs des cuirs que portent les filles, comme une seconde peau, qui te font voir le fuchsia, le rouge, le noir ou le violet. Corsets, string, bas résilles, talons aiguilles et l'air m'as-tu-vu. Le cuir colle à la peau, cuirasse de protection. Protégées, les filles sortent couvertes. Virus oblige. Couvertes pour autant que le client ne rechigne pas. Tout se monnaye, même la mort. Au-delà de ces couleurs, il y a les odeurs. Les filles sentent. Arômes de chair, nombreux sont les parfums. Mélange, ivresse, les sens en éveil. Patchouli, lavande, rose, santal et musc ; eau de Cologne, eau de parfum, eau de senteur. Tout se mélange, tout se lie, tout se délie. Tu n'oublies pas les sons, les aigus, les graves, bien souvent les stridents. Ces filles-là crient, elles souffrent et hurlent. Tu as compris que les sons les plus démoniaques ne sont pas toujours ceux entendus. Il y a ces sons intériorisés, longtemps cachés au fond de l'être et libérés dans la peur. Il y a aussi le touché, le doigté et les caresses. Longues caresses, caresses de l'âme. Les filles publiques ne sont jamais caressées, elles sont prises, pénétrées, violées. Alors il y a ce goût, goût de sang.

Dans le quartier, auprès de ces bâtiments, de ces trottoirs et de ces établissements publics qui vomissent de la chair, tu ressens les peurs et la désolation des hommes. Malgré cela, tu perçois aussi la joie ; joie des cœurs. Ici, il y a beaucoup d'hommes, ombres faméliques ; ils semblent poursuivis ; jettent des coups d'œil aux alentours ; remontent les épaules, ralentissent pour mieux accélérer par la suite. À la hauteur de chacune des filles qui, comme des sentinelles, semblent veiller sur de minuscules territoires, bouts de trottoirs, les prix se négocient. Un juste prix. Hochements de têtes, et des oui, et des non, des malentendus et finalement un accord. Alors la fille précède l'homme, ils s'engouffrent dans une allée et s'y perdent.

Il y a aussi des voitures, qui freinent et s'immobilisent, les filles s'accoudent aux portières dont l'une s'entrouvre. Furtive, une main se glisse sur la cuisse, palpe la marchandise. Alors la fille jette un regard en coin à ses consœurs. Hésite, se décide, et se faufile à l'intérieur de l'habitacle. Commence alors un voyage… un voyage sans grâce éternelle. Toutes en sont conscientes.

Ce soir, tu as le vague à l'âme, tu es triste et mélancolique. Tu t'interroges beaucoup, beaucoup trop. Tu traînailles depuis plusieurs années dans ce secteur. Tu es étonné de lui découvrir encore de nouveaux secrets. Étonné d'y faire de nouvelles rencontres. Tu aimes ce quartier-là. Il est chaud. Les gens sont chauds, les affaires sont chaudes. Alors que cette nuit est plutôt sombre, froide, peu engageante, mortelle. C'est le printemps, le mois d'avril. L'hiver est passé, mais il fait encore froid. Très froid. Aujourd'hui il pleut ! Il est vrai que le quartier s'anime au gré des saisons. C'est le printemps et les cœurs se réchauffent. Les hommes viennent s'enflammer auprès des filles. L'alcool apaise les gens et les incite aux rencontres. Dans quelques semaines, ce sera l'été. Les gens seront alors plus gais, tout semblera facile. Les fenêtres s'ouvriront sur d'autres mondes. Les musiques d'ailleurs se feront entendre, les filles et les garçons se séduiront, les hommes seront aux anges… et fragiles. Durant ces chaudes journées estivales les étalages de nombreuses épiceries s'étendent sur les trottoirs; fruits et légumes s'offriront aux regards. Les soirées s'éternisent. Belles soirées. Chaudes soirées. Quelles que soient les saisons, dans le quartier, les snacks et les kebabs côtoient les restaurants les plus prestigieux. On y trouve les cuisines les plus diverses; la cuisine orientale s'allie à celle du nouveau monde, l'européenne et l'africaine se partagent la clientèle enchantée par la diversité. En outre, toute l'année les hôtels sont bondés, les chambres sont réservées par des hommes d'affaires, par des femmes d'affaires, par des touristes. Chambres occupées, nuits courtes. Des hommes et des femmes voyagent et s'arrêtent quelque temps, une nuit peut-être, dans ce petit espace, dans ce quartier, dans cette ville, dans ce pays, dans cet univers insolite. Et c'est nulle part! Arrêt sur image! Dans le quartier le temps semble, quelle que soit la saison, suspendu aux lèvres des belles de nuit, des artistes de cabarets, des danseuses, des travestis et des call-girls. On vit! On meurt! On blesse! On gueule! On gesticule! On klaxonne! Les gens se croisent, plaisantent, se touchent, s'embrassent. Tout le monde se connaît, tout le monde se reconnaît et tout le monde a encore et toujours quelque chose à raconter, à fantasmer, à rêver, à inventer, à pardonner; du pire comme du meilleur.

Or ce soir il pleut. Une goutte de cette eau de pluie glisse le long de la visière de ta casquette. Tu la suis du regard. Elle se suspend à la frise, elle se gonfle et se détache pour tomber sur le sol. La casquette te protège les yeux. Tu jettes des coups d'œil, à droite et à gauche. Tu vois loin, très loin. Ton regard est précis, tu vois la goutte d'eau et tu vois l'énergumène qui titube... là-bas! Le métier t'a appris à demeurer attentif aux moindres mouvements, si futiles qu'ils soient. C'est pour toi aujourd'hui une seconde nature. Tu baisses la tête, observes le sol trempé, et penses qu'il y a tout dans cette goutte d'eau; comme toi, elle naît, glisse et meurt.

Ainsi tu es flic de quartier et, cette nuit, tu traînes tes semelles en caoutchouc, noir, sur le béton trempé. Sais qu'une femme gît dans son sang. Te demandes si tu dois courir. À quoi bon ! Entre ombres et lumières, la putain vend de l'amour tarifé. Et elle sait trop bien qu'elle prend des risques. Pour se protéger, il lui faut observer le client, attentivement, ne jamais se laisser gagner par le plaisir. Voir ces yeux, savoir quand lui va s'offrir. La professionnelle connaît les hommes, sait qu'ils sont terriblement vulnérables quand ils jouissent. Parfois elle en joue, cherche à marchander. Si le client ne négocie pas, alors elle tente le tout pour le tout : « Habille-toi et tire-toi, connard ! »

Or le mâle est fragile quand il raisonne avec son sexe. Le type veut son plaisir. Négocie. Négocie, paye et prend. C'est la débandade. Retour sur terre. Retour dans cette piaule. Retour dans ce lit. Elle, se lève, s'éloigne et referme la porte de la salle de bains. S'assoit sur le bidet, fait sa toilette intime. Lui, reste allongé sur le lit, les bras sous la tête. Il allume une cigarette, s'amuse avec la fumée, cherche à faire des ronds. Cogite. Cogite grave ! Et se rappelle qu'il est un mec honnête. Qu'il est père, qu'il est époux, qu'il est fils. Alors disjoncte. Frustré. Blessé. Ne pense plus et se venge comme il le peut. Il sait qu'il a manqué de courage. Il sait qu'il n'a pas su dire non. Non à l'escalade des prix. Le plaisir égoïste et solitaire a été le plus fort. Enfin, il cogne. Frappe sur la marchandise. Frappe et frappe de plus en plus fort. Frappe longtemps. Vise le nez et le bas-ventre. S'arrête quand les deux saignent ; quand le corps s'affaisse.

« Sale garce, tu m'as piégé ! »

« Salaud, va te faire foutre ! »

Ainsi il frappe… de plus belle. Dans ton quartier, celle qui en paye le prix, c'est la femme, la fille, la pute, souvent la pute. Elle n'a pas demandé grand-chose, elle veut vivre, elle veut survivre. Pense n'avoir que son corps comme marchandise, l'expose, l'étiquette et le vend. Elle croit à un ailleurs et attend des jours meilleurs. Tu te dis que ce pauvre type, ce client, n'a pas compris que les muscles ne font pas le poids. Il cogne. Tu sais que la femme à terre, ici dans son sang, est nature, matrice, vouivre ; serpent prodigieux, forces telluriques, énergie de vie. Le reptile s'est faufilé, a su trouver la faille, et l'homme a ainsi croqué le fruit, et l'homme a perdu sa poésie, à tout jamais ; a perdu sa tendresse, à tout jamais. Pis, il a oublié qu'il a tout d'abord occupé le pays d'une femme, a séjourné dans son corps, avant le premier souffle.

Et toi, flic de quartier, tu sais aujourd'hui qu'il te faut vivre au coude à coude, approcher les perdus, les paumés et les exclus de toutes sortes ; les hommes en peine, épuisés à vivre, survivre. De la prostituée à la bourgeoise, pour qui le sexe est synonyme d'argent. Du drogué au banquier, pour qui la cocaïne permet de rester à flot. Du pervers au notaire, pour qui l'argent aide à réaliser toutes sortes de fantasmes. De l'ivrogne à l'ouvrier, pour qui l'alcool favorise l'évasion. Ainsi de toi à toi et de lui à lui. Et ce n'est pas à l'école de police que l'on t'a enseigné ces choses-là. Tu dis que le jeune flic est épargné quelque temps. Qu'il n'est pas prêt et assez fort pour entendre ces vérités-là. Il rêve et idéalise beaucoup. Et ça lui prend la tête ! Ce jeune flic ne se doute pas que la justice des hommes a un prix… et qu'elle se paye ! Sans le sou, tu trinques au maximum, payes de ta peau. Le nouveau ne peut pas connaître. Il n'a pas encore parcouru le monde et ses vices. Il a vu des films, un héros et… Peut-il imaginer qu'il va dans quelques années marcher en direction de cette voix qui fait appel ? Appel à l'aide ; appel à l'âme.

Il pleut. Un cri. À ton arrivée, le cogneur est encore là. Trop orgueilleux pour s'enfuir. Bourré. Les yeux injectés, relents d'alcool. Tu t'y attendais. Voilà pourquoi tu ne te dépêches plus. La victime a repris ses esprits. N'a pas été trop violentée. «Elle n'a pas dû prendre garde, ce soir», te dis-tu en voyant le sang coagulé dans ses cheveux noirs. Tu la connais bien, Francine, et c'est une professionnelle.

L'appartement comporte deux pièces, un salon, une salle de bains. Appartement d'une prostituée, qu'elle paye chèrement. Le mobilier est classique. Il y a un grand lit, recouvert d'une couverture de laine, blanc, bleu et rose. Une commode en bois blanc à poignées dorées. Au-dessus trône fièrement une statue d'un bouddha assis, noir, le sommet de la tête recouvert de mille pétales dorés. La moquette est épaisse, vieux rose. Les rideaux blancs. Au mur, sont accrochées des photos de femmes déshabillées. Le plafond est un miroir. Près du lit, un petit meuble sur lequel sont déposés différents objets sexuels; vibromasseurs, larges ou fins, de couleur chair, blanche ou noire; menottes; lanières, en corde ou en cuir. Et d'autres ustensiles insolites, dont l'utilisation n'est réservée qu'aux connaisseurs. Un bol en verre, des préservatifs à disposition.

Sur ta gauche, tu aperçois le lavabo de la salle de bains couvert de sang. Le sol rouge. Devines que Francine a été cognée dans cette pièce. À présent, elle est assise sur le lit, des compresses sous le nez, et des copines pour la soutenir. Tu feins l'étonnement. Te dis que ce sont les mêmes histoires. Qu'après avoir vomi sa haine, le type s'accroche à ce qu'il pense être l'honneur. Que ce type-là se sent mâle, vrai cador... doberman! Que la fille s'en sortira avec une fracture du nez. Qu'elle en a vu d'autres et pense en priorité à son pécule. Son nez, ses seins, son sexe, son corps passent après, et certainement son âme.

Coup d'œil complice, tendre, entre toi et Francine. Elle a les yeux humides. Une belle fille. Les cheveux courts, noirs. Le cou fin, long et blanc. Le visage angulaire. Le corps svelte, musclé et sauvage. Les jambes longues. Francine est chaussée de bottes montantes, cuir noir. Une couverture beige est négligemment posée sur ses épaules, laissant apparaître un ventre plat et blanc.

Tu fouilles les poches du cogneur. Ventre gras, double menton, épaules épaisses. Il ne remue pas un cil, sait que tu n'attends qu'un seul geste pour lui filer un coup de matraque au visage. Menotté, il ne bouge pas. Te regarde. Arrogant. Il y a longtemps que tu as compris la valeur et la sottise de ces clients-là. Phalliques ! Celui-ci ne mettra pas un genou à terre. Souffle comme un bœuf. Titube, transpire, mais ne mettra pas un genou à terre.

Tu fouilles ses poches. Y trouves un peu d'argent. « Quelle vie ! penses-tu, et c'est pour ça qu'elle s'est offerte, c'est pour cette somme qu'elle s'est laissé prendre, souillée… En prime, elle a reçu des coups », et continues la fouille.

— Tiens, il y a de grosses coupures, dis-tu en tendant les billets à Francine.

— Merci.

Tu continues à chercher. Elle en aura besoin, penses-tu, un jour ou l'autre elle se fera refaire le nez, les seins ou les fesses. Tu sais par ailleurs que, pour les coups, il est inutile de faire un rapport circonstancié. La justice ne fait pas payer un type comme celui-là. La justice s'en fout ! oses-tu prétendre. Ces filles-là ont toujours tort, ce sont des putes ! et pas un notable ne cautionne ces vies.

Flic de quartier, tu es parfois un peu maquereau. Intègre et maquereau à la fois. Tu protèges. Tu surveilles et parfois encaisses, certes pour redistribuer ; toutefois actes illicites. Tu cherches à te rassurer en te disant que les gros bonnets n'agissent pas autrement. Tu as appris dans ton quotidien de flic que les rupins savaient parfois être plus vicieux que tu ne pouvais l'imaginer, la différence étant dans les moyens. Il est vrai que tu lambines dans les bas-fonds, fais le trottoir. Eux se traînent à genoux sur les moquettes. Prennent ou se font prendre. Et les filles, pour exorciser leurs actes, informent le flic de quartier. Ainsi la parole circule sur les trottoirs. Elles parlent du temps qu'elles passent auprès des hommes. C'est pourquoi tu entends ce qui se pratique dans les salons de massages et les hôtels, dans les résidences et les saunas, ou alors dans les berlines et sur les bancs publics. Mais aussi dans les plus grandes réceptions mondaines, entre les toasts au saumon et ceux au caviar.

Aujourd'hui tu n'es plus étonné d'entendre les détails des séances graveleuses organisées par quelques personnalités à la recherche de vertiges. Tu as appris que ce sont les bourgeois masochistes qui sont les plus rentables. Ici les tortures tarifées ont la cote. Entre leurs mains, les filles n'ont pas à offrir leur corps, ne sont pas fouillées. Elles apprécient. Le type paye pour le fouet, pour les insultes, pour la sodomie, pour les crachats, pour l'urine, mais encore pour baver comme un clébard sur des escarpins à talons aiguilles. Ou alors pour porter des couches-culottes, pour se faire ligoter, et comme te l'a expliqué Josiane à propos d'un de ses bons clients: «Il veut se faire suspendre par les aisselles et se faire enfermer dans une armoire.» Josiane profite de ce temps libre pour effectuer ses courses chez l'épicier. Rencontre une amie, papote, parfois boit un verre ou deux, et s'en retourne chez elle. Le type a pris son temps pour jouir. Le sperme dans le fond de l'armoire en atteste. Alors Josiane le décroche et encaisse. Le client est enchanté et ne demande rien d'autre. Elle ajoute toutefois en rigolant: «Juste quelquefois le fouet, ferré si possible.» Par déontologie professionnelle, elle taira le nom: «C'est un député, alors tu comprends, ne m'en veux pas.»

Claudine, en mauvaise posture. Elle t'appelle sur ton portable, numéro personnel, pour que tu lui apportes une clef de menottes. Te rends à son domicile et découvres qu'après avoir fouetté son client, elle ne retrouve pas la clef des Smith & Wesson qui lui entravent les poignets. Claudine te reçoit en ayant pris les précautions d'usage, a recouvert le visage de son client d'une couverture : « Il est avocat, dit-elle, ne fais pas de connerie, c'est mon meilleur client. » Tu acquiesces, souris, te retournes et descends les escaliers. Le jeune collègue qui t'accompagne souhaiterait connaître le nom. « Un peu de patience, petit, ça viendra, dans quelque temps tu les connaîtras, ces bourgeois », lui dis-tu en souriant.

Et Yolande, qui perce le sexe d'un client, boucle d'acier, chromé. Le client bouge une fois de trop, la chaîne métallique se tend, reliée au mur. L'anneau arrache la chair. L'homme perd connaissance, perd son sang. Tu interviens rapidement. La blessure est vilaine, un médecin intervient. L'homme est alors emmené d'urgence. Et son épouse avertie… Yolande n'est pas enchantée, t'en veut, ce jour-là elle a perdu un client. À ton tour de taire son nom, c'est un homme public.

Et Renée, la doyenne. Elle pourrait écrire une encyclopédie sur les perversions des hommes. Dernièrement son client, un ancien colonel, à quatre pattes, un morceau de poulet grillé entre les dents et un phallus en caoutchouc planté dans l'anus, exigeait qu'elle lui chante l'hymne national. Il a joui debout, au garde-à-vous, sur le miroir de la chambre à coucher. Sans même se caresser.

À l'écoute de ces aventures, tu te questionnes sur la sexualité de l'aisance et de la pauvreté. Tu ne connais pas de miséreux qui agissent dans la perversion. « C'est sûr ! ah oui, dis-tu, ils viennent trouver les filles, ou simplement flâner dans le quartier. Mais l'acte est court, protégé. » Tu ajoutes que l'indigent prend plaisir, rentre auprès des siens. La fantaisie a été d'approcher un corps ; autre corps. Sa perversion n'est qu'acte ordinaire. Cependant, il te semble que l'argent déroute. Et pour ceux qui vivent dans l'aisance, la tentation est grande. Les perversions se transforment en de véritables saletés. Parfois des filles sont battues, souffrent sous les brûlures de cigarettes, sous les entraves de cordes, de chaînes ou de barbelés; coups durs, et certaines disparaissent…

Dans cette chambre, dans cette ambiance, tu observes attentivement Francine, qui serre les quelques billets de banque. Elle paraît fragile, tu en éprouves de la sympathie. Brusquement, un voile se déchire, tu as la sensation que les objets s'éloignent, tes oreilles bourdonnent. Les sons parviennent étouffés à tes oreilles. Tu vois les lèvres articuler des mots que tu ne comprends plus. Plus vraiment. Vois les gestes lents. Entends battre les cœurs. Ressens les peines. Vois des masques, mortuaires. Et alors comprends que tu as un faible pour les prostituées. Des amies. D'ailleurs elles te le rendent bien. Elles se confient à toi et te font confiance. Tes oreilles bourdonnent et tu te dis que tu les aimes pour ce qu'elles sont, perdues, à la recherche d'un monde meilleur; paumées dans les limbes; prostituées.

Tu observes Francine qui échange deux mots avec l'une des filles présentes, et tu oses rêver de l'amour que tu ne lui fais pas. Jamais. Ressens des picotements le long de l'épine dorsale. Frissonnes. Troublé, tu sais qu'il suffit d'un geste, d'une parole, pour qu'elle s'approche et t'embrasse. Elle t'a souvent livré son cœur. Ce genre de pensées te rappelle que la rue t'a enseigné que l'homme est double, toujours face à face… et face à lui-même. Toujours en contradiction, prêt à tout, au meilleur comme au pire. Grandeurs et décadences. Il navigue souvent dans des eaux agitées. Tu penses parfois qu'il est en péril, naufragé sur le *Radeau de la Méduse*.

Un bruit. Tu tournes lentement la tête. Tes oreilles bourdonnent. Tu vois ce type qui ne bouge pas. Il te dégoûte. Tu lis en lui la peur. Sa femme l'attend. Alors tu souris, sais que les hommes qui viennent dans le quartier ont une femme qui les attend... quelque part.

Et tu imagines qu'à cette heure cette femme dort, et qu'elle rêve. Qu'elle rêve d'un monde sillonné d'histoires d'amour et de romances. Rêve de l'amour qu'on ne lui fait plus, que l'on ne lui porte plus. Son homme va aux putes ! Tu comprends que l'amour est mouvance, à reconstruire chaque jour. Cette femme a fait don de vie. Tu imagines qu'elle a deux enfants. Qu'elle aime son homme et qu'en retour il pense savoir l'aimer. Prétentieux. Il ne lui fait plus l'amour, ne la caresse plus, ne la regarde plus ; la prend et s'en sert. Le temps a usé le couple. Imbécillité de l'homme. Tu sais qu'un soir, rien qu'un soir, les copains du bureau l'ont entraîné.

« Pas brillant avec ma femme, je crois bien que l'amour a mis les baskets », dit-il en se forçant à rire. Champagnes. Cacahuètes. Banquettes de velours. Mains sous les jupes. Il lui suffit d'écarter la culotte en satin, rouge. « Pas touche coco, c'est payant ! » dit une fille superbe, sur un ton langoureux. Et il est trop tard. Le type ne pense plus. Il bande. Paye et baise. S'en veut. Recommence. Dit à ses potes, le cerveau embrumé par l'alcool : « Sympa, les gars ! À quand la prochaine fois ? »

Tu comprends que le courage manque à cet homme. Qu'il lui manque la volonté de rentrer chez sa femme. La volonté de dire que ses enfants l'attendent. Tu sais qu'il pense être pardonné quand il rentrera à la maison, docile. Et qu'un jour de mélancolie, se convainc qu'il a beaucoup donné. Donné à son patron, donné à sa carrière, donné à sa femme, donné à ses enfants, et en fin de compte donné à la société. À son avis, pour une misère ! Frustré. Aujourd'hui il va prendre ! Il se sent assez léger, cependant ne sait pas qu'il s'enchaîne. Alors compose sur son portable le numéro de la maison, et exorcise son mal-être comme les galantes, par l'acte de parole : « Tu vas bien ? comment vont les enfants ? une journée de merde, ne t'inquiète pas, juste un verre avec les potes... et je rentre. Bye ! je t'aime ! n'oublie pas de vérifier s'ils se lavent les dents. Bonne nuit mon amour. » Il termine la conversation, sait qu'il va tromper sa femme. Sait qu'il va forniquer. Oh ! il est certain d'aimer la mère de ses enfants. Il l'aime pour ce qu'elle est, la mère, l'épouse, la copine, l'amie, quelquefois l'amante, trop peu à son goût. Et il lui en veut. Et il s'en veut. Rancœur. Il n'imagine pas qu'il porte une responsabilité dans la déliquescence de son couple. N'a pas compris qu'avant tout, la femme qu'il a épousée, un jour, la mère de ses enfants est une étoile qui brille quand elle est observée, une planète froide quand on lui tourne le dos.

Ainsi ce type sait qu'il va humilier sa femme, la tromper. Encore l'humilier, et encore la tromper. Il s'en va forniquer. Cependant, il ne sait pas encore qu'il sera pris, de fille en fille, de verre en verre. Et l'étoile s'éteint. Rosée du matin. Fraîche. Le temps des hommes passe, n'est qu'un claquement des doigts, et déjà il n'y a plus rien. « Pourquoi tout ce temps gaspillé à la recherche d'autres étoiles ? » te demandes-tu.

Des années de service. Tu es fréquemment intervenu dans des bagarres de ménage ; as souvent écouté ce qu'avaient à dire les femmes, ces épouses, ces mères, ces amantes. Bien souvent tu as eu honte d'être un homme. Tu n'y échappes pas, qu'elle ait vingt ans ou alors soixante, une femme qui pleure, s'attache et se livre. Les cœurs n'ont pas d'âge dans la douleur.

« Asseyez-vous, monsieur l'agent ! s'il vous plaît. »

« Bien, madame. »

« Mon époux va chez les putes. »

« Ah bon ! »

« Oh, ça n'a pas toujours été comme ça, mais depuis quelque temps... »

C'est alors que les yeux de la dame rougissent. Elle feint de ne rien ressentir. Retient ses sanglots. Tu cherches les bons mots.

« Faut pas vous en faire, madame. »

Tu te rends compte de la bêtise des mots, mais n'as rien d'autre à l'esprit. Il est difficile de s'immiscer dans l'intimité des couples.

« Pas une de mes amies ne m'écoute vraiment, certaines ont même essayé de se faire mon mari. Les salopes ! »

Des larmes apparaissent. Coulent sur les joues. Silence. Gêne.

« Rien n'est terminé, madame », dis-tu doucement.

Sais qu'il est stupide de répondre pareillement. T'en veux. Discrètement regardes ta montre, ne trouves aucune excuse pour t'échapper.

« Maintenant il paye pour faire l'amour, il m'a dit que les putes offrent beaucoup, pour relativement peu d'argent. On pourrait croire qu'elles sont des saintes. »

Madame essaye de reprendre contenance. Allume une cigarette. Croise les jambes. Tu entends ses collants crisser. Croise les bras sur sa poitrine, de la main gauche se tient le cou. Tu observes son geste et te dis qu'une femme négligée par son homme se fane.

« Vous ne croyez pas que vous exagérez un peu ? Il vous aime peut-être encore ? »

Honteux de ne pas trouver les mots qu'il faut. Évites son regard. Dis qu'il faut que tu y ailles. Madame ne t'écoute pas. Les yeux dans le vague.

« Depuis le temps qu'il n'a plus fait attention à moi, qu'il ne m'a plus invitée à un repas en tête-à-tête. J'ai bien tenté d'organiser des week-ends en amoureux, mais pas facile avec les gamins. »

Madame tire plusieurs fois sur la cigarette. Te regarde. Sourire forcé. Elle redresse la tête.

« Et son meilleur ami me reluque tout le temps. Me sauterait bien ! il se fiche que sa femme soit une amie. »

Tu réfléchis à une réponse. La dame se lève et se rend à la cuisine.

« Et je l'ai surpris devant des cassettes pornos. »

Tu l'entends qui sanglote. Ne dis rien. Écoutes. Te lèves à ton tour et la rejoins dans la cuisine. Debout devant l'évier, elle y jette la cigarette. Baisse la tête. Pleure. Tu t'approches, lui caresses l'épaule, ne dis rien. Entre deux sanglots, la dame explique qu'elle a plusieurs fois tenté de recoller les pots cassés, qu'elle s'est même aventurée dans des territoires interdits, territoires qu'elle imaginait auparavant inaccessibles.

Dans les situations difficiles, tu as découvert que les femmes sont bien plus courageuses que les bonshommes. Pour protéger la famille, tu en as vu se prêter à toutes sortes de comédies. Souffrir en silence. Parfois sous les coups, violents. Amour ? Amitié ? Peur ou pitié ?

Alors tu imagines madame se préparer, se déshabiller, s'habiller, se maquiller et s'offrir. Les enfants sont chez les grands-parents. Préparée, la soirée est un fiasco. Sous la contrainte, il n'est pas aisé de faire croire à l'amour. Elle a joué le jeu. Il ne la regarde plus. Elle s'est sentie obligée d'interpréter un rôle. Elle a joué pour sauver son couple. S'est fourvoyée pour sauver les mômes. Elle s'est donnée, elle a frétillé, elle a griffé, elle a hurlé. Sans aucun plaisir. Elle se sent ridicule. Monsieur, fort. Il s'est répandu. Et madame sale, souillée, humiliée, trompée. Elle a compris aujourd'hui que quand l'amour met les voiles, alors le cul n'est qu'un prétexte et ne suffit pas à retenir l'histoire qui se débine. Elle a honte. Honte de se voir, honte de ce qu'elle est devenue, honte de sa vie. Ses rêves de jeune fille l'ont abandonnée. Son prince charmant est mort, poignardé sur l'autel de la vie de couple. Elle ne souhaite plus jouer l'adolescente, elle n'a plus cette énergie-là. Elle s'en veut, culpabilise. Et souhaite une véritable relation d'amour, de tendresse. Elle veut être reconnue en tant que femme. S'observe dans le miroir de la chambre à coucher. Observe le reflet du corps. Elle pleure. A été au bout. Alors relève la tête, bombe le torse et renaît de ses cendres. Nue, elle se regarde. Inspecte. Certes, son corps n'a plus vingt ans. Il est froissé, marqué, il a des formes. Il a vécu. Et il est beau. Corps de femme. Ses seins lourds ont allaité. Ils ont connu ses mains et des mains étrangères; se sont redressés sous les caresses, sous les baisers. Ont été mordillés, caressés, excités. Son sexe s'est offert. Elle s'observe, intimidée. Rougit. Se met de profil, passe une main sur son ventre, reprend confiance en elle, se dit qu'elle est encore bien faite. Émue, elle fait un pas en arrière, s'assoit sur le bord du lit, entrouvre légèrement les cuisses, se caresse, lentement. Découvre à nouveau son plaisir. Plaisir de femme.

Et monsieur ne voit rien venir, abruti par le champagne, les cacahuètes et les filles; ébloui par la luxure. Il a tourné le dos à l'étoile, ne voit plus que l'ombre et cherche la lumière disparue.

Un bruit. Tu entends les bouches articuler des mots. Les masques disparaissent, tu n'entends plus les cœurs, ne ressens plus les peines. Tu reprends conscience. Habites ton corps. Ne perçois plus le bourdonnement dans tes oreilles.

Une chambre. Francine assise sur le lit, la couverture pardessus les épaules. Un lavabo. Du sang. Tu relèves le col de ton blouson. Il fait froid. Au-dehors, il pleut. Et ce type qui ne bouge toujours pas. Homme déchu. Tu lui retires les menottes.

— Casse-toi ! Allez, casse-toi !

— Je porterai plainte contre cette connasse, dit-il en titubant.

— Fous le camp, je ne te le dirai pas deux fois.

Tu l'empoignes par la chemise et le jettes dans l'escalier. Il prend ses jambes à son cou. Gueule et se fraye un passage entre les filles venues à la rescousse. L'une d'elles profite de l'occasion pour lui mettre un coup de sac sur la tête et lui cracher au visage.

— Va te faire sucer, eh, macaque ! crie-t-elle au passage.

Tu es quelque peu impressionné par la solidarité des filles du quartier. L'une est harcelée et les copines débarquent. Elles sont fortes et aiment la castagne. Tu t'interroges à propos de leurs rages, à propos de leur force. Les amitiés sont partagées. Tu dis que dans le quartier il y a les filles qui règnent depuis longtemps, qui semblent arpenter les trottoirs depuis la nuit des temps. Il y a celles qui sont fraîches, qui viennent de débarquer. Il y a encore celles du cru, les autochtones. Il y a celles d'ailleurs, les exotiques. Les regards sont différents, les objectifs sont identiques. Elles se disputent, se frappent, se blessent, toutefois elles se protègent. Solidarité des exclus, des exclues. Quand l'une d'elles paye le prix fort, trop fort, elle y laisse une vie… la sienne. Tu dis encore que quand elle est retrouvée froide, dans une cage d'escalier, dans un studio, dans une voiture ou encore dans un sous-bois, alors elle est morte. La femme est morte, les copines pleurent. Peu ou pas de proches pour verser quelques larmes. Ce sont les femmes du monde qui la pleurent. Elles sont là quand elle est mise en terre. Seulement quelques-unes, pour l'amitié et pour crier à la face de la société des hommes qu'une mère disparaît.

Et ce type, tu le laisses partir. Partagé entre l'envie de faire ton boulot de façon intègre, en te référant aux lois qui, d'ailleurs, n'apportent, et de loin pas, toutes les réponses, et l'envie d'appliquer la règle en vigueur dans le quartier. « D'homme à homme », dis-tu en serrant les poings.

Tu as du pouvoir. Certes par procuration, et ça t'effraye,

« oh ! un semblant de pouvoir, éphémère et ingrat, mais faut tout de même le gérer », dis-tu à tes amis. En ce moment même, tu as le pouvoir de fermer les yeux ou, au contraire, de les ouvrir, et fracasser un nez ; nez d'un type qui rosse une fille. Pour la castagne, tu sais qu'ici tout le monde s'en fout. Même si l'affaire doit finir devant le procureur. De toute façon les filles témoigneront en ta faveur. Tu dis aussi que tu n'as plus rien à perdre, que flic de quartier c'est un métier de dur, un métier d'homme. Que c'est un métier qui t'entraîne dans une foule de délires, qui t'entraîne dans la vie quotidienne de bien d'autres hommes... de bien d'autres familles.

Francine se redresse, laisse glisser la couverture à ses pieds, découvre ainsi ses épaules, blanches, sa poitrine, lourde. Elle fait un pas. Entrouvre le premier tiroir de la commode, poignées dorées, et jette l'argent à l'intérieur. Referme le tiroir. Caresse la tête du bouddha noir. Se retourne. Tu croises son regard, sens l'accélération de ton cœur. Elle gémit. Elle a froid. Elle s'approche, sans te quitter des yeux. Décroche un blouson, cuir fuchsia, suspendu à ta droite. Se glisse à l'intérieur. Son premier geste est de relever le col. Tu souris. « Nous avons la même histoire, penses-tu, et les mêmes clients. Je joue de la matraque et elle du fouet. Elle écarte les jambes, je verrouille les menottes, voilà tout. »

Tu es affecté par l'idée qu'une fille comme celle-ci va aller s'enfiler quelques verres, certainement de la poudre. Qu'ensuite elle va attendre. Pour Francine, c'est la fenêtre au premier étage de ce bâtiment. Un coussin sur le rebord pour y poser les coudes. Elle mate l'éventuel client. Le mâle. À son approche, elle s'anime, se penche, dévoile sa poitrine, se passe la langue sur les lèvres et fait rouler la pointe de ses seins entre le pouce et l'index. « Viens te réchauffer ! » dit-elle. Clin d'œil. Cercle infernal. Quoi qu'elles disent, tu as bien vite compris que les filles sont là pour la galette, et c'est bien la seule raison ! « Cet argent vaut de l'or », confient-elles souvent en payant le champagne.

Une fois encore tu prends leur défense. Que ce soit pour la fille de luxe qui se vautre dans les hôtels ou pour celle des trottoirs. La divorcée qui entretient ses mômes ou la danseuse qui arrondit ses soirées. Ou encore la toxicomane qui est prise au piège ; poudre blanche. « Ces filles-là sont authentiques, dis-tu, bien sûr qu'elles tapinent, qu'elles racolent et qu'elles baisent, mais elles le font par nécessité. N'imagine pas que ce soit par plaisir. » Tu finis par te dire que d'autres se prostituent mais ne le savent pas et ne veulent pas le savoir. Que sous une forme ou une autre, des femmes couchent pour un cadeau. Un cadeau qui peut, simplement, être une promesse d'une vie meilleure, d'une vie ailleurs. Quant aux femmes des trottoirs, elles racolent, savent bien qu'elles sont des putains. Elles savent aussi qu'elles n'attendent rien, ou alors si peu : le client... et son porte-monnaie.

Tu connais Violette, une pute, une amie. Mère de famille, secrétaire de direction et femme divorcée. Histoire banale. Liberté retrouvée. « Mais qu'en faire avec mes deux gosses sur les bras ? » se demande-elle. Met les bouchées doubles. Les enfants sont depuis plusieurs années inscrits dans une école privée. Il ne reste plus qu'un seul salaire. Les hommes sont généreux et habiles. Violette couche pour se distraire, pour jouir, pour se redécouvrir femme aimante. Elle croit encore à l'avenir et aux miracles de l'amour. Quelquefois des hommes lui glissent discrètement un billet. Violette est aux anges. Et quelquefois Violette couche utile. Elle sait que celui-ci glisse un plus gros billet, « Il est plutôt bel homme, pourquoi s'en priver ? » Et ce manège s'éternise. Violette ne s'est rendu compte de rien. Aujourd'hui elle ne couche que... utile. Elle se prostitue. Bourgeoise... mais pute !

Si Violette a eu peur d'avoir faim, elle a avant tout craint pour ces mômes. « Pourquoi pas alors vendre mon cul ? Ça paye ! » t'avait-elle dit un soir d'ivresse, en évitant ton regard. Tu l'as observée qui avalait d'un seul trait son verre de whisky. Elle a tourné la tête.

Francine se trouve à la salle de bains, à ta gauche, se maquille. Ton regard se porte sur la fenêtre. À l'extérieur une pluie battante. Tu repenses à l'homme et tu l'imagines qui s'éloigne dans l'obscurité et qui retrouve le monde qui lui appartient. Sans qu'il s'en aperçoive, il a franchi le seuil de ce qu'est la pauvreté, le seuil de la désolation et du désœuvrement. Certes, le quartier regorge d'argent, de velours, de luxure, de filles splendides et de voitures de luxe, de drogues. Cependant il est pauvre. Ici les cœurs sont fragiles, blessés, désolés. Les âmes sœurs se cherchent et ne se rencontrent jamais. Pourtant, auprès de cette misère, il y a un souffle d'espoir. Espoir que les portes s'entrouvrent sur un jardin en fleurs, et non sur la cour des miracles.

Ainsi l'homme rentre chez lui, auprès des siens. Abandonne ces filles, qui furent un instant des jouets. Tu te dis qu'il ne doit pas ignorer que c'est sans amour qu'il s'est répandu dans un ventre de femme. Qu'il doit certainement se sentir sale. Non pas dans l'acte, mais dans la manière. La frontière est fragile, et tu sais aujourd'hui que peu d'hommes sont capables d'ouvrir les yeux, que peu sont en mesure de devenir homme.

Chrysalide. Tu ressens, depuis quelque temps, les prémices d'une transformation. « J'ai découvert dans ce quartier que l'éternité s'exprime chez les plus miséreux, s'exprime chez les plus nécessiteux, et dans la tristesse d'une nuit d'ivresse. Mais je ne sais pas qu'en faire. » Tu soupires. Baisses les yeux. Vois la moquette de couleur rose. « Ce quartier est un don ! » penses-tu encore.

Un crissement d'ongles sur un bas de nylon te rappelle la présence de Francine. Tu redresses la tête et la vois qui fixe l'attache de ses jarretelles, une jambe sur le bord de la baignoire. Te dis que cette femme, cette pute, cette amie, vit de vies et de morts. Et qu'elle a beaucoup à t'enseigner. Elle lève ses yeux, humides. Attrape ton regard. Ne dit rien. Sort de la salle de bains et te fait face. Elle sourit.

— Merci, dit-elle.

— C'est rien.

— Merci.

— Merci, quoi ?

— Merci, simplement merci, pas tous les flics prennent le risque d'aider une pute.

Embrumés par l'alcool, ses yeux vitreux t'éclairent. « Dieu qu'elle est belle ! » penses-tu. Elle chancelle, rit, pleure. Des larmes roulent sur ses joues, larmes teintées de mascara noir. Larmes noires sur une peau de velours. Larmes noires sur une peau qui se vend chère ; une peau qui s'offre, une peau de mère. Tu lui caresses la joue et lui dis d'aller se coucher. Que de toute façon il tombe des cordes, que le rebord de la fenêtre, comme le trottoir, est trempé.

— Restes-tu ? Je suis seule, j'ai peur.

— T'as assez d'hommes autour de toi.

— Des clients, pas d'hommes.

— Ne crois-tu pas que le flic qui se tape une pute, ça fait un peu cliché.

— T'as raison, shérif, allez salut ! à la prochaine.

— T'avais vraiment besoin de te taper ce type ?

— Oui, les pères de famille payent sans trop discuter... à part quelquefois ! Les ivrognes, tu sais, j'en ai ras le bol. J'en caresse un de temps en temps, me réserve pour d'anciennes connaissances. Tu vois, j'ai pitié, même une pute a pitié.

— J'en doute pas, fais gaffe !

— Je crèverai de toute façon, personne n'est ressorti vivant de cette aventure. Alors, si je peux me faire un maximum de fric.

— Dis pas de conneries, je t'aime, et beaucoup.

— Salut.

Elle avance la tête, cherche ta bouche, tu lui tends la joue. Elle se retourne, traverse la pièce en dandinant les fesses. Tu te dis que tu lui ferais bien l'amour… dans une autre vie !

Elle prend son trousseau de clefs sur la commode. Tu sors de l'appartement. Francine t'accompagne. Au-dehors, à l'abri sous l'avant-toit, tu l'observes qui s'éloigne. Te sens seul.

Ton service touche à sa fin. Il pleut. Tu remontes dans le véhicule de service. Annonces à la Centrale d'alarme qu'il n'y a rien de particulier à signaler. « Rien ! te dis-tu, rien que la misère humaine, mais à ces heures-ci ces réflexions n'intéressent personne. »

Sur les ondes radio un collègue souhaite un bon congé aux équipes de nuit. Solidarité. La nuit terminée, tu retrouves le monde du jour. La lumière après les ténèbres.

Ton collègue se réveille, s'étire et s'excuse de s'être assoupi. Dit ne pas être encore habitué aux horaires de nuit. Tu souris. Allumes le moteur. Les essuie-glaces couinent. Il pleut. Les lumières se reflètent sur la chaussée. Il pleut. Il fait noir. En route pour le commissariat, tu effectues un passage par la rue principale. Tu regardes à ta gauche, à ta droite. Et à la hauteur d'une perpendiculaire, freines sèchement. Ton collègue bougonne, il allait à nouveau s'endormir contre l'appuie-tête. Il te semble bien avoir aperçu un type s'en prendre à une bécane. Tu enclenches alors la marche arrière, le véhicule recule de quelques mètres. Le type est fou de rage, la moto à terre, il saute à pieds joints sur l'engin. Une barre de fer entre les mains, il cogne de toutes ses forces.

— Il pleut, et va falloir y aller, merde ! ronchonnes-tu en te tournant vers ton collègue.

— Laisse, je vais voir.

— Non, je t'accompagne, on sait jamais.

Pluie battante. Tu sors du véhicule et t'avances. À une cinquantaine de mètres, à ta droite, une femme est assise par terre, sur la chaussée, jupe par-dessus tête. L'eau de pluie s'écoule entre ses jambes. Soûle, elle beugle en exhibant son sexe. Personne ne prête attention à elle.

Tu te diriges vers le type en te disant que la femme peut attendre, que c'est de la thérapie de fin de nuit et de la psychologie de comptoir. Glisses à l'oreille de ton collègue :

— Pas encore finie cette nuit.

Il semble hésiter. Te regarde, se retourne et court vers la femme.

— LAISSE TOMBER ! cries-tu sèchement.

Il n'écoute plus rien. Mauvais réflexe. Le type a l'air mauvais. Et on ne laisse pas un collègue seul. Tu lances un regard courroucé en direction de ton coéquipier d'une nuit. Tu patrouilles aujourd'hui avec un stagiaire et, dans le quartier, vaut mieux travailler avec un type sur qui tu peux compter. Déjà qu'il s'endort facilement. Un tandem se construit petit à petit, jour après jour, intervention après intervention. Ton collègue est à tes côtés pour ta sécurité, et toi pour la sienne. Mais il est aussi là pour te calmer et s'interposer quand le ton monte ; alors éviter de mauvaises histoires. Comme une toile d'araignée, une relation de confiance se tisse… et s'étend à l'ensemble de l'équipe. Après quelques années, il est possible de tourner avec trois ou quatre collègues différents. « Jamais plus ! »

Le jeunot rabat la jupe sur les jambes de la femme. Elle a vomi sur elle. Braille des insanités. Frappe le sol et s'éclabousse. Son sac à main est ouvert, ses affaires trempées jonchent le sol. Ses cheveux mouillés recouvrent son visage, collent à sa peau. Les yeux sont injectés. L'haleine refoule des vapeurs d'alcool. Elle hurle à tout va.

— Jeune con ! ne me fais pas chier !

— Allez, madame. Aidez-moi. Je vais vous aider à vous remettre debout.

— Pauvre con !

— Allez, c'est dangereux à cette heure, les voitures roulent à vive allure.

— M'en fous, tire-toi.

Sans ménagement, le jeune saisit la femme par un poignet et la traîne en direction du trottoir. Cinq mètres à se râper les fesses.

— Il comprend vite, ce petit, murmures-tu entre tes lèvres.

Tu penses qu'il est inutile, dans ces circonstances, de perdre son temps à échanger des propos avec une trogne à goutte. En plus tu l'as reconnue, la connais bien. Hôtesse d'une compagnie aérienne, elle s'éclate à chaque escale. Ton quartier est l'une de ses destinations favorites. Boîtes, mecs, alcools, un cocktail détonnant. C'est une hôtesse hors pair. Aime s'exhiber. Elle est instruite, parle de nombreuses langues. Pourtant une seule finit dans la bouche des pères de famille qui fréquentent le quartier. « DUR MÉTIER QUE L'AVIATION ! » gueule-t-elle dans les bars, devant une cour avinée. Imbibée d'alcool, elle s'envole, a une peine folle à atterrir. « Ça doit être les décalages horaires », ajoute-t-elle, une coupe de champagne dans une main, l'autre main sur les cuisses d'un monsieur. Du champagne au whisky. Vices infernaux. Crash. Mayday ! Mayday !

Hors de danger, l'hôtesse s'affaisse sur le trottoir. Ton collègue vérifie si elle n'a pas besoin de soins. Elle ronfle. Éructe quelques insanités. Rassuré, il ramasse le sac à main. Réunit les quelques affaires qu'il replace dans le sac, et dépose le tout sur le ventre de la dame. Se retourne et te regarde.

Tu tournes la tête et t'approches du type qui fracasse la bécane.

— STOP ! POLICE !

Tu n'as pas à connaître beaucoup de mots, mais ceux-ci sont impératifs. Impératif présent ! Le type tressaille. D'un bond tu es sur lui, saisis le bras muni de la barre de fer, lui places un coup de tête. Sens l'arête du nez se briser. Le balaye du pied, et le type se retrouve sur le dos. Torsion d'épaule ; il se retourne sur le ventre. Il n'a fallu que quelques secondes pour l'immobiliser et le menotter. Agenouillé sur ses omoplates, tu observes ton collègue qui s'approche. Entends l'hôtesse gueuler. Jettes un coup d'œil dans sa direction et la vois s'asseoir, insulter le monde. « Comment ai-je fait pour me retrouver sur le trottoir ? » semble-t-elle se demander. Se relève. Titube. Se frotte le derrière et s'en va, clopin-clopant. Quand elle s'éloigne, tu la vois se passer les doigts dans les cheveux. « Seul geste de féminité », penses-tu alors, et l'hôtesse disparaît dans la nuit.

Il pleut. Le casseur hurle, te demande de lâcher prise. Tu te redresses. Le traînes jusqu'à la voiture. Il sent l'alcool, a la lèvre supérieure ouverte ; saigne abondamment. Ton collègue ouvre la portière arrière. Le type ne collabore pas. Il résiste et joue des coudes, refuse de s'asseoir. Gueule qu'il est enlevé et demande de l'aide. Sans hésitation, tu lui places un coup sec dans l'estomac. Soufflé, il se plie en deux. Entre sans autres difficultés à l'intérieur de l'habitacle. Du sang coule sur la banquette.

L'arrivée au commissariat est fracassante. Le bonhomme crie, crache et cherche à se jeter contre un mur. Pas un collègue ne réagit, c'est la fin de la nuit, sont apathiques. Ils rêvent de lit, de femme, de famille, de congé.

Fatigué, tu perds patience. Hurles si fort que ton bonhomme se calme. Il est alors mis en cellule. S'effondre sur la couchette et, sous les effets de la dive bouteille, s'endort aussitôt. Ton jeune collègue se met à l'ordinateur. Ses doigts courent sur le clavier.

— Tu ne vas pas y croire !

— Quoi donc ?

— Ton taré, c'est sa bécane qu'il fracassait.

— Pardon ?

— Ouais, les plaques d'immatriculation correspondent, tout semble en règle.

— Comment ça ? pas possible, l'enfoiré !

Tu vérifies. Soupires. Te précipites dans la cellule. Secoues l'énergumène. Il se redresse péniblement, s'essuie la bouche du revers de la main et mastique ; bouche asséchée.

— Dis voir, c'est ta bécane que tu fracassais ?

— Ouais, elle est sortie du garage cette après-midi. Cette pétasse ne fonctionne pas. Ça m'énerve, et quand je m'énerve, je cogne.

— Taré, ramasse tes affaires et fous-moi le camp !

Épuisé, tu raccompagnes ton bonhomme en te disant que c'est une aventure rocambolesque, que la lèvre enflée et le mal de nez lui laisseront un petit souvenir du commissariat.

— Dédicace des flics du quartier ! lui dis-tu en le poussant dans le dos. Sans négliger de lui dresser une contravention, pour avoir troublé la tranquillité publique.

L'État gagne ainsi ses sous. Tu te demandes toutefois s'il est bien utile de distribuer ce type de sanctions.

Il te reste à inscrire tes interventions dans la main courante, livre dans lequel tout doit être répertorié. Des pages et des pages, lignées, noircies à l'encre bleue, contenant une foule d'interventions plus insensées les unes que les autres. À la lecture d'un certain nombre d'entre elles, tu te perds dans de sombres pensées; stupéfait par le comportement des hommes.

Tes yeux se posent sur ce local de travail. Des décennies d'accueils et une clientèle peu respectueuse du matériel. Du personnel en rotation qui n'est pas responsable de son lieu de travail. Mais le plus surprenant, ce sont les odeurs délétères. Elles laissent penser que tous les ivrognes de la planète ont répandu leurs tripes à même le sol. En prime, l'odeur de la peur, de la souffrance et de la mort. Elle est incrustée dans les murs. Dans les vêtements et dans les âmes. Les cellules te rappellent que tu comptabilises des heures de liberté. Un trou à même le sol en guise de toilette. Une surface bétonnée qui fait office de lit. Deux couvertures. Et les graffitis gravés dans les murs, le plus souvent avec les ongles, sont les dernières empreintes de tes frangins de l'ombre; frangins embarqués sur une même galère. « Froid, il fait froid », penses-tu en regardant les marques des coups de tête contre les portes métalliques. Et les poings ont fait de même. Il te semble aussi que les cris sont incrustés dans la pierre.

Dans les commissariats les espaces sont à partager, pas seulement dans les cellules. Le premier assis gardera sa place. Ici le plus fort a toujours raison. Il faut savoir combattre et user de stratagèmes ou alors tomber sur le dernier venu. Le nouveau, le bleu, est viré séance tenante. Il faut s'asseoir sur une chaise bancale, au dossier usé, et allumer l'ordinateur; machine que des dizaines de collègues se partagent. Les bureaux ne sont pas personnels, de même que les chaises, les stylos, les agrafeuses ou les dictionnaires. Rien n'est à toi, tout est à tous. C'est la vie en communauté, et pas celle d'Emmaüs! Ici tout disparaît et tout se cherche, c'est continuellement une épreuve pour les nerfs. Oublie la jolie photo de famille accrochée au mur, bien encadrée. Oublie aussi les dessins faits par tes enfants. Oublie la photo de tes dernières vacances. La police est ta seule famille. Tout autour de toi te le rappelle. Tu vis dans le partage et la proximité. Un monde qui s'entre-déchire, qui fait des alliances et qui les rompt, qui s'aime et qui se quitte, qui se veut et qui se rejette. C'est pourquoi tes affaires se perdent, se retrouvent, puis disparaissent à nouveau. « Question d'habitude », penses-tu.

Cinq heures quinze. La fin du service de nuit approche. Tu ouvres ton tiroir, en ressors des documents. Tries les dossiers par ordre d'importance. Monologue intérieur: « Cette contravention peut encore attendre, j'ai tout le temps. Ce mandat d'arrêt est urgent. Ces déclarations concordent, je vais faire le rapport sous peu. Cette enquête tarde, l'assurance peut patienter. »

Tu retrouves un carton d'invitation de Janine, patronne de l'Aigle argenté, un cabaret du quartier. Janine fête ses soixante-deux ans. Il va y avoir du champagne, des petits fours, de la musique d'ambiance et des shows, plutôt chauds. De plus, Janine engage de nouvelles filles, nouvelles entraîneuses. Dans ces établissements, ce sont des filles de l'Est. Grandes, blondes, à la poitrine ronde et aux jambes longues, elles sont merveilleusement belles et semblent très lucides à propos de leur emploi. Toutes présentent, fièrement, des licences de droit ou de physique nucléaire. « Il y a maldonne », penses-tu en observant les photocopies des documents. Elles expliquent alors les années passées sur les bancs des universités de Moscou ou de Saint-Pétersbourg, elles disent toutes la même chose. Expliquent qu'aujourd'hui elles voyagent pour mieux connaître l'Europe contemporaine. Et ces diplômes, achetés au prix du corps, leur ouvrent un seul horizon… celui des cabarets européens. Accompagnées d'un garde-chiourme moscovite, elles obtiennent généralement des visas avec la mention – *Artistes de Cabaret* – et s'exhibent de ville en ville, de capitale en capitale.

Leur voyage d'études passe par Berlin, Munich, Paris, Rome, Marseille, Genève, Zurich ou Londres. Pour celles qui font de la résistance, ce sera des endroits moins fréquentés, voire des baraquements de chantier pour immigrés turcs, portugais, albanais, serbes ou bosniaques.

Tu n'apprécies pas de devoir lorgner ces filles exploitées, mais il te faut les connaître ; tu sais que ces prochains mois tu vas très certainement avoir à t'occuper d'elles. Et dans la plupart des cas les protéger, ou alors si c'est trop tard, identifier un corps.

Dans ces soirées, tu montres ta bobine et tout le monde plaisante. Bons enfants, les clients veulent essayer ta casquette et t'interroger sur le métier. Faut aussi dire qu'ils sont pleins comme des outres. Imbibés par l'alcool. Téléphonent à la maison pour annoncer qu'ils sont en affaires et ne peuvent être dérangés sous aucun prétexte. « Couche les mômes, ma chérie, et n'oublie pas de les embrasser pour moi », les entends-tu mentir dans leur portable.

Whisky, rhum, cognac, les plus grandes marques de champagnes et les vins, les meilleures années, sont versés en quantité dans des verres soufflés à Murano. Nouveaux riches ou anciens pauvres. Banquiers et hommes d'affaires. Tous se comportent comme des seigneurs, et s'agitent sur les banquettes de velours, aux couleurs royales. Et payent pour se faire tripoter ; beaucoup plus pour une fellation ; plus encore pour emmener la fille dans une chambre. Entre deux verres, les yeux vitreux, ils te harcèlent avec des problèmes d'amendes injustifiées, de contraventions contestées, et t'interrogent sur les raisons pour lesquelles tu bosses pour gagner si peu. Tu te fiches éperdument de leurs commentaires. Quelques verres de plus, et ils te considèrent comme un ami cher. Plus l'alcool chauffe la salle, plus tu leur es sympathique. Ils terminent par dire, en refoulant les vapeurs d'alcool, que tu es un chic type, que ton boulot est merdique et que pour rien au monde ils n'échangeraient leur place contre la tienne. Ça tombe bien ! car tu n'avais aucunement l'intention de la leur céder. Alors ils rentrent chez eux ravis, comblés. Ils ont fait leur cirque ; ont la gueule de bois ; ont une petite histoire à raconter. Si ce jour-là tu es de bonne humeur, tout peut aller pour le mieux, tu supportes ces enfoirés. Mais au contraire, de mauvaise humeur, ils te crispent et tu ne supportes pas ces familiarités ; fraternités de bar à fesses.

— UN CASSE ! J'AI LES CLEFS, GO !

Ton jeune collègue fait irruption dans la salle de travail en hurlant. Il vient d'entendre la Centrale annoncer sur les ondes qu'une voiture s'est précipitée dans une vitrine. Tu te dis qu'à cette heure matinale, il y a de fortes chances que ce soit un coup du bélier. Technique redoutable et appréciée des casseurs de bijouterie. La ville ne manque pas de bijouteries. Les plus grands noms se partagent le kilomètre le plus fréquenté du centre ville. Les parures les plus coûteuses y sont exposées. Les vitrines sont blindées, sous alarmes et réputées pour leur inviolabilité. Précipiter une grosse cylindrée dans la devanture est un moyen sûr pour parvenir à ses fins. Les casseurs redoublent d'ingéniosité pour franchir les chicanes, les trottoirs et les contrôles de police. Habituellement plusieurs voitures, qui se suivent, créent des diversions. Des véhicules puissants franchissent des carrefours à grande vitesse. Ils sont alors pris en chasse par des patrouilles et les emmènent à l'extérieur de la ville. Parfois des collègues qui se rendent sur les lieux pour prêter main forte aperçoivent en route les manœuvres suspectes d'autres véhicules. Appels sur les ondes : l'information circule. Toutes les patrouilles sont alors alertées et le casse est déjoué. Parfois les cambrioleurs ont le temps de prendre la fuite.

— Laisse-moi conduire ! dis-tu à ton jeune collègue.

Il n'écoute rien. Distrait par l'action. Son gilet pare-balles sous le bras, il court à l'avant-poste. Tu entends la porte se refermer. Secoues la tête et te dis que la nuit prochaine tu patrouilleras avec un ancien flic. Piques un sprint. Au passage, ramasses ton gilet, ta casquette, ta veste. Les feuilles volent à travers la salle. Tu franchis la porte battante qui sépare les salles de travail de l'avant-poste. Franchis la porte d'entrée. Te retrouves sur le trottoir.

— Putain, il pleut encore, marmonnes-tu en ajustant ta casquette.

Le jeune fougueux est déjà dans le véhicule. Le moteur gronde. Les feux scintillent, et c'est alors du bleu, du rouge, du bleu, du rouge, du bleu, du rouge. La sirène retentit. Tu contournes le véhicule et dans un vacarme assourdissant ouvres la portière, te jettes à l'intérieur.

— P'tit con, tu peux m'attendre.

Dans son trip, il n'entend plus rien. Il a le pied au plancher, le véhicule s'élance. Cinquante, quatre-vingts, cent, cent quarante, cent quatre-vingts kilomètres à l'heure. En ville, à cette vitesse, il n'y a pas place pour la moindre erreur. Tu jettes un coup d'œil au conducteur, il a l'air de bien s'en tirer. Il maîtrise son joujou. Braquages, contre-braquages, crissements de pneus, accélérations, freinages d'urgence. À cette heure-ci, il n'y a pas grand monde sur les routes, « et c'est d'autant plus dangereux », dis-tu. Il y a le type qui sort son chien et qui a la mauvaise idée de traverser la route. Ou alors, le bourré qui franchit un feu rouge. Ou encore le livreur de journaux qui fait sa tournée sur son cyclomoteur. Il y a aussi tous ceux qui n'arrivent pas à dormir, qui sont tombés du lit et qui vont chercher des croissants chauds. La main droite accrochée à la poignée de sécurité, tu tournes la tête en direction de ton collègue.

— Je vais vomir si tu freines encore une fois, dis-tu en ouvrant légèrement la vitre.

Les gouttes d'eau te griffent le visage. Tu refermes la fenêtre et te dis que ces remarques ne sont peut-être pas héroïques, mais que tu as trop souvent, dans les conduites en situation d'urgence, mis en danger ta vie et celle des autres. À plus de cent soixante kilomètres heure au centre ville, tout peut arriver. «Faut bien que jeunesse se fasse», finis-tu par penser.

Ton jeune collègue stoppe le véhicule. Plusieurs patrouilles sont déjà sur place. Une dizaine de voitures sont au milieu de la chaussée, les portières grandes ouvertes. Une grosse cylindrée est plantée dans la vitrine d'une bijouterie. Ça fume. Du verre jonche le sol. L'alarme du commerce retentit. Les gens sont aux fenêtres. Les radios des véhicules de police grésillent. Tout le monde parle en même temps dans les talkies-walkies. C'est alors une indescriptible cacophonie. Il fait un froid de canard. Il pleut. Les malfaiteurs sont repartis avant l'arrivée des premières patrouilles. Ils sont montés dans un deuxième véhicule qui barrait le passage et ont pris la poudre d'escampette. Tu aperçois un pauvre bougre assis au bord de la route, il tremble comme une feuille et s'entretient avec l'un de tes collègues.

—Je suis pâtissier, je prends mon service à cinq heures trente. J'emprunte cette route tous les jours. Aujourd'hui, je suivais une bagnole, quand d'un seul coup de volant elle s'est mise en travers de ma route. J'ai freiné sec. Immédiatement j'ai vu une deuxième caisse, celle qui était devant, se précipiter dans la vitrine. J'y crois pas encore! ça m'a fichu une de ces frousses! Quatre types cagoulés sont sortis de la voiture, à une allure, je ne vous explique pas. L'un m'a braqué avec un énorme fusil, genre fusil à pompe, je ne bougeais pas un doigt, bordel de merde! quand je vais raconter ça à mes potes. En quelques secondes, les autres types avaient ramassé ce qu'ils ont pu. Il y en avait partout, sur la bagnole, sur la route, sur le trottoir, ça scintillait de tous les côtés. Ils sont montés à bord d'une des voitures et ont foutu le camp. Les enfoirés! bordel!

Tu pousses ton jeune collègue du coude.

— On n'a plus rien à faire ici, viens.

— J'aurais bien voulu poursuivre les casseurs.

Tu sens son désarroi.

— Faut pas rêver, p'tit, plusieurs minutes se sont écoulées, ça leur laisse largement le temps de sortir de la ville.

Attends sa réaction. Rien.

— À cette heure, tu veux que je te dise, ils doivent bien se marrer. Allez ! ce sera pour une prochaine, il n'y a que les montagnes qui ne se rencontrent pas.

Tu lui tournes le dos et remontes à bord du véhicule de service. Annonces à la Centrale que vous quittez les lieux. Ton collègue te suit, s'assoit, perplexe, les yeux grands ouverts. Et frappe violemment sur le tableau de bord. Un coup d'œil en coulisse, et tu te dis qu'il fait plaisir à voir. Lui donne un petit coup sur l'épaule.

— Je t'aime bien… p'tit con !

Tu sais déjà que la nuit prochaine, tu feras tout ton possible pour patrouiller avec l'un de tes partenaires habituels. « Prendras moins de risques », penses-tu en observant les gouttes de pluie s'écraser contre le pare-brise.

À peine une minute et déjà la Centrale demande une patrouille à l'avenue des Groseilliers.

— À l'avenue des Groseilliers ? dis-tu en regardant ton collègue.

— Mais on y est ! répond-t-il, surpris.

Tu te saisis du microtel.

— Centrale, quel numéro ?

— Trente-cinq.

— Précisions ?

— Certainement des casseurs, c'est un médecin, couché au

premier étage de la maison, il entend du bruit au rez-de-chaussée.

— On y est dans trente secondes.

— Urgent ! besoin de patrouilles en renfort à l'avenue des Groseilliers, annonce la Centrale à l'intention des véhicules les plus proches.

— La 367.

— 560.

— 347.

— C'est bon les gars, vous êtes assez, les premiers sur place informent les autres.

— Centrale… on arrive… quittons le véhicule… passons en mobile.

Tu prends le talkie-walkie, le glisses à la ceinture. La main gauche tient la torche métallique, noire, froide. La main droite encrosse l'arme, qui toutefois reste à l'étui. Tu sens l'acier froid contre la paume de ta main. Ton collègue se précipite derrière la maison, tu assures la porte d'entrée.

— CENTRALE URGENT ! URGENT ! DEUX… DEUX TYPES !

L'appel provient de derrière le bâtiment, tu presses le pas. Deux ombres sautent le mur et s'enfuient à travers l'avenue. Tu bondis. Les pourchasses.

— CENTRALE ! JE SUIS DERRIÈRE… URGENT ! URGENT ! ILS S'ENFUIENT EN DIRECTION DE LA VILLE… JE TRACE DERRIÈRE EUX ! cries-tu en accélérant.

Les poumons en feu. Le talkie-walkie collé à la bouche, tu informes la Centrale de la direction prise par les fuyards. Donnes le signalement des casseurs.

— Deux hommes… cheveux longs, ils courent vite, les enfoirés ! jeans… casquettes… baskets blanches et vestes foncées.

Le canal radio reste ouvert pour que les autres patrouilles entendent les informations diffusées. C'est la course, et tu te dis que tes collègues vont rapidement te rejoindre. Les talkies-walkies grésillent. Tout le monde gueule en même temps.

— Un seul à la fois, discipline radio, s'il vous plaît! ordonne l'opérateur de la Centrale chargé de coordonner l'action.

Tes deux lascars prennent de la distance. Tu perds haleine. Quelque cinquante mètres te séparent d'eux. Tu souffles. Les poumons en feu. Tu cours et accélères encore. Les types te distancent et disparaissent au coin d'un immeuble. Il pleut. Ton uniforme est trempé. Le matériel accroché autour de la ceinture de charge, les chaussures lourdes, trop lourdes, t'empêchent de filer à toute vitesse. En plus, les types ont la trouille. «Courent vite! s'envolent les salauds», te dis-tu en restant concentré sur le rythme de ta respiration. Tu sais que tu n'as que peu de chance. Toutefois t'accroches et cours. Et tu t'étais juré de ne plus le faire.

— CENTRALE! JE LES AI PERDUS, cries-tu sur les ondes, le talkie-walkie toujours collé aux lèvres.

Tu articules ces quelques mots avec difficulté. Plié en deux, tu halètes. Des collègues arrivent. Un chien de police est lâché. Tous s'enfoncent dans la nuit. Tu les regardes qui s'éloignent et essayes de reprendre ta respiration. Halètes encore. Souffles comme un bœuf. Vacilles. Prends appui contre le mur… et vomis! L'estomac au bord des lèvres. Depuis longtemps tu n'avais plus sprinté.

— Devrais me remettre à la course, dis-tu en suffoquant.

Tu t'essuies la bouche, te retournes et marches tranquillement en direction de la voiture. En chemin ramasses une à une les affaires perdues. Casquettes clefs, lampe de poche et quelques pièces de monnaie. Tu entends la Centrale annoncer que les types n'ont pas été retrouvés. Disparus près de la voie ferrée. Tu hausses les épaules.

— Ça va, chef?

— Ouais! ne dis rien, petit… on rentre.

Et tu refermes la portière. Assis, tu prends une grande inspiration, regardes par la fenêtre et penses que ces conneries ne sont plus pour toi.

Avant de retourner au commissariat, il te faut contrôler l'état général du véhicule de service ; essence et pression des pneus. Vivre en communauté, c'est remettre le matériel en ordre, nettoyer les locaux avant que la relève ne vienne prendre ses quarts. Entre les équipes, diverses formes de compétition existent, et quelquefois des polémiques naissent d'une tasse de café laissée sur la table. Alors les lieux doivent être tenus propres, les plats et la vaisselle nettoyés, rangés. Les corbeilles vidées. Le papier-toilette mis en place et les voitures de service correctement stationnées. Gare à ceux qui enfreignent ces règles. Ainsi à cette heure-ci, les patrouilles se rendent au garage du commissariat principal. L'ouverture de la porte est automatique, le personnel administratif n'a pas encore pris son service. Près des colonnes d'essence, c'est l'alignement des voitures. Ce sont aussi les mots échangés avec les équipes des autres secteurs.

— Passez une bonne nuit ?

— Bof, comme d'hab.

— Une de plus en moins.

— Bien sûr ! t'as raison.

— J'vais dormir comme un loir…

— Ras le bol des nuits.

— Le congé est bienvenu…

— De bonnes affaires cette nuit ?

— Ouais, t'as vu les frères Massoud ? Ils ont passé dedans.

— Génial.

L'un après l'autre, chaque véhicule avale plusieurs dizaines de litres d'essence.

En attendant ton tour, tu jettes un coup d'œil aux locaux. Y vois des voitures puissantes, des tout-terrains, des fourgons, des motos et des vélos. Le garage est gigantesque. Les murs sont gris, rongés par l'érosion et les gaz. Tu aperçois deux voitures d'intervention. Les flancs démolis, brisés, cassés. Les rétroviseurs arrachés, et l'une d'elle a le pare-brise en forme d'étoile.

— T'as vu, fracassées, dis-tu à ton collègue, en pointant de l'index vers les véhicules.

— J'ai entendu Frédo et Sylvain dire que la brigade avait planté lors d'un braquage la semaine dernière. Ça doit être ça !

Les pare-chocs avant sont enfoncés, les pare-chocs arrière arrachés ; les capots et les toits, froissés. Trois impacts de balles sont visibles sur l'une des deux voitures.

— Putain ! quel rodéo.

Tu te retournes et te rends auprès des colonnes d'essence. Le plein effectué, salues tes camarades. Allumes le moteur.

Sur la route, la Centrale t'envoie t'occuper d'un feu de container. À ton arrivée, les sapeurs-pompiers sont déjà sur place. Comme toi, ils semblent fatigués. Barbe naissante, teint pâle, yeux rougis, ils paraissent écrasés sous le poids de leur casque blanc et de leur veste noire. Tu serres la main à chacun, échanges quelques banalités. Ton collègue fait de même.

Un jeune gars épaule le tuyau noir, lourd, dirige le jet d'eau contre le feu. Derrière lui, les plus anciens observent la manœuvre. Le véhicule d'intervention, rouge, est parfaitement propre, reluisant, astiqué avec soin. Le gyrophare allumé, les lumières, bleues, rouges, se reflètent contre les bâtiments noirs.

— De la racaille, dit l'un des sapeurs en te regardant.

— Ouais ! Besoin d'un rapport ?

— Non, ça ira, on s'en occupe.

À ces heures-là, les discothèques, bars et gargotes, proposent des *afters*. Les oiseaux de nuit boivent un, deux, trois derniers verres, parfois plus. C'est la fin de la soirée… il faut s'éclater ! Feux de joie. À la sortie, des mariolles s'amusent à bouter le feu aux poubelles, corbeilles et containers. Ces derniers temps, plusieurs véhicules se sont embrasés.

Tu observes les flammes, le jet d'eau, la lance et le jeune sapeur. Te dis qu'il se débrouille plutôt bien. Et que ces types doivent en voir de toutes les couleurs. Comme le flic de quartier, ils traitent les affaires les plus folles, de nuit. Société des hommes.

— On vous laisse bosser, dis-tu en faisant un léger signe de la main.

— Bon congé ! te lance l'un des hommes.

En retournant à ton véhicule, tu aperçois un type sur un scooter Yamaha bleu. Grassouillet, casquette de base-ball. Il regarde, amusé, les pompiers travailler. « Rien d'autre à faire à ces heures ? » penses-tu.

Commissariat. Il est tard. Il est tôt. Onze heures de service. La nuit a été longue. Tu louches, épuisé. Tu t'appuies contre le dossier du fauteuil et espères ne plus quitter ce siège jusqu'à la fin de ton service. Les deux mains sur le ventre, les pieds sur le bureau, la tête rejetée en arrière, tu t'assoupis. Position préférée des flics de quartier. Le tout, c'est de ne jamais être surpris en train de dormir. Malgré ta position bancale, tu es prêt à te redresser rapidement. Scrutes le plafond. Sombres dans un léger sommeil, entre deux mondes. Réveillé au moindre bruit, tu fais bonne figure. La bouche pâteuse, les yeux vitreux, ton flingue et les menottes enfoncés dans les côtes, les cheveux en bataille. « Ce n'est pas une sinécure de dormir dans un fauteuil de commissariat », penses-tu, engourdi. Au point d'envier le type qui roupille dans le violon.

La porte s'ouvre bruyamment. Basile, une petite frappe du quartier, est poussé en avant. Trébuche et tombe. Un collègue entre à son tour, le saisit à l'oreille et le fait se redresser. Tu observes ce manège sans broncher. Cinq heures quarante. Tu bâilles, et avec satisfaction vois arriver la relève. Apprends qu'en venant travailler, ton collègue est tombé sur Basile. Était en train de fracturer le cadenas d'une bécane. Planqué dans un coin sombre, une tenaille en main, Basile s'apprêtait à trancher les maillons. Une bécane disparue, plainte à la police ; remboursement aléatoire des assurances. La plainte rejoindra les milliers d'autres plaintes qui s'entassent sur les bureaux du procureur.

Ton collègue aurait pu passer à côté, ne rien voir, siffler et continuer son chemin. Et alors venir travailler et effacer de sa mémoire l'ombre aperçue. Mais il y croit, et... et c'est comme ça ! « C'est un brave type », penses-tu en le regardant agir.

Basile connaît la musique, il n'en est pas à son coup d'essai. Il est connu dans le quartier et traîne ses sandales le long des immeubles ; ombre furtive. Sa spécialité est le vol de véhicules et l'ouverture des portes d'appartement. Il est assez doué et force une portière en quelques secondes. Interpellé, remis à la justice, il est systématiquement relaxé.

Toujours les pieds sur le bureau, la tête rejetée en arrière, lassé de scruter le plafond, tu jettes un coup d'œil à cette crapule de Basile.

— Faut pas titiller les flics de quartier de si bonne heure, t'es pas correct.

Ton collègue semble furax. Le pousse dans un violon. Fouille réglementaire et fermeture de la porte. Tu n'as toujours pas envie de bouger de ta chaise, encore quinze minutes et ton service de nuit est terminé. Ce n'est pas ton affaire, il n'y a aucune raison de t'en mêler. Ton collègue commence son service, il est frais et reposé.

— Putain de quartier ! dis-tu en t'étirant.

Les journaux sont livrés. Le jour approche. Tu te lèves et pousses la porte. Il pleut. De l'air frais s'engouffre. Le livreur de journaux est levé tous les jours à l'aube. Fait son job, humblement.

— Bonjour.

— Bonjour.

— Pleine forme ?

— Ouais, pas trop mal, j'me fais vieux.

— Bah, comme nous tous. J'suis content de vous voir, j'me dis que la nuit est finie. Vous êtes un cadeau du ciel.

— Arrêtez, je vais me prendre pour le Père Noël.

— Peut-être pas pour lui. À cette heure-ci, sur le trottoir, il ne reste plus que les cloches, les livreurs de journaux, les flics et les putes. Alors pour le Père Noël, il faudra attendre.

— Ouais, z'avez raison, foutu métier.

La rue est calme. Au loin tu entends des chauffards faire tourner le moteur de leur machine. Tu sais qu'ils sont bourrés et qu'ils s'apprêtent à démarrer. Rentreront chez eux comme ils pourront et certains vont s'envoyer dans le décor. Ambulances, hôpitaux et autopsies. L'analyse révélera un taux d'alcoolémie ahurissant. Perspective de famille en deuil.

L'averse se calme. Tu respires un grand coup, regagnes la cuisine et te fais un café. Les cinq collègues qui relèvent ton groupe sont arrivés. Six heures du matin. Ils sont fraîchement rasés. Coups d'œil complices. Peu de choses à dire. Ces hommes savent quelle nuit tu as passée. Quelques mots échangés, des plus banals.

— Ma femme s'est barrée ! te dit l'un d'eux.

Eh oui, le métier étouffe l'amour plus facilement qu'une escapade extraconjugale. Tu as vu des épouses fermer les yeux sur un coup de canif au contrat de mariage, mais rarement devant l'indifférence. Et madame ne supporte plus d'attendre son homme. Les horaires de service irréguliers grignotent du terrain. Il est vrai que le flic de quartier a de nombreuses heures de liberté, mais malheureusement jamais en même temps que les autres. La plupart des gens travaillent la semaine et ne sortent que les week-ends. Métro. Boulot. Dodo. Mais pas le flic de quartier, ni le pompier, ni l'artiste, ni le chômeur. Après ta nuit, tu dors quelques heures et attends de reprendre du service. La prostituée, l'ivrogne, le casseur, le toxico te manquent. Tu dis que chasser, traquer, ça te prend les tripes. Il faudra bien du temps pour oublier. Du temps et une famille. La femme de ton collègue ne l'a plus attendu. Les lumières de la maison se sont éteintes. Elle l'a mis à la porte. Portes closes, entrouvertes à la fin du mois pour la pension alimentaire. Lui, ses revenus diminués de plus de la moitié, sans oublier les impôts qui le sèchent à mort, cherche un logement. Il finira par trouver une cage à lapin, et si possible assez près de sa tribu. Les mômes lui manquent déjà. Et ça lui fait mal au bide ! surtout qu'il n'a pas vu le vent tourner. S'occuper des problèmes des autres et voilà qu'il en a oublié les siens ; il a oublié de se protéger. Protéger son histoire d'amour. Il va garder ses problèmes pour lui, les enterrer définitivement. C'est un ensevelissement et malheureusement, dans ce cas, sans aucune chance de résurrection. Aujourd'hui ses gosses sont à table avec le nouvel ami de maman.

— Ça arrache les entrailles, ce genre de conneries ! te dit ton collègue en se raclant le fond de la gorge.

Flic de quartier, c'est une profession qui ne permet pas de baisser la garde. Alors une carapace se forme, de vraies tortues ; c'est piquant de vrais hérissons ; c'est mordant de vrais cobras ; c'est malheureux de vrais hommes. Attaqué de toutes parts, tu as quelquefois le sentiment d'être un golem, artificiel et sans parole. Tu es définitivement perdu si tu craques. L'erreur est impardonnable. Une secrétaire efface ses erreurs au liquide correcteur, le flic de quartier n'efface rien. Tu dis qu'il n'a qu'une seule chance, qu'il connaît bien l'issue de ce jeu, et sait qu'il est de toute manière perdant. Les heures de nuit lui raccourcissent la vie. La détresse des autres, tôt ou tard, le fait sombrer. Les bagarres le font glisser. Parfois tu penses à ton collègue Pierrot, un frangin, un pote, qui un sale jour est intervenu dans une bagarre, violente, rixe de quartier. À un moment ou à un autre, c'est la routine qui guette. Le type est robuste, très robuste, au physique de barbouze. Et il n'a pas oublié d'être méchant, une crapule. Violent. Une authentique machine de combat. Pierrot a peur, il décide de cogner le premier. Trop de temps passé comme flic de quartier… et marre des coups. Alors la justice des hommes ne l'a pas épargné. Ses années de bons et loyaux services n'ont pas compté. Comme un pitbull, elle a refermé sur lui ses mâchoires. « Quand elle saisit les couilles d'un flic, t'avait dit Pierrot, elle les lui arrache ! et le flic en ressort émasculé. Souviens-t'en, mon pote ! » Et Pierrot a choisi l'exil. Il s'est exilé dans la dépression. Les psychiatres l'ont bien entendu. L'ont-ils seulement compris ? « Je t'ai reçu cinq sur cinq, tu n'es pas seul, Pierrot, je souffre avec toi », voudrais-tu lui dire aujourd'hui. Pierrot est parti.

Tu penses que ce n'est rien d'autre, la fraternité.

Six heures du matin, tu as fini ton service. Tu bâilles. Refuses le whisky. C'est la tradition, en fin de nuit le sirop de cow-boy est servi. À ces heures-là, il y a ceux que personne n'attend, ils restent et poireautent autour de la table, picolent et refont le monde. Tout à l'heure, tu sais qu'ils s'effondreront dans leur plumard et tenteront d'oublier cette saleté qui leur colle à la peau. « Certes, ils rentrent ivres à la maison, mais ce sont de braves types », penses-tu en les observant tourner un glaçon dans leur verre.

Et toi, quelqu'un t'attend, tu ne tiens pas à rester une minute de plus dans ce foutoir. Alors tu prends la route qui t'emmène auprès de ta compagne, de ton fils, de ta fille. Tu regardes le ciel. Il ne pleut plus. Il fait encore sombre, tu perçois une éclaircie à l'ouest.

— La luminosité est étonnante, c'est bien le printemps, mon vieux.

Et tu t'approches de ta voiture, regardes autour de toi, ouvres la portière et t'assois. À cette heure-ci, la ville s'éveille. Les citoyens s'en vont à leur travail. Il fait frais. Légère brume matinale. À l'horizon les lueurs du soleil apparaissent petit à petit, des raies de lumières commencent à tracer des lignes horizontales. Levée de l'astre. La fenêtre est entrouverte. Il fait bon. Tu roules à vive allure et respires profondément. Tu t'oxygènes. L'air qui s'engouffre dans tes poumons est d'une fraîcheur bienvenue. Tu te revigores. T'interroges sur le sens à donner à la vie et te demandes pourquoi tant de gens sont en exil. Exilés de la vie. Dans le quartier, beaucoup ne croient plus en rien. Pour la plupart, ils n'ont plus l'espoir. Plus de goût. Toutes leurs conquêtes échouent. Aucun avenir.

Et tu penses à Jasmine. Beau brin de fille. Mulâtre au visage fin, typé et au teint pâle. Aux yeux noirs, grands, pétillants et enfoncés. Sourcils noirs, épais. Cheveux noirs, longs et lisses, caressant la cambrure des reins. Jasmine, une fille publique. Une pute. Victime d'un délit de belle gueule. « Salut Jasmine ! c'est comment là-haut ? Ta mère, ta fille se portent bien ? C'était un putain d'accident de voiture, une putain de route, une sale idée que d'être parties sans toi. N'est-ce pas ? » Tu avales ta salive. Dur. Jasmine ne s'est pas étonnée de perdre ses proches. Elle connaissait la chanson. Savait que la vie réserve des surprises... parfois de mauvais goût. Plus assez de larmes pour pleurer. Elle a continué à se vendre, train-train habituel ; vendre ses entrailles. Et comme s'il fallait qu'elle souffre d'avantage, atteinte du virus. Jasmine a souhaité les rejoindre.

— Tu as choisi l'exil. Bon vent, Jasmine, va tous les faire bander... là-haut, dis-tu avec rage, en regardant le ciel.

Tu avales encore une fois ta salive. T'interroges : « Que deviennent ceux qui triment, ceux qui galèrent, ceux qui vivent continuellement en danger, dans l'incertitude des lendemains obscurs ? » Te concentres sur la route.

— ET LES MISÉRABLES ! cries-tu. Que leur restent-ils ? Sont-ils toujours abandonnés ?

Flic de quartier, tu as compris qu'il est inutile de parler d'avenir avec ceux qui passent leur temps à oublier leur passé. Il ne leur reste plus que le présent. Et le présent n'a aucune chance face à ce futur qui approche, de plus en plus vite. Ce futur qui en un instant est du passé.

Quoi qu'il en soit, tu te dis que celui qui n'a plus rien à perdre vit en marge et fait peur. La société des hommes pense de lui qu'il est un marginal, un délinquant, un clodo, un paumé, un ivrogne, une tapette, une crapule, un fainéant, un original et finalement un jean-foutre. Au mieux elle dit qu'il est un sans-abri, un sans papiers, un sans-État, un immigré, un déporté, un malchanceux, un demeuré, ou simplement un artiste. Ainsi elle se rassure. Rassure le citoyen. Te rassure. Tu dis en ricanant que l'autre est bien un étranger étrange... très étrange. Et qu'il faut s'en méfier. Il est black, larbi, yougo, bougnoule, négro, bridé, pollack, gitan ou youpin. Et tu es flic de quartier, payé pour t'en méfier afin de rassurer les hommes.

— Eh... merde !

Tu portes à nouveau ton attention sur la route. Pour l'instant c'est bien celle-ci qui compte, puisqu'elle te ramène chez les tiens.

Tu gares ton véhicule au premier sous-sol. Empruntes plusieurs couloirs, appuies sur le bouton d'appel et entres dans l'ascenseur ; il te dépose sur le palier. À cette heure-ci, c'est le silence. Tu glisses la clef dans la serrure, fais tourner le pêne et ouvres la porte d'entrée. Tu sens instantanément les odeurs de café. Entres dans l'appartement, jettes un coup d'œil dans le salon. Personne. Remarques alors deux bols, grès beige, abandonnés sur la table ; bols, tu le devines, qui ont contenu le chocolat chaud que tes enfants ont avalé à leur réveil. Avant même de retirer ta veste, sans faire le moindre bruit, tu traverses l'appartement et rejoins Isabelle dans la chambre à coucher. Tu demeures un instant sur le pas de la porte, l'observes qui se maquille devant le miroir. Penchée légèrement en avant, un crayon de maquillage dans la main droite, elle suit délicatement le pourtour des yeux, ligne de khôl noir. Tu l'observes encore, les jambes nues, un pull-over bleu qui descend jusqu'au haut des cuisses, dessine la courbe de ses hanches. Tu frissonnes, comprends alors la chance que tu as de l'avoir auprès de toi. Tu toussotes, elle se retourne.

— Bonjour, mon chéri ! dit-elle en souriant. T'as passé une bonne nuit ?

— Pas trop mal, tu me manques, dis-tu en t'approchant d'elle, l'attirant contre toi et déposant un baiser sur son front.

Les enfants te rejoignent, ensommeillés et à demi vêtus. Tu les enlaces, sens la chaleur de leur corps. Leurs yeux sont légèrement gonflés. Ils s'étirent et bâillent.

— T'as arrêté beaucoup de voleurs ? demandent-ils.

— Beaucoup, oui, ne vous inquiétez pas !

Tu as tant de choses sur le cœur. La délicatesse t'interdit de leur dire ce qu'est le monde de la nuit. Tu restes sur quelques banalités. Ne veux pas les inquiéter. Penses qu'ils ont droit de rêver leur vie, ils ont droit d'ignorer la vérité. Qu'il n'y a aucune raison de les fatiguer avec des histoires malheureuses, des histoires humaines. Cependant tu expliques à ta compagne que Francine, cette nuit, s'est fait cogner. Elle te regarde sans rien dire. Tu l'observes à ton tour et la sens contrariée par tes histoires de boulot; te dis qu'un jour tu lui présenteras Francine… et les autres. Penses aussi qu'il ne doit pas être facile de vivre avec un homme, flic de quartier, qui fréquente les boîtes les plus sordides; les plus belles prostituées.

Après avoir déposé clefs, porte-monnaie et téléphone portable sur l'armoire à chaussures, tu enlèves ta veste et la suspends au portemanteau. Te rends à la cuisine. Verses trois cuillerées de poudre de café soluble dans le plus grand bol que tu déniches, y ajoutes de l'eau chaude et un nuage de crème. Alors tu t'installes, plutôt te vautres, dans l'un des sofas du salon, toutefois prends garde de ne pas renverser une seule goutte sur le tissu aux teintes chaleureuses; roux, bordeaux, ocre, orangé, sable et jaune clair. Éreinté, tu laisses errer ton regard dans la pièce. Plancher et mobilier en bois; murs couleur noisette; table en chêne, vernis foncé; bibliothèque lourde, aux centaines d'ouvrages. Des pots de terre cuite et de grès, contenant des plantes vertes et exotiques, sont disposés le long de la baie vitrée. Il y a aussi, dressés sur les meubles, un certain nombre de statuettes asiatiques, des masques africains et vénitiens, mais aussi, contre les murs, des tableaux à l'aquarelle, à l'huile ou au batik, qui illustrent des paysages d'ailleurs.

Tu trempes les lèvres dans le café tiède. Avales une grande gorgée. Cela te réchauffe. Quelques minutes s'écoulent ainsi, et il est déjà l'heure pour ta femme et tes enfants de s'en aller.

Tu te relèves et les accompagnes à la porte. Les embrasses une dernière fois et souris en voyant tes mômes qui traînent un sac d'école lourd comme un cheval mort. Caresses la joue tendre d'Isabelle, et lui dépose un baiser sur les lèvres. Ta famille file à l'anglaise.

Il est sept heures quarante-cinq. Tu refermes la porte, n'as aucune envie de préparer un petit-déjeuner; décides alors d'aller te coucher. Toutefois passes à la salle de bains, te dévêtis, jettes tes habits avec le linge sale. Tu fais couler l'eau chaude sur ton corps. Il te semble que cette eau, qui s'écoule, nettoie bien plus que la peau; alors les idées noires s'écoulent avec la transpiration. Tu sors de la salle de bains, sens l'air froid, te précipites dans la chambre à coucher et te glisses sous les couvertures.

Pas facile de s'endormir quand la rue s'anime. Les voitures, les camions, les klaxons font un vacarme diabolique. René, jardinier heureux, siffle sous ta fenêtre en taillant des arbrisseaux; des habitants du quartier s'arrêtent et échangent quelques mots.

Seulement alors ton corps s'efface petit à petit et s'enfonce lentement dans les sables mouvants du sommeil. Tu entends au loin les sifflements et les bruits de la ville s'éloigner lentement, très lentement. Tourmenté, tu te tournes et te retournes. Et tu t'envoles, tu planes, tu vogues. Tu rêves que tu sillonnes des vallées vertes, des villes sans oxydes de carbone, de gigantesques forêts équatoriales, des quartiers résidentiels. Les gens se saluent, s'embrassent, font l'amour. Le sommeil te permet de n'être plus ici et de naître ailleurs. Ici et là-bas. Ici et maintenant. Ici et nulle part.

Ramdam dans la rue. Tu te réveilles. Poses les yeux à peine entrouverts sur le réveille-matin.

— Onze heures trente-cinq ! trois heures de sommeil, je n'y crois pas, comment vais-je tenir le reste de la journée ?

Et tu t'éveilles, te sens las, cassé, en miettes. La bouche pâteuse, la tête lourde. Te dis que c'est le prix à payer. Tu travailles la nuit, tu accumules les heures et ainsi t'épuises. Tu ne dors que trois petites heures. Tu te sens de plus en plus fatigué, souvent irrité et nerveux ; fatigué physiquement, fatigué psychiquement. Il est vrai que chaque profession a ses contraintes, mais celle-ci semble en accumuler un grand nombre.

Ton congé est bien organisé. Tu te consacres à la lecture, au sport et à ta famille. Te rends régulièrement dans un ancien dojo de la ville fouler les tatamis. Un vieux sac de boxe, quelques appareils de musculation, des cordes à sauter, des poids libres, des gants de frappe. Odeurs de sueur, efforts et douleur. Tu passes une heure face au sac. Enfiles des gants, y ajustes les doigts et frappes le sac. Tes muscles réagissent avec souplesse et fermeté. Tu bouges, esquives et frappes encore. Tu transpires et souffles. Inspiration. Expiration. Les hanches souples, tu frappes de plus en plus fort. Le sac plie sous les coups. Tu les multiplies, deviens plus précis. Fais entendre la rage. Expulses, cries et souffres. Les bras lourds, tu frappes avec tes jambes. Tibias en feu. Coups bas, destinés aux genoux de l'adversaire, coups hauts pour la mâchoire. Le serpent s'éveille. T'encourage, t'excite, te veut ; te veut cassé, épuisé, vidé. Il t'accompagne et gère les haines intestines. Les angoisses premières. *Time break* ! tu reprends ton souffle.

Ces quelques jours de récupération te permettent de redécouvrir un monde en équilibre, certes précaire, mais en équilibre. Tes enfants profitent de ta présence. Isabelle peut se reposer sur toi. La quotidienneté est rassurante. Tu profites de chaque instant. Les gosses te harcèlent… tu résistes pour finalement mieux céder. Ils vivent à travers toi et te demandent tant et plus. Tu joues la résistance, et te laisses aller sans aucune retenue. « Quelle innocence ! » penses-tu.

À observer ces yeux d'enfants, il te semble que tu touches la pureté. Tu es certain d'avoir déjà vu ces yeux quelque part : « Est-ce cette fille, cette nuit ? » Et un ange passe. Auprès des mômes, tu déposes les armes. Tu penses alors à ces caïds qui s'effondrent en larmes quand, dans les procès, la tension à son comble, la question tombe : « Et vos enfants ? »

Papa est détenu à la prison centrale. Il est à son tour la proie blessée ; blessée face à l'absence de l'enfance. Ces caïds ôtent la vie. Des parents souffrent. Leurs enfants ont croisé la route des dealers de mort. Et c'est celle d'un tueur. « CAÏD, TU FAIS VOMIR ! cries-tu à la face de l'homme. Tu ne respectes pas la vie, pas même la tienne. Pourquoi préserves-tu celle de ton fils ? de ta fille ? valent-ils mieux que les autres ? Messager de la mort, ceux qui t'ont approché en sont quittes. Ils sont morts… et sans remise de peines. »

Tu penses que la vie coulait dans leurs veines, et qu'elle s'est transformée en poudre. Des mômes ont été assassinés. Des comptes en banque se sont gonflés. Tu dis que le caïd est tel le scorpion. Il avance sournoisement dans les cœurs et alors pique ; pique à mort. C'est l'échec. L'échec et mat. Les hommes ont mal. Pourtant le caïd est des leurs. Et il tue des mômes. Des gamins qui n'ont rien demandé d'autre que vivre et aimer. Fragiles. Quelques instants ils ont été fragiles. Il était là. Il épiait. Dissimulé. Ils sont morts. La poudre les a tués. Chair. Poudre. Ils sont aujourd'hui poussière ; poussière d'étoile.

Tu reprends espoir quand le soir venu, tu accompagnes tes enfants dans leur lit, dans leur sommeil. Non sans avoir abuser de ta gentillesse, de ta faiblesse ; non sans t'avoir demandé mille fois de les embrasser, de leur raconter une histoire, de les faire rire, de leur raconter ton histoire et encore de les faire rire. Ou encore, ils te demandent de ne pas fermer la porte, ils veulent encore profiter de la lumière, si chaude, si rassurante.

Après tes nuits de service, tu as besoin de te retrouver auprès des tiens. Ils te régénèrent de leur amour inconditionnel. Ils te réhabilitent auprès des hommes.

Les enfants mis au lit, tu es alors disponible pour ta compagne. Voici le temps des étreintes passionnelles, caresses, amour et plaisir. Tu peux enfin te laisser aller dans ses bras. Isabelle ne te demande rien, elle t'observe et t'aime. Elle te veut maintenant et t'enlace de ses jambes. Elle s'offre. Elle se donne. Et tu rebâtis le monde. Elle s'endort, respire profondément. Tu observes les contours de ses hanches, de son ventre, de ses seins. Tu observes le creux de son sexe. La peau est marquée par la vie, par les accouchements, par l'âge. Ce corps tu l'as apprivoisé. Tu l'as connu vigoureux, vif, impulsif. Il est aujourd'hui paisible, tendre et serein. Plus de luttes, place à la contemplation. Tu ne cesses de l'observer. Il exprime un langage que tu es seul à savoir déchiffrer.

Ces mots sont les siens, sont les tiens.

II

Premier jour

Salle de bains. Légèrement à la droite de ton père, tu l'écoutes consciencieusement. Il fait ce geste tant de fois répété. De la vapeur s'élève du lavabo, le miroir embué, une serviette chaude posée sur le rebord. Le blaireau mousse encore. Méticuleusement, ton père fait glisser la lame sur le visage.

— C'est un rituel, dit-il sans te regarder, ta première leçon, fiston.

Le geste est commenté. Technique mille fois employée. Assurance de celui qui sait. Tu es impressionné par la dextérité avec laquelle il se rase. Pas une coupure. De bas en haut, de haut en bas et parfois en diagonale. Gestes vifs et précis. À ton tour, un peu nerveusement, tu tentes l'expérience. Gestes accompagnés par les puissantes mains de ton père. Tu hésites, ne sais pas dans quel sens faire glisser la lame. La peau de ton visage est souple. Tu as treize ans. Avant ce jour, tu observais quelquefois ton grand-père. Sa peau marquée, craquelée, pouvait à tout moment le trahir. Mais son geste était encore précis et jamais tu ne l'as vu se couper. Tu observes à nouveau ton père, stupéfait par l'aisance de ses mouvements. Maladroitement, ce jour-là, et plus sûrement, encore plus sûrement, tu as fait un pas dans le monde des hommes. L'apprentissage ne s'est pas fait sans coupures ni ratages.

Le matin, devant ton miroir, ces scènes te reviennent à la mémoire. Réminiscence d'une enfance heureuse. Ce jour-ci, c'est ton fils qui est à ta droite. La lame entre tes doigts, tu l'observes du coin de l'œil. Il n'ose pas encore. Mais son tour viendra !

Ce cérémonial est inscrit dans la loi. Le policier en uniforme doit être lisse comme une jeune fille impubère. La moustache est tolérée, mais pas trop longue. Les cheveux sont courts et les teintures exclues. Avant de quitter ton domicile, tu n'oublies jamais de contrôler ces détails, sous peine de sanctions disciplinaires. « Mon avenir professionnel en dépend », réponds-tu en riant à tes enfants qui te questionnent sur les raisons de passer tout ce temps à te préparer.

Et il y a les chaussettes noires. Elles ne doivent pas être grises, blanches ou de couleur. Elles sont noires. Tu as toutefois la liberté de choisir tes sous-vêtements. Certains profitent de cette autonomie et portent caleçons, culottes, strings ou maillots de couleur ; laissent exprimer ainsi leur fantaisie. Mais la plupart n'osent pas, prétends-tu, en restent au slip standard de couleur noir. Il y a aussi ceux qui adoptent les tenues de camouflage, couleur d'automne, de feuillage, « ce sont les durs ! » dis-tu en souriant.

Il va sans dire que les tatouages, les percings et le port de boucles d'oreilles sont prohibés.

Ainsi, rasé de près, tu fais le tour de ta petite famille. Jettes un coup d'œil par-dessus l'épaule de ton fils ; il révise un texte, a une épreuve ce matin. Tu lui caresses la tête en lui souhaitant bonne chance, et souris en repensant à tes études et aux difficultés que tu as eues. Rien n'a véritablement changé ! Tant d'exercices à effectuer à la maison, et tu t'interroges sur ce que tes mômes font à l'école ; autant d'années à ingurgiter les maths et la grammaire, pour connaître, à la sortie, si peu de la vie. Tu souris. Souhaites donner à tes enfants l'amour des livres. Puis abandonnes ton fils à sa tâche. Dans sa chambre, ta fille répète inlassablement le nom de plusieurs capitales européennes qu'elle doit savoir par cœur ; capitales qu'elle oubliera dans quelques semaines, ne se souvenant que de celles que tu lui as fait visiter ces dernières années. Sa mère lui brosse les cheveux. Les tire en arrière et peste contre un nœud plus coriace que les autres. Tu t'approches d'elles, les embrasses l'une après l'autre, en leur glissant à l'oreille un petit mot tendre. Tu avances près de la fenêtre, rideau de pluie, chaussées trempées ; te demandes quand le temps va s'améliorer ; penses que c'est pour bientôt.

Il est l'heure de t'en aller. Tu ramasses sur le meuble à chaussures tes clefs, ton téléphone portable et ton portemonnaie, vérifies si la carte de police s'y trouve ; glisses le tout dans les poches d'une veste en cuir, chaude, que tu enfiles et fermes jusqu'au col, que tu relèves.

— Salut, mes chéris, bonne journée et à ce soir, lances-tu en refermant la porte derrière toi.

Devant le commissariat tu hésites un instant. Ressens un léger pincement au cœur en te disant que tout peut arriver quand tu franchis la porte de cette citadelle. L'entrée est répugnante. La porte grince. Les fenêtres sont closes. Ouverture de la porte, tohu-bohu.

Un couple est assis, fait face à un de tes collègues. Il dépose plainte au sujet de la disparition de leurs bagages. Penauds, ils ne comprennent pas. Une seconde d'inattention, un coup d'œil dans une vitrine, et ils ne pensent plus à leurs affaires. Il a suffi d'une seconde d'inattention et tout s'est envolé. Ça te rappelle l'histoire d'une plaignante qui a tiré une grosse somme d'argent de son compte pour payer ses vacances. Vacances au bord de l'eau. Vacances à l'eau. L'argent dans une enveloppe ; l'enveloppe dans un sac à commissions. Une bousculade, l'enveloppe s'est envolée. Larmes, incompréhension, tristesse. Des mois d'économie qui profitent à d'autres. Les virements bancaires existent, beaucoup payent encore en liquide.

Tu penses aussi à ce petit vieux, et à sa famille à qui tu as annoncé son décès. Le vieux ne comprend pas le fonctionnement des nouveaux distributeurs de billets. Il essaye. Essaye encore. Ne veut déranger personne. Alors il revient en dehors des heures de pointe. Entraîné dans un immeuble où cinq jeunes types le rouent de violents coups de pied. Il perd connaissance. Souffrant de fractures multiples, il ne s'en remet pas. Quelques jours de coma. Mort à l'hôpital. L'enquête révèle que les agresseurs sont mineurs. Interpellés, ils ne comprennent pas leur geste, ne comprennent plus. État sauvage. Bestialité. Dérive. De jeunes chats déjà perdus.

Assis à gauche, deux ivrognes du quartier, plus tout jeunes, braillent en chœur ; têtes ensanglantées. Leurs propos sont incohérents. Ils transpirent l'alcool, gesticulent, titubent. Un jeune collègue crie, cherche à les faire taire.

— Fermez vos gueules.

— La tienne, poulet !

— Mais taisez-vous donc !

— Va te faire mettre, poulet, on en a vu d'autres. Gamin !

Ton collègue se retourne, te regarde. Pommettes écarlates, en colère.

— Je vais me faire ces deux poivrots.

Parmi ce brouhaha en quelques mots, tu comprends que les deux soûlards se sont battus.

— Mets-les au violon, ils cuveront et pourront brailler tout ce qu'ils veulent ! dis-tu à l'intention du jeune qui semble décontenancé.

Il y a encore ces deux filles, yeux embrumés. Cheveux ébouriffés. Maquillage défait. Décolletés plongeants et nombrils apparents. Peau mate. Percings et tatouages. Jarretelles et petites culottes. Talons aiguilles et... air vulgaire ! Shootées ! La cocaïne fait des ravages dans le milieu de la prostitution.

— Nous portons plainte, Riquet a voulu nous baiser.

— Patientez jusqu'à votre tour, je finis avec monsieur.

— Comme d'habitude, on attend tout le temps. Toujours nous qui sommes baisées... t'es un sacré enculé !

— Pardon ?

— J'ai dit que t'es un sacré enculé.

Estomaqué, le jeune ne sait plus quel comportement adopter.

À ta droite est assis un vieux. Tu le reconnais immédiatement et sais qu'il est en excursion, évadé d'une maison de retraite. Il attend patiemment d'être raccompagné. Des souvenirs plein la tête. Ce brave bonhomme rentre chez lui. Monte l'escalier. Il a oublié ses clefs. Frappe à la porte. Une jeune étudiante ouvre.

« Oui. »

« ??? »

« Encore vous ! »

« Mais... que faites-vous chez moi ? »

« Entrez, asseyez-vous et attendez là, je prépare du thé. »

La demoiselle appelle la police. Le vieux est venu trois fois cette semaine. Les couloirs du temps sont parfois si proches les uns des autres qu'ici se perdent les souvenirs présents, les souvenirs passés. Méli-mélo ! Le vieux habitait il y a quelque vingt ans à cette adresse. Sa femme auprès de lui. Ces murs ont été témoins de quarante ans d'une vie de couple. Ces murs ont chauffé. Ces murs ont protégé des enfants, un garçon et une fille, adultes aujourd'hui. La mère est décédée. Le père est à l'asile. Il ne sait pas toujours bien où il en est. Il se perd. Il erre. Il monte l'escalier. Il entend la voix de sa femme. Entend les cris des enfants. Il rentre du travail. Heureux. Les odeurs capiteuses, lourdes et musquées des plats cuisinés par sa femme, le guident depuis le bas des escaliers. Il a oublié ses clefs. Frappe. La porte s'entrouvre.

« Monsieur ! »

« ??? »

« Monsieur… c'est la police ! On va vous ramener, ne vous inquiétez pas. »

Et voilà ce vieux qui se retrouve assis à l'avant de ce poste de police. Il ne comprend pas. Il ne comprend plus.

Toujours ce vacarme. Les deux ivrognes gueulent inlassablement contre ton collègue. Tu traverses l'avant-poste et franchis la porte battante. Regard complice avec ton frère d'armes. Il n'en peut plus de ces deux énergumènes, attend impatiemment la relève.

Tu passes devant les cellules aux portes grises, métalliques. Toutes occupées. Occupées par des Tammaro, Moulfi, Sebti, Kadem, Dyrmishi, Khatib, Sanchez, Nunes, Stankovic, Djordjevic, Ifili, Ruiz, Louani, Camara, Massamba, Udeh, Sow, Kaloga, Muharemovic, Smajlovic… des noms qui te paraissent bien étranges. Étrangers. Il te semble parfois que l'autre est avant tout un étranger. Qu'il soit de chez toi, qu'il soit de ton clan ou de ta patrie, il reste très étrange. « Je m'en veux de toujours le juger », dis-tu parfois devant une bière blonde et des collègues qui te regardent, dubitatifs. « Juger et condamner ! » ajoutes-tu, avant de porter ton verre à la bouche, et d'un seul trait, sentir le liquide. Froid.

Tu regardes ces noms inscrits à la va-vite sur les portes métalliques et te dis que bien souvent l'étranger fait peur. Et que le flic de quartier a vite fait de franchir le miroir. Tu as fréquemment identifié le type à l'intérieur de la cellule comme un voleur, un cambrioleur, un pickpocket, ou encore un proxénète, un malfaiteur, un fraudeur ou un escroc; mais aussi un ivrogne, une canaille, un arnaqueur. C'est aussi parfois une personne sans pièce d'identité, sans «pedigree». Pour l'administration: un type sans vie, sans existence. Dans ces cas-là, tu dis qu'il est pour soi et ses proches, mais qu'il disparaît aux yeux des hommes. Il encombre. Prend de la place et fait naître la peur. Tu ajoutes que les citoyens honnêtes sont immatriculés, numérotés et ainsi identifiés. Et il y a ce sans-papier qui ne l'est pas... qu'il soit d'ici ou d'ailleurs, il encombre. Sans-pays. C'est une clientèle que tu connais bien. Ce sont des hommes, ce sont des femmes et ce sont des enfants qui souffrent. Des personnes qui, de nos jours, se dissimulent dans une église et demandent asile à Dieu. Et dans le quartier, les sans-papiers, transpercés par le froid, tenaillés par la faim, à la recherche d'un gîte et d'un couvert, brisent une vitrine et attendent. Attendent leur arrestation. Ils ont soif. Ils ont faim. Aujourd'hui il pleut.

Passé les cachots, à ta droite, une pièce sans fenêtre où attendent six femmes dont deux fillettes. Tu comprends qu'il s'agit de gens du voyage. Des tziganes, te dis-tu en les observant: Roms, Manouches ou Gitans? Elles te dévisagent. Tu fais un signe de la tête pour les saluer. Les adultes sont menottées, assises, interrogées par plusieurs collègues. Elles crient à l'injustice. Pleurnichent et jurent sur la tête de leurs enfants et petits-enfants qu'elles ne sont que des touristes égarées. Les pinces, les tenailles, les tournevis et le matériel retrouvé dans de larges poches, sous leurs jupes, ne leur appartiennent pas. «Comprends pas, articule l'une d'elle entre deux sanglots, quelqu'un a dû les glisser sous mes robes sans que je m'en rende compte.»

Tu observes, attentivement ces visages. Tu te souviens qu'il y a quelques semaines ces femmes avaient été interpellées en possession de grands sacs à commissions, à l'intérieur tapissé de papier d'aluminium. Ainsi, les alarmes électroniques aux sorties des magasins ne se déclenchent pas.

Au passage, à ta gauche, tu jettes un coup d'œil distrait à la salle de travail. Tes collègues courent dans tous les sens. Ça hurle ! Ça souffle ! Ça pue ! Ça transpire ! Plusieurs sont rivés à leur écran, d'autres à la photocopieuse, d'autres encore à la machine à café ou au téléphone. Règne ici une activité intense. Fourmilière. Termitière. « Un bordel indescriptible », penses-tu.

— Salut, les gars.

Personne ne répond. Ni même ne lève la tête. Tu te rends aux vestiaires. Pour accéder aux armoires, il te faut traverser la cuisine. Celle-ci sert aussi de salle de repos, de salle d'archives, d'entrepôt. Une grande table est occupée par une dizaine de collègues qui tapent le carton, cigarettes aux lèvres. Ça gueule ! Ça rit ! Ça déconne ! La fumée envahit l'espace. Tu entends gueuler :

— Eh gamin ! une bouteille, vite !

Le plus jeune se lève, ouvre la porte du réfrigérateur. Il y a du choix, de la bière, du vin blanc, du vin rouge et des sodas.

Autour de cette table, les hommes ont fini leur service. Vont aller se coucher. Ils attaquent la nuit dans quelques heures et se détendent un peu.

Comme d'habitude, ça gueule à l'avant-poste, à la salle de travail et à la cuisine. Aujourd'hui tu n'es pas en forme. Tu te caresses le menton et montes te changer. Les marches de l'escalier sont en bois patiné. Chacune d'elles grince sous ton poids. À la quarante-cinquième, tu pénètres dans un vieux local. Les murs décrépits paraissent épuisés à force de soutenir le bâtiment. Les peintures se sont effritées. Le sol est craquelé, fendu. Les fenêtres sont closes. Ce vieux local sent l'homme! Des dizaines d'armoires métalliques se succèdent dans un long couloir sombre. Armoires de couleur grise, aux portes déformées, griffées, grattées et enfoncées, sur lesquelles des filles nues, en papier glacé, se caressent le sexe et la poitrine. Armoires bondées d'effets personnels, d'uniformes, de casques, de chaussures et de matériel de corps. Véritable capharnaüm! Tu dis que vivre en communauté, c'est accepter le partage. Tu ajoutes à l'intention des jeunes collègues qu'ici tout est à tous et que ce qui traîne disparaît. Que travailler dans ces conditions requiert un sens aigu de l'organisation, et qu'il faut entasser le maximum sur un minimum de surface, qu'il faut savoir empiéter sur ton camarade... De cette façon tu retrouves un peu de liberté. C'est dans ces vestiaires encombrés, insalubres et minuscules, que tu retrouves ton équipe. Ces hommes sur qui tu comptes quand tu pars au feu, quand un taré te menace de son couteau, de son fusil ou simplement de ses poings.

Tu ouvres la porte de ton armoire. Vois à ta gauche un stagiaire, dérouté, qui cherche un endroit où déposer son sac. Tu lui fais un clin d'œil. Penses que si tu ne sais pas défendre ton terrain, alors tu te déshabilles dans la cuisine, cours après tes chaussettes, tes godasses, ta cravate, ta chemise, ou pis, ton flingue.

Tu te dévêts de tes habits civils, passes ton uniforme. Tends le tissu de la chemise, l'enfiles dans le pantalon, boucles la ceinture; ceinture en cuir brun, épais. Serres le nœud de la cravate et vérifies dans le minuscule miroir accroché à l'intérieur de l'armoire s'il est droit. Laces tes chaussures, type rangers. Glisses ton arme à feu dans son étui. Jettes un coup d'œil et observes tes compagnons de route.

Il y a Dom, vieux flic de quartier qui connaît tous les trucs du métier, de surcroît, bon gars qui a toujours un mot pour rire. Cœur d'or, il sympathise avec tout le monde. C'est ce type de personne qui pose un pied ici et l'autre ailleurs. La tête dans les nuages. Toujours en route, il connaît du monde, connaît le monde et ses surprises. Cependant il n'arrive pas à respecter l'ordre ; désordre garanti. Les habitants du quartier, ainsi que les commerçants et les zouaves du secteur, l'estiment énormément. Il ne peut faire de mal à personne. Tu l'aimes pour sa légèreté et sa fraîcheur. Partout où il se trouve, une ambiance sympathique est assurée. Été comme hiver, il porte des tenues légères, chemises à fleurs, pantalons de toile. Le teint de peau hâlé, les pommettes rouges, les cheveux ébouriffés, il a toujours bonne mine et l'humeur rafraîchissante. Il serait certainement un excellent agent de voyage ; est un excellent ami. Après des années de célibat, il a enfin trouvé la fille qui l'a fait rêver. Une année de mariage. Divorce. « Encore un flic seul », constates-tu.

Il y a Pat, emmerdeur de service, il a du caractère et une grande gueule. Après plusieurs années d'études supérieures, il a choisi de quitter les érudits, a rejoint les écorchés. Il ne croit pas trop à son boulot. « Sais-tu pourquoi tu t'es engagé ? » demandes-tu parfois. Il te regarde et secoue la tête. Ne répond pas. Tu l'aimes pour ses nombreuses provocations, ses coups de gueule et son pseudo machisme. En quelques années, c'est à la force de ses bras qu'il a pris quarante kilos de muscles. Une stature impressionnante. Un taureau. Les filles du quartier l'adorent, le nomment affectueusement King Kong. Elles le caressent, le bichonnent, le flattent, le protègent. Il est fragile mais possède tout de même un ego surdimensionné. Seul, il s'éteint à petit feu. Entouré, il a une chance de vivre. Dans le quartier, la grosseur de ses biceps valorise chacune de ses paroles. Tu l'écoutes et il pavoise. Tu l'ignores et il cogne sec. Dernièrement il est tombé amoureux d'une petite Brésilienne, et étonnamment ça colle entre eux. Il la mérite.

Il y a Gégé. Jeune père de famille, musicien, et colérique. Rêve d'aviation. Ses colères sont souvent contenues, prêtes à exploser à tout instant. Il a passablement d'humour ; humour noir. À ses côtés, les crampes d'estomac sont assurées. Les nuits paraissent courtes en sa compagnie. La main sur le cœur, il ne te lâche pas en cas de coups durs. Tu l'aimes pour son franc-parler. Il ne cache pas ses émotions, ses coups de gueule sont connus de tous. L'attaque est la meilleure de ses défenses. Ce qu'il formule a du sens, il trouble les bien-pensants. Cigarette pincée entre les lèvres, il a l'air d'un vieux maquereau lorgnant ses protégées. Sa femme a du tempérament ; ils s'engueulent. Les avoir à table est un match de tennis ; dans un sens, dans l'autre ; dans un sens, dans l'autre. Ils s'aiment.

Et... il y a tous les autres. Tu es fier de vivre auprès d'eux. Le temps passé en leur compagnie prend d'autres dimensions. Dimension humaine ; dimension d'honneur ; dimension de valeur. Valeur d'un geste ; valeur d'un mot ; valeur d'un regard ; valeur d'une présence. Tu les aimes parce qu'ils croient en leur mission. En leur compagnie l'atmosphère est virile, courageuse, fraternelle et humaine. Comme toi, à la recherche d'eux-mêmes, ils ont douté et ont profané les endroits les plus sacrés de l'âme. Cette profession n'épargne personne. Trop souvent des flics de quartier ont choisi l'oubli... ont choisi de se perdre et de s'endormir. Pour certains, c'est l'alcool ; pour d'autres, le jeu. Pour certains, ce sont les psychotropes, pour d'autres, l'arme de service. Et pour ceux qui tiennent le coup, ce sont les insomnies, les questionnements, les doutes et les ulcères. La perte, le danger et la peur étayent les relations humaines et créent des liens à jamais scellés dans le sang, la sueur et l'amitié. Fraternité des hommes. Il n'y a pas de mots suffisamment puissants, rien n'est assez fort pour décrire les complicités qui naissent dans les interventions où tu remets à ton collègue ta confiance et ta vie. La camaraderie n'est pas un vain mot, et dans le quartier elle permet de rester en vie.

D'entrée il y a urgence, un type fracasse tout dans un bistrot. Ton chef de groupe crie qu'il te faut te dépêcher et ordonne au stagiaire de t'accompagner. Les plus anciens sont occupés par des tâches administratives. Tu refermes énergiquement la porte de ton vestiaire, te précipites en bas de l'escalier. Prends ta veste, ta casquette, ton gilet pare-balles et les clefs de la 657, la voiture de service. Au passage, ton chef te transmet les informations nécessaires. Tu cours au véhicule stationné devant le commissariat. L'averse s'est adoucie. Le stagiaire te suit sans poser de questions. Départ sur les chapeaux de roues. Gyrophare et sirène.

Urgence. Tu roules à vive allure. Franchis plusieurs carrefours et remontes des files de voitures. Accélères. Freines. Accélères encore. Tu te concentres sur la route, les deux mains sur le volant. Et te dis qu'il faut y aller vite, que l'urgence est synonyme de rupture. Rupture sociale... et quelqu'un est en danger. Et le flic de quartier a signé pour vivre dans l'urgence ; pour vivre en urgence. Danger. Sirène. Feux bleus. Feux rouges. Crissements de pneus. Braquages, contre-braquages et tête-à-queue. Freinages. Tu as transpiré. Adrénaline et sueurs froides.

Sur place, un monde fou. Tu stoppes le véhicule à quelques mètres de la foule. Ouvres la portière, te retournes et attrapes ta casquette sur la banquette arrière. Sors de la voiture et avances d'un pas assuré parmi les gens. Ils s'écartent devant toi. Le stagiaire suit. Tu le sens près de toi. Et tu observes chacun dans les yeux. Cherches à les intimider. Sais qu'ils sont là pour le spectacle. En conséquence, il se peut qu'un mariolle cherche à t'allonger. Pour la frime.

— J'vais avoir un truc à raconter à Jacqueline, dit un pépé à son acolyte.

— Ouais, elle doit s'en foutre à mon avis, lui répond son pote, allez viens !

Dans ce type d'intervention, il y a les ivrognes, les casseurs, les prostituées et les traîne-savates du quartier, quelques curieux. Ils n'ont rien vu. Pourtant savent tout. Et sans aucune gêne commentent l'événement. Chacun donne son opinion et conclut. Chacun met un point final à l'histoire. Et ça piaille ! Attendent pour reprendre place et siroter une mousse. C'est sans oublier les minettes de salon qui tournent de l'œil quand elles aperçoivent quelques traces de sang sur les devantures des commerces. Quelques gifles sur ces petites gueules d'ange, elles retrouvent du rouge aux joues. Secouent la tête et n'en croient pas leurs yeux. À les voir reprendre leur esprit, souvent tu as été tenté de leur dire que les petites bourgeoises n'ont pas leur place par ici. De leur dire que si elles sortent de la ouate, qu'elles ne viennent pas dandiner des fesses sur ces trottoirs, l'espace y est déjà occupé ! Ici, il n'y a pas de boutiques chics, il n'y a pas de magasins à la mode, il n'y a pas de boîtes BCBG. Il y a du fric ! C'est bien vrai ! mais cet argent-là est gagné dans la sueur, les larmes, la peur et le sexe. Le sang sur cette vitrine les effraye ? Eh bien, qu'elles sachent qu'il n'effraye personne par ici.

Tu te retiens. Ne dis rien. Pendant ce monologue intérieur, les gosses du quartier s'amusent. Trempent les doigts dans le sang, sirop de la rue, et cavalent en glissant l'index le long des vitres. Le quartier est marqué. Rouge sang. Royal.

Tu écartes plusieurs personnes et t'approches de l'établissement chez T'schou. Le patron attend l'intervention de la police devant la porte. Et comme une sentinelle, il toise la foule, bras croisés sur son ventre proéminent. Une Gitane pincée entre les lèvres. On l'appelle *Le Chinois,* il vient de Shanghai.

— J'attends les bourrins, dit-il à ceux qui lui demandent les raisons pour lesquelles il ne fait pas le nettoyage tout seul. J'attends les bourrins, répète-t-il, un point c'est tout.

T'schou ne se pose plus beaucoup de questions sur les comportements des hommes. Faut savoir qu'il a passé quarante années dans le quartier. Pour lui, les Blancs sont une race bien curieuse, dégénérée. Il a tout vu. Tout connu des hommes. Pour lui, le plus ennuyeux, ce sont les bagarres, et ça l'énerve. Non pas pour ce qu'elles sont, mais pour les dégâts qu'elles occasionnent. Ce sont les assurances qui exigent l'intervention de la police... pas lui! «Ici tout le monde s'en fout!» dis-tu. Toutefois il faut établir un rapport de police. Morceau de papier qui justifiera le remboursement des dégâts. Procédé inutile et perte de temps selon T'schou. Il préfère s'expliquer par un coup de surin. Il en porte toujours un sur lui. Percer l'énergumène et le traîner sur le trottoir. Son diocèse s'arrête au seuil de sa taverne pourrie. La chaussée appartient à tous. Et du moment que tu ne souilles pas son bistrot, tu peux crever sur la voie publique, T'schou s'en contrefout. Toutefois, assurances obligent, il se résout de plus en plus souvent à faire appel aux flics. Règle ses comptes plus tard. Tu dis qu'en cherchant bien, T'schou peut être un chic type. Il parle le cantonnais et t'a quelquefois aidé pour des traductions improvisées. Tout le monde sait qu'il héberge des clandestins venus de Hongkong. «Sont là qu'en transit», répond-t-il, questionné à ce sujet. Personne n'en parle. Peur du Chinois.

— Salut! S'passe quoi?

— Jean-Pierre a tout cassé.

— Où est-il?

— Dans les chiottes.

— Percé?

— Non, pas eu le temps. De toute façon, je ne polémique pas chez moi. Tu devrais le savoir.

— Ouais, mais pas les clients.

Chez T'schou les toilettes sont toujours occupées. Des tas d'histoires s'y passent. Échanges malhonnêtes, arrangements bidon, règlements de comptes, mises au point. Sans compter les passes rapides comme l'éclair. Un verre se paye au bar, une fille est tripotée. Un prix est convenu et l'affaire est conclue. C'est là que le client se fait avoir. Après avoir honoré la fille, il ne lui reste plus que les yeux pour pleurer. Plus grand-chose dans le porte-monnaie. Facture salée. Il paye alors sans faire d'esclandre. Sa femme l'attend à la maison. De temps à autre un courageux est tenté de protester. Rossé, il finit en caleçon dans la rue. Le visage défoncé. Personne n'a rien vu. Et sa femme n'en saura rien… pour autant qu'il ne finisse pas aux urgences d'un hôpital.

— Eh ! le Chinois.

— Oui.

— Il est armé ?

— Je n'sais pas.

— Énervé ?

— Plutôt.

— Seul ?

— Oui.

— Bourré ?

— Complètement plein, mais tu sais que je ne sers pas les clients bourrés. Fais-moi confiance, je ne suis pas responsable.

— Tu plaisantes !

— Non, crois-moi.

— Des histoires. Tu recevras la contravention d'usage.

— Tu m'emmerdes…

— Prends garde à ce que tu vas dire.

— Je te répète, je ne l'ai pas servi. Il est entré en braillant et a poussé des clients. Ce con a trempé ses doigts dans les verres. Tu penses, José a gueulé et lui a mis une droite. Je crois qu'il lui a éclaté le nez. Du sang partout. Il a saisi une chaise et l'a lancée. Je suis alors intervenu. Tranquille. Tu peux me croire. Il a eu les boules et s'est réfugié aux chiottes.

— File-moi ta lame ! le Chinois.

— Pourquoi ? Laisse tomber, je te promets, je ne l'utilise plus depuis longtemps.

— Allez, donne.

— Tu fais chier, poulet.

Et il te sort une lame de près de quarante centimètres, tranchante comme un couteau de cuisine. Tu la prends et la remets à ton collègue. « Ce serait bien con de partir comme ça ! » penses-tu. Parfois des collègues se sont fait planter, bêtement. Le maniement d'armes blanches est plus traître que celui d'une arme à feu. Le coup porté, la douleur est à peine ressentie. Hémorragie interne. Le visage blême. Un voile noir s'abat devant les yeux. Trop tard pour agir. Le coup est porté et la vie s'écoule. Tu imagines une plus belle mort. Et le plus tard possible. Genre, partir au crépuscule en sauvant une mère et un orphelin.

— La lame, c'est un souvenir du pays, rends-la-moi.

— Niet.

Il est temps de t'occuper de Jean-Pierre. Le stagiaire transpire, visiblement mal à l'aise. Tu approches des toilettes. Près du bar, plusieurs tables et chaises sont renversées. Tu pousses du pied quelques verres. Verres brisés. Des bouteilles jonchent le sol. Au plafond le ventilateur tourne. Le juke-box déraille, il te semble reconnaître Jim Morrison interpréter *Riders on the Storm*. Tu tambourines contre la porte.

— C'est la police, Jean-Pierre... sors de là !

Pas de réponse.

— Jean-Pierre, ne fais pas l'idiot.

Rien.

— Jean-Pierre...

— ALLEZ VOUS FAIRE FOUTRE !

Tu es rassuré, il est vivant. Coup d'œil complice à ton jeune collègue. Il est plutôt pâlot. Main sur ton arme, tu sens l'acier froid. Recules d'un bon mètre, et envoies un magistral coup de pied. La porte vole en éclats. Appuyé contre elle, Jean-Pierre la reçoit en plein visage. Il bascule. Tu te précipites et places un uppercut; le cueilles au menton. Il s'affaisse en hurlant à tue-tête. Tu te jettes dessus, le colles sous le lavabo. Les coups pleuvent. Tu l'attrapes par les cheveux. L'assommes sur la tuyauterie. Ramolli, Jean-Pierre est retourné comme une crêpe. Genou sur la nuque, torsion de bras et soubresauts. Il vomit ses tripes.

— Putain ! t'es dégueulasse ! dis-tu.

Le saisis par une jambe et le traînes hors des toilettes. Le stagiaire s'approche. Tend une paire de menottes. Ses mains tremblent comme des feuilles au vent d'orage. Tu souris. Restes concentré sur tes gestes. Un œil toujours attentif sur les personnes à proximité. Dans ces combats, tu as su développer un sixième sens. Voir venir. Contre-attaquer... si nécessaire !

Au pied du comptoir, tu places une clef de bras à Jean-Pierre. Le menottes et le relèves. Les clients observent l'interpellation. T'schou trépigne, aurait bien voulu régler l'affaire à sa manière. Tu sens ton collègue perplexe et qui te regarde agir.

— Ne t'inquiète pas, ça se joue entre costauds, lui glisses-tu à oreille. Ils respectent le vainqueur... pour quelque temps, et si le type saigne, alors l'effet est garanti. Crois-moi !

Sans précipitation aucune, Jean-Pierre est emmené vers le véhicule. Tu exhibes ton adversaire vaincu. Ton jeune collègue ouvre la portière arrière. Jean-Pierre ne fait pas d'histoires, se penche, s'assoit derrière le copilote. Quand un type est transporté dans un véhicule de police, menotté ou non, il est toujours assis de cette façon. Il se peut qu'il disjoncte, et le conducteur doit être protégé des coups de pied et des tentatives d'étranglement.

Arrivée. Commissariat. Fouille de sécurité. Les effets personnels de Jean-Pierre sont placés dans une boîte numérotée. Visite d'un médecin. Points de suture. Grimaces, mercurochrome et certificat médical. Vu l'état de Jean-Pierre, l'officier de service ordonne une mise en détention pour quelques heures. Quelques heures pour qu'un brindezingue, sous intoxication éthylique, reprenne ses esprits et cuve l'alcool ingurgité. Tu t'approches d'une cellule, ouvres les portes métalliques et pousses Jean-Pierre à l'intérieur.

— Au violon, mon gars, allonge-toi ! j'te réveillerai.

Il obtempère. Inoffensif. Un agneau. Est hors circulation. La procédure veut que lorsque les effets de la dive bouteille se seront estompés, alors les soiffards enfermés seront relaxés... généralement après plusieurs heures. À leur sortie, ils sont accompagnés jusque sur le trottoir. Certains bougonnent, pestent et râlent contre les méthodes employées. Beaucoup s'excusent, conscients qu'en étant interpellés de la sorte, ils ont évité de graves ennuis. Ce jour-là, Jean-Pierre risquait gros avec le Chinois. Quelques minutes de plus, il aurait été tailladé. Il le sait bien. En s'enfermant dans les toilettes et attendant sagement l'intervention de la police, Jean-Pierre s'est ainsi soûlé à l'œil.

Et c'est la contravention d'usage, pour le bruit, le scandale et la rixe.

Le téléphone sonne. Tu décroches. Un opérateur de la Centrale demande que l'on intervienne rapidement dans un appartement. Une jeune femme demande de l'aide. Son père, âgé, malade, ne répond pas à ses appels. Elle craint le pire.

Quatorze heures. Les anciens sont toujours occupés par de nombreuses tâches administratives. Le stagiaire t'accompagne une fois de plus. Tu quittes le commissariat. Te rends sur les lieux. En route, ton collègue s'informe. Reconnaît qu'il est inquiet. D'ailleurs, tu n'es pas plus rassuré que lui. Il est vrai que ces interventions te tracassent. Tu le dissimules mieux… voilà tout !

Tu penses alors à la mort, « qui est-elle pour me foutre la trouille ? » te demandes-tu. Tu souhaites une fois encore trouver des réponses. Flic de quartier, tu la côtoies, et tu ne cesses de l'apprivoiser. Il t'arrive même de la provoquer. À son passage, dire « salut ! » en feignant l'indifférence. Ce sont tes proches qui te remettent d'aplomb ; « fais pas le con ! » disent-ils. Tu expliques que quand tu flirtes avec la mort, elle t'entraîne dans un tourbillon de plaisirs ; tourbillon d'hérésies. Dis que parfois elle te fait l'amour, pénètre ton cœur. Qu'elle te prend. Qu'elle mène la danse, compte les pas, un deux trois, un deux trois… Et la mort t'emmène où elle le désire, comme et quand elle le veut.

Tu observes ton collègue, il s'inquiète sérieusement. N'a encore jamais effectué une levée de corps. Il dit qu'il a participé à une autopsie à l'école de police. Mais c'était en laboratoire ; aseptisé. Et les cadavres que le flic de quartier rencontre sur son chemin sont dans la vie. Entre une armoire ou un lit, dans les escaliers, à l'intérieur d'une voiture, sur une chaise, suspendu à une corde, et encore…

— T'en as ramassé beaucoup ? te demande-t-il.

— Pas mal.

— Impressionnant ?

— Les anciens, tu te fais une raison. Les gamins, ça t'arrache les tripes.

— Des précisions pour celui-ci ?

— Non.

Arrivée. Une jeune femme attend devant l'immeuble. Le visage pâle.

— Bon… bonjour, bafouilles-tu.

Plusieurs étages à monter. L'ascenseur est étroit. Tu penses déjà à la façon dont les croque-morts vont devoir descendre le corps. Te souviens d'une intervention où l'ascenseur, grand comme un monte-charge, était tombé en panne. La dépouille d'une jeune femme morte d'une overdose, sanglée sur la civière. Toi, ton collègue et les deux types des pompes funèbres pris au piège. La chaleur, l'odeur et une irrésistible envie d'éclater de rire. Les sapeurs-pompiers ont libéré tout le monde après plus de deux heures d'attente. Aujourd'hui tu prends tes précautions et passes par les escaliers.

L'appartement se trouve au troisième étage. Les clefs sont à l'intérieur de la serrure. « C'est sûr, il y a un problème », penses-tu. L'atmosphère devient pesante. Tu ne te fais pas beaucoup d'illusions.

— Excusez-moi, vous l'avez vu quand pour la dernière fois?

— Il y a deux jours. Nous étions convenus que je fasse un saut aujourd'hui. J'ai sonné, tapé, appelé, mais rien à faire. Il n'a pas de téléphone. Il est malade, je crains le pire.

— Ne vous inquiétez pas...

Tu n'en penses pas un mot.

— Ne vous inquiétez pas, répètes-tu, je vais faire ouvrir la porte. Quel âge a-t-il?

— Quatre-vingt-cinq ans. Ma mère est décédée il y a près de cinq ans, je suis son seul lien avec l'extérieur.

Rapidement un serrurier arrive sur place. Fait céder le pêne. La porte s'entrouvre. Un coup d'œil à ton collègue et doucement tu entres dans l'appartement. À chacune de tes intrusions dans la vie privée des gens, des sentiments étranges t'envahissent. Une forme de respect; respect et mélange d'inquiétude. Tu regardes autour de toi. Tu fais un pas. Le plancher grince. Il fait sombre. Le plafond est haut. Des moulures de plâtre blanc font se joindre les murs au plafond. Un long couloir. Tu comprends immédiatement que cet appartement est occupé depuis des décennies par la même personne. Rien ne semble avoir troublé ce lieu depuis bien longtemps. Le sol est en bois, de longues plaques de chêne patiné donnent à la pièce une impression de profondeur. Plusieurs tapis usés recouvrent une partie du parquet. Les murs sont recouverts de vieux papiers; tapisserie d'une autre époque, peut-être du XIXe siècle; paysages, arbres, ruisseaux, jeunes filles en robes amples, ombrelles. Les couleurs sont passées, le papier usé. Sur ta gauche un gigantesque miroir, cadre doré, bois massif, domine une commode en chêne brun foncé; couleur passée. Un napperon blanc est négligemment posé sur le meuble où se trouvent des clefs, des papiers, des journaux, un cendrier dans lequel des pièces de monnaie ont été oubliées, et une foule de petits objets. Sur ta droite, un portemanteau, sur lequel reposent plusieurs vieilles tuniques d'après-guerre, beiges, bleu marine. Deux chapeaux en feutre beige y sont aussi accrochés. Des chaussures en cuir noires, bordeaux, brunes sont alignées proprement le long du mur; elles sont toutes posées sur de vieux papiers journaux. «Tout est paisible. Comme dans l'appartement de toute personne âgée», penses-tu.

Les sons sont étouffés et les bruits qui viennent de l'extérieur se frayent difficilement un passage jusqu'à nous. La tranquillité règne sans partage. Une douce chaleur caresse ton visage. L'odeur des vieux meubles, des vieux tapis, des vieux murs, des vieux souvenirs, est comme suspendue dans l'atmosphère. Les fenêtres ne laissent passer que des lumières froides et tendres. Même les ampoules ne diffusent qu'un éclairage tamisé. Tout semble prêt à s'éteindre, à mourir.

Tu avances pas à pas, le parquet grince. Il y a deux portes au fond du couloir et deux autres plus proches. L'une sur ta gauche et l'autre sur ta droite. Tu hésites, pousses celle de droite, poses la main sur une poignée en laiton, remarques que la porte est finement travaillée, une moulure y forme un rectangle. La pièce est plongée dans le noir. La fenêtre est fermée, les rideaux tirés et le store descendu. Tout indique que cette pièce n'est pas occupée. «Et depuis bien longtemps», te dis-tu. Il y règne un silence pesant. Un mince filet de lumière te permet tout de même de distinguer l'intérieur. Une table recouverte de vieilles revues, des meubles entreposés sans avoir jamais trouvé leur place. Le sol est jonché de tapis orientaux. Des paquets de vieux journaux sont ficelés et entassés dans le coin de la pièce. Un plafonnier. Un lit. De nombreux sacs en cuir te font penser que le locataire est un voyageur. Tu refermes la porte. Ouvres celle de gauche et accèdes à une vaste salle de séjour. Un gigantesque canapé. Deux fauteuils. Là encore, plusieurs vieux tapis usagés recouvrent le parquet. Ça grince. De lourds rideaux protègent de l'extérieur. Une télévision est posée sur un ancien meuble à roulettes. Sur une petite table traîne le programme de télévision de la semaine, une télécommande et des lunettes, un cordon tressé joint les deux branches, le tout semble avoir été rangé précautionneusement. « La télévision est une fenêtre, fenêtre sur le monde... sur le savoir », penses-tu en l'observant. Et te dis que c'est bien souvent l'unique lien entre les personnes âgées et la société. Société qui rejette la vieillesse et méprise l'ancienneté. Alors le vieux se cache derrière ces immenses rideaux et allume la télévision. Il y passe des heures, heures de tranquillité, heures de réflexions, heures d'incompréhensions ; incompréhensions face à ce monde qu'il ne reconnaît plus.

Sur la droite se trouve une horloge comtoise. Tu l'observes longuement : « Elle aussi appartient à un autre temps. » Et penses qu'à ces époques-là les hommes savaient attendre, les hommes savaient compter, compter les minutes passées. Tu penses aussi que ce sont des époques où les hommes apprenaient à écouter et à observer. Le bruit produit par le balancier te rassure. Une foule de souvenirs rejaillissent ; souvenirs d'enfance ; souvenirs de vacances chez tes grands-parents ; souvenirs heureux. De longues minutes d'attente ; écoute de ces tic-tac rassurants. Un lustre, aux mille morceaux de cristal, descend du plafond. « Un ciel étoilé ! » te dis-tu en levant les yeux.

Tu jettes un coup d'œil à ton collègue, il te regarde aussi. Rien à ajouter. Tu te diriges vers le fond du couloir. Pousses une des deux portes restantes et te retrouves dans une cuisine. Une armoire encastrée. Murs peints à l'huile, de couleur vert pâle. Un évier blanc en céramique craquelée. À l'intérieur tu y trouves une assiette, un couteau, une fourchette et un verre. Ustensiles qui ont accompagné le vieux. Des casseroles sales sont posées sur la cuisinière. Cuisinière à gaz. Une table recouverte d'une nappe en plastique; nappe aux carrés blancs et bleus. Une revue ouverte à la dernière page; page des mots croisés. Un crayon gris posé en travers. Une coupe contenant plusieurs fruits mûrs. Une bouteille de vin. Deux puzzles de paysages montagneux, parois rocheuses, lacs somptueux et forêts de sapins, accrochés au mur. Fenêtre à carreaux. Poignée en métal forgé. Rideaux transparents rouge et blanc. Tu jettes à nouveau un regard à ton compagnon de route. Vois ses lèvres bleuies.

— Prêts pour la dernière pièce ?

— Ouais ! répond-t-il sans même se retourner.

Tu distingues la forme du corps allongé sur le lit. La chambre est plongée dans l'obscurité. Tu allumes la lumière. Le corps est couché sur le dos. Une paire de pantoufles brunes, soigneusement posées près du lit. Tu t'approches et regardes le visage. Frêle, le nez pincé, légèrement galbé aux narines, les cheveux gris-blanc tirés en arrière. Les yeux fixés sur le vide. La bouche ouverte laisse apparaître des dents jaunies. La peau est pâle, parsemée de taches de vieillesse. « Des fleurs de cimetière », te dis-tu. Une pensée pour les mains de ton grand-père ; mains tant de fois caressées et caressantes.

Tu observes les lèvres blanches. Le corps rigide. Les bras tendus par-dessus les draps. Les doigts minces et recroquevillés. Un livre est posé sur le lit. De l'index tu le retournes – Saint-Exupéry, *Citadelle*.

Tu avances dans la pièce et ouvres la fenêtre. De l'air s'engouffre.

— Tu sens ? demandes-tu à ton collègue.

— Je sens.

Sans te retourner, tu devines qu'il regarde le corps du vieux.

— Souviens-toi bien de l'odeur.

— Pourquoi ?

— Tu la rencontreras bien des fois, dans le métier.

— Ah bon.

— Eh oui.

Silence. La fenêtre ouverte, un courant d'air soulève le rideau. Blanc.

— Va chercher la fille.

— D'accord.

Tu considères encore quelques instants le vieux. Aperçois sur une étagère des photos, toutes soigneusement encadrées. Noir et blanc pour les plus anciennes, des hommes et des femmes, tous très fiers de poser devant l'objectif. De longues robes très amples pour les unes, des costumes foncés pour les uns. Photos couleurs pour les enfants et petits-enfants. Toutes ces frimousses qui rayonnent de vie. Et tu penses alors que d'une existence, il ne reste que ce cliché : « Tu sembles scruter les photographies, grand-père. Tu es couché, tu es mort, tu es parti. Grand-père, tu es l'histoire passée, tu es l'histoire écoulée, bon voyage ! » Tu sens comme un souffle et frémis. Regardes autour de toi et te dis que l'âme du vieux est très certainement encore dans la pièce ; qu'elle te regarde et voit ce que tu es…

La fille entre. Tendue. Pâle. Triste. Tu comprends que c'est la première fois qu'elle voit la mort. Les lèvres pincées, les yeux humides. Quelques larmes. Elle n'attendait rien d'autre, reste figée. Rien n'est dit. Tu sors de la pièce. Instant d'intimité, d'éternité.

Tu appelles la Centrale. Viennent le commissaire et son secrétaire, le médecin et les croque-morts. Constat de décès.

Rien d'anormal. Le corps est emporté. Avant de fermer la porte, tu jettes un dernier coup d'œil dans ce qui te paraît être un sanctuaire.

Le claquement de la portière te semble étouffé et très lointain. Tu rejettes la tête en arrière et t'enfonces dans le siège de la voiture. Longue expiration. Mission accomplie.

— Pas trop dégueulasse ? demandes-tu à ton collègue en soupirant.

— Pas trop, répond-t-il en observant ses chaussures.

Et tu regardes le ciel. Pluvieux. Tu penses aux suicidés de toutes sortes. Les pendus, les flingués, les tailladés, les noyés et les ramassés au bas des immeubles, réduits en charpie, trempés de sang. Rouge. Il y a encore ceux qui se décident à mettre le paquet et à se jeter sous un train. Il faudra des heures pour en récupérer les morceaux.

— Tu as eu de la veine pour ta première levée de corps.

Tu allumes le moteur, actionnes un bouton. La vitre descend. Le vent s'engouffre dans le véhicule. Quelques rondes, tu frimes, vadrouilles à gauche, vadrouilles à droite. L'heure avance, tu as soif, le gosier sec. Aperçois deux filles, aux pantalons moulants, aux chaussures de cuir noir. Hauts talons. Haute couture. L'une a la chevelure lisse, longue et décolorée, l'autre a la chevelure torsadée, longue et châtain. Elles sont de dos.

— Brésil ou Italie ? demandes-tu.

Ton collègue regarde dans leur direction.

— Sais pas, faut aller voir.

Tu souris et penses qu'il en faut bien peu pour rendre un flic heureux. Tu hésites à suivre ces *fashion victims* afin de voir dans quel café ou dans quelle boutique elles vont entrer. Mais te décides finalement à garer la voiture à deux pas d'une taverne espagnole. La soif est plus forte ! Le patron est un type correct, et lorsque ton groupe fait la nuit et qu'il est l'heure de se restaurer, il lui prépare des plats typiques de sa région, des tapas et de la paella, de la *parillada* ou des gambas *al ajillo*, des *pulpos a la gallego* ou encore un gaspacho accompagné de jambon de Serrano. Une sangria est servie comme apéritif.

Les cuisiniers de la région font ce qu'il y a de meilleur pour les flics du quartier. Les nuits sont longues et se retrouver autour d'une bonne table est une façon d'oublier ces heures qui n'en finissent pas de tourner, au ralenti. Et tu te dis qu'avec une bonne bouteille… c'est le paradis ! L'équipe se remplit le ventre et pour ne pas tenter le diable, évite d'engager la discussion sur l'absence certaine du permis de travail des aides de cuisine, voire des cuisiniers eux-mêmes. Le ventre a ses raisons que la raison ignore ! D'ailleurs ce ne sont pas toujours les saveurs hispaniques qui accompagnent les nuits. Il y a aussi les nombreuses saveurs de l'Italie et de la France, les innombrables plats aromatisés de l'Orient et les multiples combinaisons culinaires de l'Asie. Et tu souris. Te souviens de la fois où tu as commandé un repas chez Francisco, l'Italien. Deux plats de spaghettis à la sauce au homard sont déposés sur la banquette arrière de la voiture de service. Tu roules en direction du commissariat. L'équipe attend, salive à l'avance, un apéritif à la main. Dans un virage en épingle, les pâtes se renversent sur le siège. La sauce s'infiltre et l'odeur devient rapidement insupportable. Solidarité. Tes camarades ont nettoyé, frotté et épongé. Rien à faire, il a fallu annoncer les dégâts.

Tu pousses la porte d'entrée de la taverne et salues.

— Police ! personne ne bouge, c'est un contrôle ! dis-tu sur le ton de la plaisanterie.

Plusieurs clients se retournent, te reconnaissent et te saluent par un léger signe de la main. Tu choisis une table près de la vitrine et t'assois, suivi de près par ton collègue. Il pleut par intermittence. Le patron approche.

— Salut, Juan.

— Bonjour, les cow-boys.

Juan est espagnol. Petit, le ventre proéminent, large d'épaules, bras lourds, mains puissantes. Une épaisse chaîne en or pend à son cou, une pépite y est accrochée. Les cheveux courts, noirs. Le visage rond exprime toujours la bonne humeur. Dans sa jeunesse, Juan a fait quelques passes avec des joueurs du Real Madrid. Aujourd'hui il en parle encore, les yeux pétillants. S'emporte furieusement quand les Espagnols perdent un match.

— Du boulot, Juan ?

— Pas trop, avec ce temps. Les gens ne sortent pas énormément, allez, asseyez-vous.

— Tu nous sers deux bières, merci.

D'un œil tu observes la voiture de service. Des petits malins s'amusent parfois à griffer la peinture, crever les pneus et briser les antennes. Les plus futés bouchent les pots d'échappement. Ce n'est pas bien méchant, mais ennuyeux en cas d'urgence. « Des bouffons ! » penses-tu. Ils te font bien marrer.

Assis, à l'aise, tu déposes ton talkie-walkie sur la table. Jettes un coup d'œil sur la salle. Il y a du bruit, il y a de l'ambiance, des clameurs et de la vie. Plusieurs tables sont occupées par trois ou quatre clients. Certains jouent aux cartes, as de pique, de l'argent circule... pratique illicite ! Un bookmaker encaisse, pari tenu, de l'argent circule... pratique illicite ! La seule femme présente c'est Maria, la serveuse. Maria connaît la musique, ne se laisse pas tripoter. Les mains qui s'égarent sous son tablier en ressortent bien vite. Elle n'hésite pas à cogner. Les clients aiment ça et en redemandent ; marivaudage. Tu tournes la tête et regardes de nouveau dehors. Une éclaircie et tout s'anime. Tu vois des rideaux ouverts, d'autres fermés. Des portes ouvertes, d'autres closes. Des voitures, des motos et des vélos circulent sur la chaussée sèche pour quelques minutes.

Des enfants sortent sur les trottoirs, et des vieillards semblent se souvenir. Des chiens, des chats profitent aussi de l'éclaircie pour fouiller dans les poubelles. D'épais nuages, nuages d'orages, assombrissent le ciel. Le ciel est bleu, le ciel est noir. Un gigantesque halo de lumière entoure ces masses sombres. Les rayons du soleil sont déviés et projetés dans l'horizon. Les cumulus sont percés de puits de lumière.

— Ces rayons éclairent la terre et annoncent le Verbe, la Parole et l'Espoir.

Tu te surprends à dire des choses pareilles dans un débit de boisson. Poésie impromptue ! Ton collègue tend l'oreille, n'a pas suivi, ne dit rien. La lumière se fait encore plus furtive, infidèle, puis s'estompe. Un terrible combat s'engage. Le ciel rejoint la terre, la terre rejoint le ciel. Les nuages se forment, se déforment, se reforment. Il y a des visages, des monstres, des animaux, des princes et des princesses. Tu y lis les craintes, les forces, la beauté et l'éternité. Il te semble que le soleil lui-même, pour quelques instants, perd la bataille. D'où viennent ces grondements ? Est-ce le soleil qui se meurt ? Est-ce le soleil qui se révolte ? Une voiture, un crissement de pneus et tu reprends consistance. Avales une longue gorgée.

— Alors, Juan, les affaires ?

— Bof ! Elles tournent, les bons clients se font rares. Seuls les poivrots fréquentent encore le quartier.

— Comme toujours ?

— Eh ! Quartier populaire…

— T'as raison.

— Combien pour les bières ?

— Laisse, c'est pour la maison.

— Merci, à bientôt.

— À bientôt.

Tu te lèves, salues les joueurs, laisses passer ton collègue.

— À bientôt, tout le monde ! dis-tu en refermant la porte derrière toi.

Seize heures trente-cinq. Avant de rentrer au commissariat, tu décides d'aller traîner à la gare ferroviaire. Il reste trois petites heures avant la fin de ton service. À voir les départs et les arrivées, tu es assuré qu'il y a un ailleurs. Les gares sont des lieux de rassemblement, elles sont faciles à situer et très appréciées par les équipes de voleurs à la tire en quête de proies faciles. Bien du monde transite par ici. Bagages perdus, volés et trouvés. Les gens sont encombrés et ne prennent pas assez garde à leurs affaires. Les porte-monnaie sont pleins. Les détrousseurs en tout genre font de bonnes affaires.

Les gares sont peuplées d'une faune cosmopolite. Boutiquiers, étalagistes, vendeurs de journaux, chauffeurs de taxi, tout un monde au service d'une clientèle prête au départ. Tu y rencontres de jeunes couples qui se bécottent, les cœurs serrés, les yeux rougis. Ils apprennent ce qu'est la séparation ; la vie leur en imposera d'autres. Des vieux couples qui se tiennent par la main, les cœurs serrés, les yeux rougis. Ils savent ce qu'est la séparation ; la vie leur en a imposé d'autres. Des parents qui accompagnent leurs enfants, les cœurs serrés, les yeux rougis. Ils comprennent que leurs chérubins vont sur leurs propres rails. Il y a des touristes l'air hagard, un brin stressés. Des employés de chemin de fer en salopettes orange, levés à l'aube, te saluent, te connaissent bien. Des gens pressés. Des hommes d'affaires en costume trois pièces. Des cloches en haillons. Tout ce monde uni pour le meilleur comme pour le pire. Partir. Partir pour de bonnes ou de mauvaises raisons. Il y a même un beau type, sourire aux lèvres, tiré à quatre épingles, un bouquet de fleurs à la main. « Viendra-t-elle ? » semble-t-il se demander.

Le bruit des trains est assourdissant. Le bruit des pas, des mots, des haut-parleurs est étourdissant. Un microcosme ahurissant. Tu te dis que les hommes ont toujours aimé se rencontrer, se rassurer, s'éprouver. Cependant, ils ont une peine folle à se côtoyer, à se toucher et à se parler. Tu en veux pour preuve les mauvaises relations de voisinage, une des causes des nombreuses dénonciations à la police. C'est épuisant d'avoir à réconcilier journellement des voisins qui, pour des patins à roulettes abandonnés sur un palier, des animaux de compagnie qui déplaisent, des gosses qui s'amusent dans le quartier ou sous des fenêtres, ou encore de l'eau d'arrosage qui s'écoule sur le balcon du dessous, se déclarent la guerre ; guerre d'usure... et sans merci ! Le flic de quartier doit alors prendre par la main ces hommes, ces femmes et ces enfants, les installer autour d'une table et exiger d'eux qu'ils s'entendent. Tout dernièrement, c'était à cause de gosses qui jouaient au ballon. Le ballon tape contre un mur. Un irascible, pourtant père de famille, veut la paix totale. « Je lui souhaite une paix éternelle », as-tu songé en raccrochant le téléphone.

Dans cette gare, tout le monde trépigne d'impatience, court, s'excite, s'essouffle. Un type t'interpelle.

— Monsieur l'agent ?

— Oui.

— Le train de seize heures quarante-cinq n'est pas encore arrivé. Qu'est-ce qui se passe ?

— Je n'en sais strictement rien ! Allez vous renseigner au guichet.

Tu lui réponds sans même le regarder.

— Mais, comment ça, « vous n'en savez rien ! » ?

— Vous êtes gentil, monsieur, mais allez vous renseigner au guichet. Merci et au revoir.

Et tu le plantes là, dans le hall central. T'éloignes de lui. Scrutes la foule. Essayes de mettre la main sur un pickpocket.

Quand tu portes l'uniforme, les gens t'accostent. Tu dois avoir réponse à tout, même si pour cela tu bluffes. On te demande les horaires des transports publics, des trains, des bateaux, des avions. Il te faut connaître les stations de taxi, l'hôtel le plus proche, celui le plus classe, le plus sympathique. Connaître les restaurants et leur carte, cuisine européenne, asiatique, africaine. Connaître les raccourcis, les promenades, les jardins publics. Mais encore renseigner les personnes âgées, les touristes, les hommes d'affaires, les amoureux, les militaires ou les artistes. Prêter une oreille attentive aux malheureux à la recherche d'une âme sœur, à ceux qui sont fâchés d'avoir reçu une amende et aux largués de toutes sortes. Sans pour autant négliger d'avoir un bon mot pour tous. Tu dois avoir réponse à tout et renseigner avec amabilité. Or, quand tu as le moral, il est facile de jouer l'agent touristique, le confident et le grand frère. Mais parfois tu n'es pas en forme. Alors ces jours-là, tu renvoies les gens à d'autres services. Parfois tu t'en veux d'agir comme ça. Quoi qu'il en soit, tu as souvent l'impression d'être un bouche-trou.

Dans cette gare, tu n'es pas franchement de bonne humeur. Tu viens d'en finir avec une levée de corps et penses qu'il y a mieux pour te mettre en train. Tu jettes plusieurs coups d'œil, tournes et retournes la tête, et l'homme est africain. Grand, élancé, les épaules carrées. Cheveux coupés court, des lunettes de soleil lui masquent les yeux, et cependant tu sais qu'il toise les gens, qu'il repère les bons coups. Il se déplace en balançant les bras, n'est pas gêné de bousculer les gens. Trop sûr de lui à ton goût. Tu lui emboîtes le pas et l'observes attentivement. Cherches à le rattraper. Dans la foule, tu sais qu'il suffit de perdre des yeux une petite seconde la personne que tu guettes pour qu'elle t'échappe. Et voilà que dix personnes se ressemblent, portent les mêmes vêtements et se dirigent dans la même direction. Tu jettes un coup d'œil rapide en arrière et aperçois ton collègue. Il te suit, sans un mot. Tu accélères encore le pas. Une femme hurle. Tu bouscules plusieurs personnes. Cours dans la direction du cri. Le grand Black est là, sur le quai, une femme âgée à ses côtés. Elle hurle à tue-tête. Te voit et t'agrippe par la manche.

— Il m'a bousculée, il m'a arraché mes lunettes... voleur!

Tu remarques immédiatement que la dame n'est pas blessée, juste paniquée.

— Viens par là! dis-tu au bonhomme.

Il se marre. Ne bronche pas.

— Viens par là! répètes-tu.

Il se marre toujours. T'énerve. Alors tu prends l'initiative, te rapproches. La femme te colle aux baskets.

— Mes lunettes! mes lunettes!

Un cercle de curieux se forme. Ces situations sont ennuyeuses, car la résistance n'est pas franche et directe. Il est difficile de gérer l'opposition passive. Tu sais qu'il va falloir ménager et le type et la dame et la foule. Tu préfères le bonhomme qui cherche la bagarre, essaye de te mettre un coup. « Un excellent prétexte pour le coucher, l'assouplir et l'embarquer », penses-tu en serrant les poings.

Le bonhomme se marre toujours, il a à la main une paire de lunettes. Entre-temps ton collègue t'a rejoint et se place à ta droite. Il doit impérativement se placer à ta droite, tactique qui sert à protéger ta vie. Si le type contrôlé fait mine de sortir une arme, ton collègue peut te pousser de côté de son coude gauche et dégainer son arme avec le bras droit. Pour autant qu'il soit droitier. En cas contraire, c'est l'inverse. Simple.

— Mes lunettes! mes lunettes! s'époumone la dame.

Elle t'énerve. Tu l'observes en coin. Et te concentres à nouveau sur l'homme africain.

— À quoi tu joues, bonhomme? demandes-tu en cherchant à l'intimider, les yeux dans les yeux.

Le type prend son temps pour répondre. Regarde de côté et secoue les bras.

— J'passais et elle a marmonné… sale nègre !

— Il ment, il ment, ce sauvage.

— Et elle me regarde de méchante façon, d'ailleurs, elle injurie le Loa.

— Qu'est-ce le Loa ?

— L'esprit vaudou des ancêtres.

— Et après ! Vas-y, parle, t'as vu son âge ?

Il prend de nouveau son temps. Gesticule.

— Sale nègre, m'en fous, finit-il par dire, j'ai l'habitude. Mais elle me regarde. Elle a le mauvais œil. Je n'aime pas les gens qui me regardent.

Tu secoues la tête.

— Comprends pas ? t'es dans un lieu public, t'es pas tout seul.

— Oui, mais elle a le mauvais œil.

Tu penses alors que c'est bien un taré frustré, et que par manque de chance, il est pour toi.

— C'est bon, elle te présente ses excuses ! rends-lui ses lunettes et n'en parlons plus.

La vieille s'interpose.

— Je ne m'excuse pas, je porte plainte, monsieur l'agent.

Tu te plantes devant elle et lui expliques qu'il vaut mieux qu'elle se taise. Que tu peux lui coller une contravention pour l'avoir traité de sale nègre. Lui expliques aussi que tu tiens à arranger les choses et n'as pas besoin de ses conseils.

— Je porte plainte, dit-elle sans même t'écouter, j'en ai marre de ces étrangers qui nous pourrissent la vie.

Une fois de plus, tu l'observes en coin. « On y est ! elle va vomir sa haine raciale », te dis-tu en contrôlant tes nerfs à vif.

— Vous porterez plainte contre personne ! Laissez-moi faire mon boulot.

Les badauds s'impatientent et chacun y va de ses commentaires. Certains s'échauffent et haussent le ton. Si tu ne règles pas rapidement le conflit, dans quelques minutes, ce sera l'affrontement. Le Black s'énerve.

— Qu'est-ce qu'elle me veut, la vieille?

Tu le regardes froidement. Pointe l'index vers son visage.

— Toi, ferme-là, et rends-moi ces lunettes.

— Pas d'accord, elle doit s'excuser.

— Je ne m'excuserai pas! s'énerve la vieille. Malhonnête! râle-t-elle encore.

— Vieille tarée! répond le bonhomme en s'avançant.

— Je porte plainte! je porte plainte! éructe-t-elle en manquant de s'étouffer.

— STOP! la ferme tous les deux!

Tu coupes court. Les histoires les plus banales tournent vite au drame. Une bousculade peut dégénérer en bagarre générale, un malentendu finir dans le sang, un phare de voiture brisé dans la douleur, une place de stationnement volée aux urgences.

— Bien, tu me donnes ces lunettes ou je t'éclate sur le bitume, dis-tu au Black en le fixant dans les yeux.

— Et vous, madame, dis-tu en te retournant, vous la fermez et restez calme. Sinon je vous laisse vous débrouiller avec lui… c'est compris?

Le type hésite, évalue ses chances et se décide à te tendre les lunettes. Tu lui ordonnes de rester sur place. Il s'exécute. La vieille se tait. La foule s'éclaircit. Il n'y a plus rien à voir de sensationnel. Tout semble rentrer dans l'ordre.

— Voilà vos lunettes, dis-tu sur un ton sec, et au revoir!

— Merci bien! répond-t-elle en t'arrachant les lunettes des mains. Mais je porterai plainte, soyez-en sûr.

— Oui… oui… au revoir! réponds-tu en la poussant légèrement à l'épaule.

La dame s'éloigne. Tu l'observes. Te dis que vu son âge, tu aurais pu être plus conciliant. Te consoles en te disant qu'elle l'a certainement insulté.

Alors tu contrôles l'identité du type, vérifies l'adresse et lui ordonnes de quitter les lieux. Il n'est pas content. Veut rester. Braille à tue-tête. Finalement te tourne le dos et s'enfonce dans la foule, sans manquer de te faire un doigt d'honneur. Tu ne lui en veux pas. Connais bien ce genre de personnage, et sais qu'il a été bafoué dans son honneur. Certains en souffrent et se sentent humiliés par le regard de l'autre. Il se peut aussi que celui-ci soit tout simplement brindezingue. Toutefois tu comprends... sale nègre reste une insulte. Tu sais que l'appartenance ou la couleur de la peau, toutes différences, rattrapent constamment l'homme. Comme une blessure à l'âme, les problèmes d'identité culturelle te font fréquemment flipper. Il y a quelque temps la Centrale annonçait une bagarre de couple. Ça tournait mal et il fallait y aller vite. Feux bleus. Sirènes. Tu arrives en trombe. Montes quatre à quatre l'escalier d'un immeuble vieillot, odeurs pestilentielles à chaque étage. De nombreuses familles d'immigrés vivent ici, entassées comme des animaux. Devant la porte, ton collègue se place sur la droite, toi sur la gauche. Stratégie au cas où un cinglé se précipite au dehors de l'appartement avec une arme. Tu entends des hurlements à l'intérieur. Coup d'épaule, la porte cède. Au même instant la détonation d'une arme à feu déchire l'air.

« POLICE ! » cries-tu. Tu es tendu à l'extrême, l'arme au poing, acier froid, et tout se précipite. Ça hurle ! Petit vestibule, la porte s'est couchée en travers de la pièce. La salle de séjour est bondée. Des femmes voilées, vêtements traditionnels, vêtements d'ailleurs. Des hommes en t-shirt blanc, training Adidas, vêtements d'ici. Tu aperçois un vieil homme assis sur le sofa.

Ça hurle ! Tous sont blêmes. Ça hurle ! Charabia incompréhensible. Les hommes se précipitent, courent dans tous les sens. Ça hurle ! Tu es à deux doigts de faire feu. Ça hurle ! Tu as la trouille. La détresse, la peur et l'angoisse se lisent dans chaque paire d'yeux. Pas la haine, mais bien la détresse. Ça hurle ! Tu remets ton arme à l'étui. Deux types essayent de fracturer une porte. « Ma fille… ma fille ! elle est à l'intérieur… Ouvre !… Ouvre !… Ouvre ! » Ça pleure ! Ça hurle ! Tout le monde crie. Tu ne comprends rien. La détonation résonne encore en toi. Et tu penses au pire. Un gigantesque coup de pied fait voler en éclats les charnières de la porte. Le drame. Tes yeux se sont posés sur le rouge. Tu repousses tout le monde. Hurlement. Te glisses à l'intérieur de la pièce. Une cuisine. Et c'est le saut. Tout est si calme. Tu connais trop cette sensation. N'entends plus le moindre bruit. T'enfonces dans les profondeurs d'un abîme de tristesse. La chair de poule. Le coup de froid.

Carrelage blanc et bien entretenu. Cuisine orientale. Casseroles sur le feu, les couvercles tambourinent, une vapeur s'échappe. Des arômes de curry, noix de muscade, poivre de Cayenne, de safran, remplissent l'air. Des ustensiles de cuisine sont éparpillés sur le comptoir. Les murs sont de couleur orange. Contre l'un d'eux, accroché à un clou noir, un calendrier sur lequel trois derviches tourneurs, bras en croix, semblent en transe. Les rideaux filtrent la lumière, il fait bon. Des armoires murales, pastel, au-dessus de l'évier entouré de faïences jaune pâle. Une table recouverte d'une nappe aux motifs orientaux. Des cahiers d'école et un crayon à mine noire. Une gomme et une calculatrice. Cinq chaises. Près d'un pied de table, brun foncé, la jambe gauche est allongée, la droite repliée en dessous du corps. Jambes nues, blanches. Jupe courte, noire. Bustier échancré, bleu. Petite poitrine. Un bras le long du buste, l'autre près de la tête. Cheveux noirs. Visage d'ange. Lèvres entrouvertes, recouvertes de rouge à lèvres lissant et galbant. Yeux ouverts. Fixes. Soulignés de fard noir. Peau blanche. Le sang se répand sous le corps. Petite tâche rouge dessinée sur la tempe. Le trou est fait. La balle a traversé la tête. L'arme est encore dans la main, les doigts crispés sur la crosse. L'index sur la détente. Ça hurle ! Ça hurle ! Ça hurle !

Tu flottes dans une autre dimension. D'un seul coup, tes tympans semblent se déchirer. Tout s'accélère. Un corps sans vie, une jeune fille, elle s'est flinguée.

« PUTAIN ! APPELLE UNE AMBULANCE ! » Tu n'es pas dupe, il n'y a rien à faire. Alors, c'est la rengaine habituelle. Commissaire, accompagné de son secrétaire, médecin et brancardiers. Certificat de décès. Le corps de la jeune fille est emporté. Tu aperçois une main blanche sous la couverture qui recouvre la dépouille. Une alliance argentée à l'annuaire ; es frappé par la blancheur des ongles vernis. Tu apprendras plus tard que cette jeune fille n'avait pas dix-huit ans. Elle fréquentait un petit gars de son âge, était tombée enceinte. L'incompréhension du père, les coups et les hurlements avaient dévasté l'amour. La balle a traversé le cerveau, mettant fin à deux vies, dont l'une encore dans l'œuf.

Tu aperçois le vieil homme debout au milieu du salon. Tu devines qu'il a fait un immense effort pour se lever. Il halète. Tu devines les larmes qui coulent le long des joues. Il porte sur la tête l'agal, ce ruban noir que l'homme arabe porte fièrement. A revêtu le gallabi, pantalon gris, ample, et une veste européenne. L'homme n'a pas d'âge, la peau de son visage est creusée par les années, le nez aquilin, le sourcil épais. L'homme te rappelle ces guerriers du désert dessinés dans tes livres de jeunesse.

Tu l'observes, penses alors qu'être une famille en exil, c'est vivre un peu ici et un peu là-bas ; c'est-à-dire nulle part. Les enfants en exil cherchent l'intégration, une intégration et une reconnaissance, alors même qu'ils doivent affronter les difficultés de l'adolescence, celles-ci sans frontières, sans couleur de peau, sans nationalité. Pour les parents en exil l'exercice est hautement périlleux. Ils comprennent parfois difficilement le comportement de leurs enfants. La peur. Ils ont peur de les perdre. Quelques remontrances, et c'est l'incompréhension entre enfants et parents. L'enfant est pris entre deux mondes.

Les parents aussi. Le père, humilié, perd son honneur et son rang, choisit quelquefois la manière forte. Et c'est à nouveau un enfant qui paye.

Pourtant tu gardes espoir, certain que l'homme de deux cultures peut être une passerelle. Passerelle qui s'enfonce dans les brouillards pour joindre les rives du midi à celles du septentrion, de l'Orient à l'Occident.

Plusieurs trains entrent en gare, du monde se bouscule. Le brouhaha te sort de tes réflexions. Tu transpires. Te sens mal. Te demandes combien de temps tu vas continuer comme cela. Quittes la gare pour rejoindre le véhicule de service. En chemin, tu penses aux exilés et à leurs détracteurs. « Gros malin, petit prétentieux, te dis-tu en contournant un groupe de touristes japonais. Qu'as-tu fait quand tu balayais du regard le hall de la gare ? Tu cherchais bien quelque chose à te mettre sous la dent, n'est-ce pas ? Et par hasard t'es tombé sur un Black ! » Comme un remords, cette pensée cinglante te traverse l'esprit. Tu n'es pas fier. Pourtant tu sais aussi que le délit de sale gueule est un problème pas facile à gérer pour le flic de quartier. « Sans préjugés ! te dis-tu. Facile à dire, mais comment travailler sans faire appel à l'expérience, bonne ou mauvaise ? Pourquoi avoir pointé un Africain et pas un autre ? » Aujourd'hui, ça aurait pu être un Européen, un Latino-Américain, un Asiatique, un Maghrébin ou bien d'autres. Non, aujourd'hui ç'a été un Black. Il t'est passé sous le nez. Tu l'as ferré. Par ici, les ressortissants d'Afrique de l'Ouest contrôlent le marché de la cocaïne. Aussi, tu ne laisses aucune chance à ceux qui, comme eux, ont la peau noire. Noire d'ébène.

Fatigué, la tête pleine de questions, sans réponses, tu montes à bord de la voiture. Actionnes les essuie-glaces. Il pleut. Le stagiaire n'ose pas rompre le silence. Tu fais tourner le moteur. Et roules. Roules vite, très vite. La vitesse est un privilège des flics de quartier qui ne sont pas contrôlés même dans les couloirs réservés aux autobus.

En route pour le commissariat, tu n'échanges pas un seul mot avec ton jeune collègue. Venant du ciel, un grondement sourd se fait entendre. Tu tends l'oreille et regardes l'horizon. Vois les arbres frémir. Le ciel s'assombrir et des masses sombres, noirâtres, s'approcher. L'atmosphère est lourde. Un orage se prépare.

— Quelqu'un va avoir besoin d'aide ! murmures-tu.

La Centrale demande des patrouilles pour régler la circulation au carrefour des Philosophes. Un important incendie s'est déclaré là-bas.

— Ce n'est pas notre secteur, dis-tu à ton collègue, mais tant pis, on y va. Ça doit être grave.

Les sapeurs-pompiers travaillent d'arrache-pied. Un bâtiment de cinq étages est la proie des flammes. Plusieurs échelles pointent vers le ciel. Une dizaine de sapeurs s'accrochent aux lances d'incendies et visent les murs, les fenêtres, les flammes. L'eau coule. Jets d'eau. La fumée noire tourbillonne. Dans un rayon d'une centaine de mètres, des rubans de police blanc et rouge entourent la zone d'intervention. De nombreux curieux se massent aux alentours. La circulation est bouclée.

Tu t'approches d'un collègue qui semble être là depuis un certain temps.

— Besoin d'aide ?

— Ouais, mais ne t'excite pas, les pompiers maîtrisent bien. Tout le monde a été évacué, ça vient des caves.

— Comment veux-tu que l'on se place ?

— Sur le carrefour et empêchez les voitures de venir jusqu'ici.

— C'est bon, on y va.

Tu t'éloignes, gares ta voiture au milieu du carrefour des

Philosophes et enclenches les feux. Rouge. Bleu. Rouge. Bleu. Par ce temps il vaut mieux être prudent. La chaussée est glissante. L'orage n'est plus très loin. Les automobilistes sont d'autant plus nerveux, donc inattentifs. Tu passes un gilet fluorescent. Les voitures ralentissent. Tu gères d'un côté et ton collègue de l'autre. Tout semble calme. Malgré le mauvais temps, tu aperçois de la fumée noire s'élever d'entre les bâtiments ; te dis qu'il va y en avoir pour de l'argent. Ton attention est attirée par un type assis sur un scooter bleu. Casquette de base-ball sur la tête. « Me dit quelque chose... » penses-tu en l'examinant de dos. Plusieurs véhicules ralentissent à ta hauteur, les conducteurs te demandent ce qu'il se passe.

— Circulez ! Circulez ! Un incendie... Vous bloquez la circulation.

Tu observes à nouveau le type sur le scooter. En te déplaçant légèrement sur la droite, tu remarques qu'il sourit.

— Nom de Dieu !

Tu prends ta radio accrochée à ta ceinture.

— Centrale, Centrale, j'ai besoin d'une patrouille du secteur pour interpeller un type.

Plusieurs secondes s'écoulent avant que tu ne reçoives une réponse.

— Centrale à l'écoute, pas compris le message.

— Carrefour des Philosophes, j'ai besoin rapidement d'une patrouille pour interpeller un type... Suite incendie.

Tu attends quelques instants. La Centrale annonce qu'une patrouille du secteur vient à ta rencontre.

— Continue seul, dis-tu à ton collègue, je reviens.

Il te fait signe qu'il a compris. Tu te précipites, traverses le carrefour et te diriges vers le scootériste. Le type ne te voit pas arriver.

— Monsieur !

— Oui.

La surprise se lit sur son visage. « Je n'ai pas dû me

tromper », te dis-tu. Le type est gras du ventre. Léger strabisme. Moustaches. Le scooter est un Yamaha.

— Vos papiers, s'il vous plaît.

— Pourquoi ?

— Vos papiers, et parce que je suis de la police. Ça ne se voit pas ?

— Oui, mais enfin, pourquoi ?

Du coin de l'œil, sur ta droite, tu aperçois deux collègues qui s'approchent.

— Vos papiers ! Ne discutez pas.

— Je ne vois pas pourquoi je vous présenterais mes papiers.

Le type t'échauffe.

— Bien, vous allez me suivre pour un contrôle.

Entre-temps tes deux collègues sont arrivés. Écoutent la conversation. Tu te retournes et discrètement dis :

— J'ai aperçu ce type sur un feu de container la nuit passée. Il observait aussi. Je me demande s'il n'est pas responsable de l'incendie. Bizarre ! Et pas franchement l'air d'être tout à lui.

Ils l'examinent un instant.

— Ça vous fait marrer ? lui demande l'un d'eux.

— Non.

— Bon, venez avec nous... et sans faire d'histoires.

Tes collègues le saisissent par les bras, le poussent en avant. Tu les accompagnes à la voiture, ouvres la portière arrière. Avant de monter à bord, par précaution, le type est fouillé. Une main passe le long de ses jambes, dans l'entre-jambe, sur ses hanches et remonte jusqu'à ses aisselles. Sans oublier le col de sa veste et ses poches. Deux briquets et deux boîtes d'allumettes sont découverts. Pas de pièces d'identité. Menotté, il est alors poussé sur la banquette arrière.

— On verra bien, on te donne des nouvelles.

Et la voiture s'éloigne. Gyrophare. Sirène. Tu jettes des coups d'œil autour de toi, soulèves ta casquette et te grattes la tête. « Si seulement ! » Et tu rejoins ton camarade de patrouille au milieu du carrefour.

Moins d'une heure s'écoule, la Centrale annonce que les patrouilles engagées peuvent se retirer. L'incendie est maîtrisé. La circulation est rétablie.

— Putain, bel incendie, dit ton collègue en claquant la portière de la voiture.

— Ouais, et j'espère bien que l'enfoiré interpellé sera le bon.

— Mais comment t'as fait pour le reconnaître ?

— Sais pas, son look ! je te jure que c'est le même type que la nuit dernière.

— Ce serait géant.

En route, tu apprends que le type a reconnu avoir assisté, il y a quelques nuits, ta dernière nuit de travail, à l'incendie d'un container. Il dit qu'il s'était arrêté par curiosité, nie avoir bouté le feu.

— Comme par hasard ! Il est fait, l'oiseau !

Dix-huit heures quinze, la journée arrive à son terme. Tu décides de rentrer au commissariat, dois encore faire ton rapport. Plus de cinquante pour cent du temps se passe devant l'ordinateur. Le clavier est le secret de l'instruction. Le jeune flic comprend rapidement que l'arme à feu reste à la ceinture. Désillusions ! De toute manière, ce symbole phallique a vite perdu de son intérêt. Tu l'oublies au ceinturon et pries de ne jamais l'utiliser. Sais que ceux qui n'ont pu faire autrement que de l'utiliser en sont restés marqués. La décision de sortir l'arme ou de la laisser dans son étui est un choix bien difficile. Toutefois le moment venu, tu n'as qu'un dixième de seconde pour te décider. La justice des hommes, elle, a tout son temps pour apprécier le geste. Enquêtes et contre-enquêtes, et te voilà à la barre. Regards braqués. Questions tranchantes. Procureurs méticuleux. Tu dis que ce jour-là, le flic de quartier inculpé sue à grosses gouttes et ressent une grande solitude. Le choix de neutraliser un homme, voire de lui ôter la vie, ne t'appartient pas. « C'est mon métier ! » a dit un jour un collègue qui avait fait usage de son arme et faisait mine de n'en être pas affecté. Tu observes le bonhomme et te dis qu'une fois encore le flic de quartier dissimule ses craintes dans la déconnade. Au commissariat, au café ou à la maison, il se convainc qu'il faut s'interposer. Et il est ce héros...

Va donc expliquer que tu as mortellement blessé un gamin. Dix-sept ans. Il n'a rien derrière lui, pas grand-chose devant. L'autoradio lui plaît. Le jeunot est armé. À la lueur des lampadaires, il ajuste son tir. Il n'est plus un môme. Il est un bras armé. Tu as tiré. Rapide. Plus rapide que lui. Tu es seul à lire la haine et le désespoir dans les yeux de la mère... une maman. Une maman qui perd la chair de sa chair. Tu es seul. Pour l'éternité. « Est-ce que l'autoradio en valait la peine ? » te demandes-tu.

Tu lèves les yeux. Le ciel s'est éclairci. Toutefois les nuages noirs, les nuages gris, ceux de tout à l'heure et d'autres, se déchaînent et cherchent encore à masquer le soleil. La bataille fait rage. « Est-ce que l'autoradio en valait la peine ? » te répètes-tu. Tu penses alors à Séb. Un collègue qui un sale jour a fait usage de son arme. Il est intervenu alors qu'il était en civil dans un café, parce qu'un jeune manipulait une arme de poing. Les clients ont eu peur. Comme à son habitude Séb est intervenu de façon très professionnelle. Ce jour-là, il n'est pas accompagné. Seul, il s'assoit à une table, à quelques mètres du jeune, quinze ans tout au plus. Séb attend. Sirote une limonade. Devoir intervenir dans un lieu public le rend nerveux, il a le ventre contracté par l'anxiété. Anxiété qui ne quitte pas le flic quand il intervient. Il peut tout au plus la maîtriser, en faire une amie. Mais l'anxiété est séduisante; fruit défendu. Quand le flic y touche, il y retouche.

L'établissement paraît calme. Toutefois le personnel est nerveux. Yeux braqués sur le gosse, les serveurs transpirent. « Peuvent pas regarder ailleurs », se dit Séb. Le gosse se lève, se rend aux toilettes. Séb en profite pour le suivre en se disant qu'il y aura moins de grabuge dans cet endroit que dans la salle. Tout est susceptible de dérapage dans un lieu public. La porte en bois est recouverte d'une peinture brune, la poignée est en métal argenté. À la hauteur des yeux, un dessin représente un petit garçon de dos, exhibant ses fesses, le visage tourné. Bouille marrante et taches de rousseur aux joues. Séb retient son souffle. Le cœur battant la chamade. Pas un bruit. Discret. La main sur la poignée. La porte s'entrouvre. Carrelage, miroir, lavabos, essuie-mains, savon et urinoirs. Séb fait un pas, pénètre dans les lieux. Calme et concentré. Au fond, le gosse tourne le dos. Semble uriner. Se retourne et pointe une arme de gros calibre. Déchirure. Séb dégaine… « Tu peux me croire, j'avais ses yeux plongés dans les miens. Tu sais, le plus dingue, c'est que je n'ai retenu qu'un son. Pas la détonation, mais les deux douilles qui tombent par terre, éjectées de la chambre à culasse. CLINCK ! CLINCK ! »

Aujourd'hui encore, et chaque nuit, Séb entend cette succession de tintements qui résonne dans sa tête comme un cri de douleur. Rien d'autre. Mortellement touché, le gosse s'effondre. Séb se tait. Les yeux humides, comme seuls peuvent l'être les yeux d'un père qui un sale jour a pris la vie d'un gamin. « Et le flic vit avec ça ! Saloperie ! » penses-tu.

En poussant la porte du commissariat, cela te surprend de ne pas être affecté par le brouhaha incessant qui règne à l'avant-poste. Encore des plaignants, des touristes perdus, des prostituées escroquées, des clients dupés, des vieillards abandonnés, des contestataires et des dénonciateurs. Un monde, tout un monde qui fait tourner le monde. Ton premier geste est de prendre la main courante, un stylo à encre bleue, et d'y inscrire succinctement les interventions effectuées dans la journée. Après quoi, tu t'installes devant ton écran. Une fois de plus, il ne s'allume pas.

— Se fait désirer, l'enfoiré !

Aujourd'hui tu manques de punch, laisses faire. Le processeur prend son temps. « Me nargue ? » te demandes-tu. Tu croises les bras sur la poitrine. « Quitte à le foutre à terre, je gagnerai, je te l'assure. » Ton chef de groupe s'approche et sourit en voyant l'écran noir. C'est un homme bedonnant, du terroir, la cinquantaine, avec des chemises ouvertes sur le nombril et des restes de déjeuner sur la cravate. Résout ses problèmes d'informatique avec force et caractère. Il frappe des deux mains les claviers des ordinateurs ; mains larges comme des pelles à neige. Il fait pareil avec les machines à calculer, les distributeurs de boissons et, quelquefois, ces pelles à neige, dans une bagarre de bistrot, finissent sur la face d'un soiffard venu le titiller. Surtout si celui-ci se manifeste juste après un bogue informatique.

Tu regardes l'écran désespérément noir et te dis que ça doit faire un bien fou de taper dessus. N'oses pas. Te décides à appeler les techniciens.

— Allô ! Service informatique ? Vous êtes passé hier... fonctionne toujours pas. Pardon, je sais parfaitement comment allumer cette saleté de machine, je vous dis qu'elle ne fonctionne pas. Demain ! Allez au diable !

Tu soupires, te retournes et jettes un coup d'œil à ton chef de groupe. Il sourit. Se marre. Tu penses alors à Michel, un ami informaticien. Intervient en urgence, aime les gageures. Un coup de fil, l'affaire est conclue ; elle se doit de rester discrète, le service informatique ne doit rien savoir. Michel est un chic type, et une amitié s'est forgée.

Tu desserres ta cravate, défais les trois premiers boutons de ta chemise et en relèves les manches. Te lèves et jettes un coup d'œil sur les feuilles de service. Rien de particulier. Demain matin, tu t'occupes de l'avant-poste. En attendant, tu réponds à quelques appels téléphoniques. Ça sonne souvent dans les commissariats. Tout doit être dit et tout doit être dénoncé. Le téléphone résonne dans les locaux.

— Police bonjour.

— Oui, voilà, mon voisin jette du papier et des cartons dans les containers de l'immeuble.

— Et alors ?

— Ben… il n'a pas le droit.

— Voyez avec le concierge.

— Mais il va savoir que c'est moi qui l'ai dénoncé.

— Vous n'avez pas encore parlé avec lui ?

— Ah, non.

— Alors commencez peut-être par là.

— Merci ! je vois que je peux compter sur vous. Vraiment trop payé…

Tu raccroches le combiné. La sonnerie retentit une nouvelle fois.

— Police bonjour.

— Bonjour, j'ai des pigeons qui roucoulent, euh ! ces derniers temps sur mon balcon. Qu'est-ce que je peux faire ?

— Vous plaisantez ?

— Non.

— Vous êtes à la police, madame, pas dans une oisellerie.

— Je sais bien, mais qu'est-ce que je dois faire ?

— Vous avez une arme ?

— Quelle horreur !

— Voyez avec la régie.

— Ils m'ont dit d'appeler la police.

— Désolé, je ne peux rien pour vous, madame.

— Je suis bien embêtée…

— Eh !

Troisième et dernier appel.

— Police bonjour.

— Bonjour ! Je suis à la police ?

— Oui, vous êtes à la police.

— À la police du quartier ?

— Du quartier…

— À quelle heure ferment les préaux d'école ?

— Je n'en sais rien, je crois qu'ils ne ferment pas…

— Ben voyons ! De petits emmerdeurs font du bruit chaque soir, et jusqu'à minuit, je ne peux pas dormir, j'exige que vous interveniez !

— Calmez-vous, je prends note, nous passerons voir. On les connaît bien, vous savez, ils jouent au basket. Vaut mieux qu'ils jouent dans les préaux que dans la rue… vous ne croyez pas ?

— Rien à faire ! Je bosse. Faites votre boulot ou je les dégomme.

Tu raccroches le combiné. Dubitatif. Penses aux frappadingues qui appellent. Regardes l'horloge fixée au mur, te rappelles qu'il est l'heure de s'occuper de Jean-Pierre. « A-t-il encore mal au crâne ? » te demandes-tu.

CLACK ! Bruit sec. Quand tu ouvres la porte métallique, grise, lourde, froide, tu ne peux t'empêcher de penser au type qui, de l'intérieur, entend ce même son, bref, dur, glauque. Son qui n'a pas d'origine, pas de frontières. Son qui probablement vient de l'enfer. Tu tires la porte, gardes la tête hors de portée d'un coup éventuel. Jean-Pierre est debout, attend. Quelques paroles échangées, du pied tu lui glisses ses affaires. Il dit avoir mal à la gueule, te reproche l'uppercut, mais accepte sa mise en détention. Te propose de boire une bière. Tu déclines l'invitation. Il s'excuse encore et te tourne le dos. Traverse les locaux. Tu l'accompagnes. À la sortie, tu refermes la porte derrière toi et restes sur le trottoir à le regarder s'éloigner. Il marche, baisse les yeux et renifle ; se passe le dos de la main sous le nez. Nez busqué. Tu te dis qu'il n'attend pas trop de choses de sa vie, se détruit petit à petit. Qu'il a le physique d'un paumé et d'un cogneur. Licencié à l'école de la rue et du malheur plein la gueule, Jean-Pierre s'en va chaque jour au chagrin, il est sec et à l'abri des excès de bonne chère ; sec et à l'abri des excès d'amour ; sec et à l'abri des autres. Son corps noueux semble taillé dans un cep de vigne. Il a le teint hâlé de celui qui passe son temps à l'extérieur… aux quatre vents ! Les mains calleuses, meurtries par toutes sortes de petits boulots pénibles. Cheveux en bataille. Moustache épaisse. Pilosité de celui qui cache ses peines, penses-tu en le regardant s'éloigner. Beaucoup de coups reçus, à voir la forme de son nez. Et il a appris à se taire, à propos de ses lèvres fines. Jean-Pierre retient ses mots et pèse chacune de ses paroles. Et tu t'en veux encore une fois de juger un homme. Jean-Pierre fait partie des gens qui savent que ce qui ne tue pas renforce. C'est un bâtard. Plus jeune il n'a pas été épargné, il a reçu des coups et les a rendus. Son père et sa mère sont deux vermines. Tous deux se sont défoulés sur leur gosse. Jean-Pierre les aime pourtant. Ce sont ses parents. Il souhaite toutefois voir un jour leur cadavre dévoré par des hyènes.

Jean-Pierre t'émeut. Et tu t'en veux. Te trouves couillon, car tu n'as pas même pensé à lui dire au revoir. Un petit mot ne coûte rien. Dans d'autres circonstances, tu as su te montrer plus sensible. Tu n'es qu'un petit bourgeois, un enfoiré au ventre plein. Hésites un instant.

— Hé, Jean-Pierre !

Il sursaute et se retourne.

— Prends garde à tes fesses.

Il sourit et enchaîne.

— J'étais plein. Juré, je ne recommencerai plus.

— Pas si sûr. Essaye de ralentir la picole, tu me ferais un grand plaisir.

— Je ne peux pas. Crois-moi, j'ai tenté plusieurs fois... excuse-moi !

— C'est à moi de m'excuser.

— Ah bon ?

— Ouais, pour les coups.

— T'inquiète pas, j'en ai pris d'autres. Mon père avait la main lourde, ma mère le pied léger.

— Où vas-tu maintenant ?

— Je crois que je vais rejoindre Ginette.

— La Ginette ! ça fait quelque temps que je ne l'ai pas vue, que devient-elle ?

— Elle a besoin d'aide, est foutrement malade, et moi j'ai besoin d'attention, alors on s'entend plutôt bien.

— Fous-moi le camp ! Tu la salues de ma part.

— À bientôt, poulet.

— Bye ! Et encore excuse-moi.

— Ne te fais pas de soucis. Ah ! encore une chose.

— Ouais ?

— T'es clean, je trouve ça courageux.

— Merci.

Tu te dis que, une fois de plus, la vie t'enseigne tout le contraire de ce que tu attends d'elle. Qu'il te faut désapprendre la vie... et rebâtir. Tu penses aussi que les paumés que tu côtoies t'ont appris que c'est du fumier que naît la vertu. Tu imagines alors le coquelicot, cette herbacée qui pousse aux endroits les plus insolites et qui pousse où personne ne l'attend.

Tu rejoins tes collègues dans la cuisine et échanges avec eux quelques plaisanteries. Tracassé, tu hésites à aborder des sujets plus sérieux. Hésites. Renonces. Discrètement, tu jettes des coups d'œil à chacun des hommes qui t'entourent. Certains t'énervent, certains te font rire et certains t'ennuient. La cuisine est l'endroit où tout se dit, tout se raconte. C'est l'endroit où tout se met en place, tout se dévoile, tout se sait, tout se mêle, tout s'emmêle, tout se démêle et où tout se vit. En bras de chemise, tu t'appuies confortablement contre le dossier de la chaise, prends tes aises. Plusieurs collègues jouent aux cartes, certains grignotent des barres de chocolat, d'autres sont devant un café, brassent la crème avec une cuillère. D'autres encore sont devant une bière mousseuse. Se retrouver autour d'un verre permet de débriefer. À l'extérieur de ce refuge, tout semble si fou, tout semble dérailler, tout semble échapper à la logique. À tes yeux, l'orgueil semble faire tourner le monde. Les épreuves de force sont constantes et les identités mises à nu. Tu penses que le policier peut très facilement se laisser tenter, se faire entraîner et même, quelquefois, devenir cynique et perdre tout sens des réalités.

— Tu penses à quoi, te demande Dom, t'as l'air bien soucieux ?

— À rien, ne t'en fais pas, j't'expliquerai.

Tu n'oses toujours pas. Détournes la conversation sur quelques banalités. Quelques verres et voilà que les langues se délient, encore quelques plaisanteries et le monde se régénère. Tout y passe, du meilleur au plus impitoyable. Ici, autour de cette table, tout peut être dit. Presque tout ! Une camaraderie règne sans partage. Ici, personne n'en veut au collègue qui s'emporte pour une histoire à la gomme. Ici, ça fait un bien fou de gueuler sur tout, de gueuler sur rien. Cependant, tu t'en veux de ne pas oser aborder des problèmes de fond, des problèmes de cœur. Ces derniers temps, tu sembles quelque peu transformé. T'interroges sur ce qui t'entoure, sur la vie de ce quartier. Dans cet espace viril, le flic ne livre pas ses tripes. S'ouvrir, ici, c'est mourir un peu. La peur de renaître… sous quelle forme ? Mais au fond de toi, dans les abîmes, quelque chose se réveille. Tu le sens. Tu as peur. « Puis-je en parler aux collègues ? Ressentent-ils la même chose ? » te demandes-tu.

« Je ne suis pas prêt ! » ajoutes-tu, éprouvant une gêne au fond de toi.

Dix-neuf heures. Tu regagnes les vestiaires. Armoires grises. Te défais de ton attirail et de ton uniforme. Descends les quarante-cinq marches, traverses la cuisine, pousses la porte battante,. gagnes la porte d'entrée et sors. Fais quelques pas, croises une femme qui marche en direction du commissariat. Tournes la tête. Vos yeux se croisent. Tu souris. Elle sourit. Tu remarques alors qu'elle porte un tailleur foncé, devines sous le tissu la promesse de dentelles. Te retournes, émoustillé. En tête, des idées de corps et de soies, noires. Tu frissonnes. Évocation d'un parfum corsé. Tu te rappelles ce que t'avait dit une amie : « Vois-tu, je me sens bien plus sûre de moi en dessous chics. Oh... je les montre qu'à mes amants ! Un peu salope, certes, mais bien plus sûre de moi. Quoi qu'il arrive, je sais qu'en dessous, je touche juste. » Tu jettes un regard vers le ciel et vois que l'orage annoncé n'a pas réussi à s'imposer. Il fait froid. Des cumulus blancs laissent passer quelques rayons de lumière. Tu ressens un immense plaisir à baguenauder dans la rue sans ton uniforme, anonyme et discret. Tu observes ces visages, ces corps, ces vies, ces certitudes, ces désirs, ces conflits, ces angoisses, ces joies, ces peurs, ces drames, ces bonheurs. Et tu marches. Au milieu de nulle part, tu marches à la rencontre de l'autre, marches pour te rapprocher des hommes.

Quelques pas et, au loin, tu aperçois Jean-Pierre et la Ginette, bras dessus bras dessous. « Tiens ! Jean-Pierre a retrouvé sa belle, vraiment incroyable », penses-tu en observant attentivement Ginette. La soixantaine avancée, cheveux bouclés blonds. Teint pâle, accentué par une fine pellicule de poudre blanche. Épaisses lunettes optiques, à lourde monture. Maquillage tapageur, fard bleu azur sur les paupières. Rouge sang sur les lèvres. Ginette a connu son heure de gloire dans les années cinquante, égérie de La Guinguette. Cabaret au décor kitsch rouge, bleu et or. Chaises et tables en bois. Mur du fond recouvert d'un gigantesque miroir, verre patiné, teinté de brun, de vert. Sur la scène surélevée apparaissait une artiste recouverte de strass, ceinte de diadèmes et de crinolines parées de fausses plumes de paon. La Ginette terminait son spectacle dans un nu intégral. Une époque où les bals musettes et les chansonnettes étaient de mode, où le pianiste et l'accordéoniste enivraient la clientèle. Ginette dit avoir fait quelques pas de danse avec Maurice Chevalier, qui d'ailleurs lui a laissé en souvenir le canotier qu'il portait alors.

Ton regard se porte sur le corps d'une jeune fille que tu viens de croiser sur le trottoir. Sur la cambrure de ses reins. Elle part à gauche. Tu vas à droite. Oublies Ginette et Jean-Pierre.

Introduire la clef et ouvrir la porte de ton domicile.

— Salut, papa ! Passé une bonne journée ?

III

Deuxième jour

Tu remues, la nuit a été douce. Tu te retournes, caresses ta compagne d'un geste affectueux. De l'index, suis la cambrure de ses reins. Elle réagit en se tournant et dépose sur tes lèvres un baiser. Se blottit contre ton épaule.

— Je t'aime, Isabelle ! lui murmures-tu à l'oreille.

Tu t'étires et bâilles. Ton corps est chaud, tu hésites à retirer les couvertures. Un coup d'œil vers la fenêtre, tu entrevois une lumière douce, réconfortante, qui pénètre par les persiennes entrouvertes. Les rideaux bougent, un air rafraîchissant te passe sur le visage. Les sons de la rue te parviennent, éloignés, et semblent te souhaiter la bienvenue. « Où irai-je chercher la force ? » te demandes-tu. Tu penses à tes camarades qui ont glissé, qui ont trébuché, sans avoir la force de se relever. Sorts réservés aux professionnels qui n'ont pas su se protéger, qui ont sombré pour avoir trop pris à cœur, et au cœur, de plein fouet, la profession. Celui qui s'est mis à boire plus que de raison ; celui qui s'est laissé tenter par les drogues, paradis artificiels ; celui qui s'est laissé abuser par les belles, histoires charnelles ; celui qui s'est laissé tenter par le contenu d'un tiroir-caisse, argent facile ; tous ont sombré.

Flic de quartier, tu te trouves parfois en présence d'argent, et quelquefois de beaucoup d'argent. Il y a ces fins de mois difficiles, ces pensions alimentaires à honorer, ces dettes contractées, et simplement l'envie, ou l'orgueil; la tentation est grande. Tu te souviens de cette urgence lors d'un braquage au casino de la ville. Arrivée fracassante. Fausse alarme. Les responsables de l'établissement comptent les recettes de la soirée, oublient de refermer le coffre. Une table, un cendrier, des mégots, de la fumée, quelques chaises, des écrans de surveillance et de l'argent. De l'argent posé sur une table de cuisine branlante, aux pieds de métal argenté et à plateau synthétique rouge. Une bouteille d'eau minérale, trois verres. « L'envers du décor », as-tu pensé en entrant dans l'arrière-salle. Les salons luxueux laissent place à des bureaux fades, quelconques. Palissades, un interstice, et le delà des choses…

Sur une table brinquebalante, les liasses de billets de banques sont superposées à d'autres liasses de billet de banque. Une fortune. La tête te tourne. Un regard à ton collègue et une pensée commune : « D'ici que l'on nous retrouve. »

Et rien ! pas levé le petit doigt. Remontés dans véhicule de service et retour au commissariat. Main courante.

« Dis rien, je manque de couilles. »

« Pareil, ç'aurait pu être sympa le Brésil ! »

Aujourd'hui, il ne te reste qu'une pensée, et c'est pour tes comptes en banque désespérément vides.

Tu te tournes et te retournes sous les couvertures. Isabelle s'est levée et s'affaire à la cuisine. Les odeurs du pain grillé et du café noir envahissent l'appartement et excitent tes sens. Tu distingues le bruit de la radio, musique rythmée. Respires un grand coup et te décides enfin à sortir de sous la couette, à quitter ta rêverie. Certains matins, des chansons populaires ne cessent de te harceler l'esprit, mélodies que tu fredonnes toute la journée. D'autres, comme ce jour-ci, ce sont les souvenirs de la vie de flic de quartier qui te remuent. Nu, les pieds ballants, assis sur le bord du lit, les épaules légèrement affaissées, les mains posées sur le matelas, tu jettes un coup d'œil dans le miroir. Scrutes ton corps. Vois tes yeux. Scintillants. Y découvre un vague à l'âme.

— Quelles sont les barrières ? les limites ?

— Ce n'est pas vraiment ton problème, mon pote.

— Les collègues des mœurs traitent pendant des années des histoires de culs, qu'en font-ils ? Comment les vivent-ils ? Quelle peut être leur vie amoureuse ?

— Cesse !

— Et les stups, tiennent-ils longtemps sans glisser ?

— Encore une fois, cesse.

— Comment interpréter les tracasseries administratives, quand quelques minutes d'intervention demandent des heures d'écriture ?

— Ça va mal finir.

— Comment ne pas devenir xénophobe, raciste, quand c'est une majorité d'étrangers que tu interpelles ?

— Maintenant arrête, tu me fais peur.

— Croire en la mission ? Tu es constamment débouté.

— Tu vas te faire un ulcère.

— Foi en les hommes ? Mais tu connais leurs vices !

Silence. Tête basse, tu te redresses, vas à la salle de bains, prends une douche froide, te rases. Alors tu aperçois ton visage dans la glace. Y vois une ride, puis une deuxième, nouvelles. Pattes d'oie. Tu aimes les marques que la vie imprime sur la peau. Parchemin. Tu te souviens des pirates de ton enfance… des gueules ! de vraies gueules ! Tu observes plus attentivement les marques du temps qui passe, et te dis que le cuir est la carte ; la carte qui permet de trouver l'île aux trésors… au fond de l'être.

Enfin tu t'habilles. Au salon, les enfants déjeunent devant la télévision. Bol de chocolat chaud, céréales et pain grillé, confiture d'abricot ; à la télévision, *Cartoon network*. Tu les embrasses. Du pouce, essuies la moustache de lait ; une souris blanche. Dérobes un morceau de pain. Ils font mine de se vexer. S'esclaffent la bouche grande ouverte. Tu les embrasses encore une fois. À la cuisine, tu t'approches d'Isabelle. Elle range plusieurs assiettes dans le haut du vaisselier, se maintient sur la pointe des pieds ; élancée, elle creuse le bas du dos, que tu observes en frissonnant. T'avances et l'aides à déposer la dernière assiette sur la pile. Le rangement terminé, tu la prends dans tes bras, l'embrasses ; son parfum t'enflamme. Pensées coquines.

Dans le hall, tu enfiles tes bottes, santiags, daim rapé. Enfiles ton blouson d'aviateur en cuir brun, craquelé, mouton retourné ; sur le bras un badge illustrant un vieux Latécoère à la gloire de l'Aéropostale.

Tu sors de chez toi. Refermes la porte.

Un air froid et humide souffle sur la ville ; contourne les bâtiments, cherche à pénétrer par les fenêtres, s'engouffre dans le col des blousons. Les trottoirs sont trempés, des feuilles brunes, jaunes, jonchent le sol. « Résidus d'automne », penses-tu. Tu mets un coup de pied dans un tas.

— Bonjour, te dit un employé de la voirie en salopette orange.

Il te regarde, sourit et cligne des yeux.

— Bonjour, réponds-tu, quelque peu gêné d'avoir dispersé les feuilles.

Ce matin-ci, tu te sens las et sans grand enthousiasme. Tu montes à bord de ta voiture, allumes le moteur, t'engages dans ation. La radio diffuse quelques mauvaises nouvelles, es le bouton. Silence. Tu prends la peine d'observer [illegible] es conducteurs. Arrêtée aux feux, une dame semble chercher un cheveu gris. Un homme se frotte le nez. Un autre discute, portable à l'oreille. Certains bâillent, certains sifflent, certains rêvent.

C'est l'arrivée. Stationnement. Tu prends une grande inspiration et tournes la poignée. Tu tombes sur un abruti qui hurle contre une affiche de recrutement. Te surprends à ne pas te rebiffer contre ses vociférations. Tu ne portes d'ailleurs pas plus d'attention aux hurlements de trois balèzes qui insultent ton collègue. « Ils ont été contrôlés dans la rue », penses-tu simplement. Tu traverses les locaux.

— Salut, les gars.

Il n'y a pas plus de réactions que les autres jours, chacun s'affaire à sa petite personne. Tu grimpes les quarante-cinq marches qui mènent aux vestiaires. Ouvres ton armoire. Te changes. Glisses un regard sur le corps de la Playmate du mois de janvier. Métisse. Belle. Tu souris en apercevant le sac du stagiaire déposé dans un coin. Les marches grincent sous ton poids, et tu rejoins ton collègue à l'avant-poste.

Huit heures. L'énergumène et les trois types ont disparu, d'autres plaignants ont pris place. En observant ces visages, tu te dis que la rue n'est rien à côté de tout ce qui peut survenir au comptoir. « Tout et n'importe quoi », penses-tu.

Ton premier geste est de t'assurer que l'alarme est enclenchée. En cas d'agression, grâce à une pression de ton pied sur le sol, la Centrale enverrait immédiatement du secours. Quelquefois ta vie en dépend. Des suicidaires viennent parfois braquer des flics. Bien que jusqu'à présent, ils n'aient cherché qu'à se faire descendre. Il y a aussi les petites frappes, les tarés, ceux qui veulent se faire enfermer pour quelque temps. Ils entrent précipitamment, le policier n'ayant généralement qu'une fraction de seconde pour réagir et esquiver le coup. Plus d'un y a perdu des dents. C'est sans compter les personnes ordurières et celles qui viennent déféquer, uriner ou se masturber. Il y a quelques jours un type se caressait dans sa voiture garée devant le commissariat. Téléphone portable en main, il s'excite à échanger des propos obscènes avec une fille d'un standard téléphonique. Répond, à l'agent qui l'interpelle, qu'il n'a pas trouvé de place libre et qu'il n'allait tout de même pas se branler en roulant? Déjà que les portables sont interdits sans main libre.

— Tu peux aller te tirer un café, dis-tu à ton collègue.

— Merci, t'en veux un?

— Ouais, j'assure le service, va donc à la cuisine.

Avant le café, tu te rends au violon. Il te faut réveiller les ivrognes qui, après avoir fait les zouaves dans le quartier, sont enfermés quelques heures. Ce jour-là, deux cellules sont occupées. Tu ouvres la première. Un type ronfle sur le lit en béton, enveloppé dans une des couvertures qui lui a été remise pour ce court séjour pénitentiaire. Couverture rêche, marquée du sceau de la nation.

Tu avances doucement, sur tes gardes. Parfois, dans un demi-sommeil et embrumé par l'alcool, d'un seul élan, le bonhomme se lève et cogne aussi sec. «Ce serait con de me faire casser le nez», te dis-tu. Lèves la jambe. Pousses le type avec le pied.

— Réveille-toi! hop! du nerf, c'est fini, la sieste.

Tu le bouscules une nouvelle fois. Sèchement.

— Allez, mon gars, debout, réveille-toi.

Il grogne, s'ébroue et se balance de droite à gauche, pointe son nez.

— Tiens, mais c'est Riquet.

Riquet la lame, un habitué. Riquet pour ses parents et ses amis, la lame pour ses victimes. Riquet dit qu'il est une sorte de Robin des Bois, qu'il ne vole que les riches et qu'il ne s'en prend jamais aux personnes âgées. Code d'honneur.

— Salut, Riquet! Debout, fini de dormir, c'est l'heure, tu peux sortir.

Il se frotte les yeux et bâille, s'étire, se redresse, cherche ses chaussures. Avant qu'il soit enfermé, chaque détenu est fouillé. Il doit enlever sa ceinture, ses chaussures et déposer ses effets personnels dans une caisse numérotée; le tout est déposé à l'extérieur, devant la porte de la cellule. À sa sortie, le tout est restitué. À bientôt, Riquet.

Tu le pousses dans le dos. Il ronchonne. Se retrouve sur le trottoir. Secoue la tête et te fait un doigt d'honneur. Tu souris.

Deuxième cellule. Tires les deux loquets.

— Hop! mon petit gars, debout.

Hirsute, le type est assis sur le bord du lit en béton. Il te regarde. Tu ne le connais pas.

— Bien dormi, fini les conneries?

— Quelles conneries?

— T'as rien fait, je sais. Mais si t'es à l'ombre, mon bonhomme... ce n'est pas pour rien.

— Faux, c'est pour rien.

— Allez!

En disant cela, du pied droit, tu glisses sa paire de chaussures dans sa direction. Geste anodin. Après quelques mauvaises expériences, tu as pris l'habitude, par sécurité, de ne jamais te baisser devant un détenu, de ne jamais le quitter des yeux; prêt à reculer ou à contre-attaquer. Voilà que ce type te jette un regard de stupeur et de détresse. Lèvres entrouvertes, il ne prononce pas un mot. Déchirure. Tu comprends, comme foudroyé... et c'est trop tard!

Le type baisse la tête, regarde ses chaussures et se redresse. T'observe encore une fois, te dévisage, te fixe, te voit, te lit.

— Pourquoi as-tu fait ça? dit-il en prononçant lentement chaque mot.

Tu restes figé. Ne dis rien. Te sens mal.

— Pourquoi as-tu fait ça? répète-t-il, encouragé par ton silence. Pourquoi as-tu poussé mes chaussures avec ton pied ?

— Euh... par sécurité, réponds-tu en bafouillant comme un gamin pris en faute.

— Ce sont mes seules affaires.

Il saisit ses chaussures et les approche de son visage. Les regarde, les tourne et les retourne. Tu l'observes qui porte toute cette attention à ses souliers. Te dis que tu n'es qu'une pourriture, qu'un petit bourgeois. « Je l'ai humilié », te rends-tu compte. Tu saignes alors de l'intérieur. Te mets à bafouiller et cherches à te sortir de cette mauvaise passe. Tu ne vois rien d'autre que ces yeux qui te fixent. « Par souci de sécurité », te répètes-tu plusieurs fois. « Par souci de sécurité, c'est la seule défense que j'ai trouvée pour me disculper, mais quel enfoiré je fais ! »

— Euh... excusez-moi... monsieur, oses-tu prononcer en te raclant la gorge.

La poitrine serrée, tu te souviens quand plus jeune tu savais encore pleurer. La gorge nouée, tu t'approches du type et le saisis par l'épaule. Il t'observe. « Sacré nom de Dieu ! il ne peut pas regarder ailleurs », penses-tu. Non ! il ne veut pas regarder ailleurs, il souhaite voir tes yeux... et au-delà.

— Ne t'en fais pas, gamin. J'ai parcouru ce monde, connu toutes sortes de flics. Tu sais, j'ai fait mes petites révolutions. En soixante-huit, j'étais un jeune con, mais qu'est-ce que je me suis marré. Après, après c'est le tour de monde. Un long stop à San Francisco. J'ai embrassé toutes les causes. Et je sais que vous, les flics, vous n'avez pas grand-chose dans le bide. Juste bons à balancer une paire de chaussures avec les pieds. J'ai bientôt soixante balais, alors tu sais !

Tu te sens minuscule. Une boule de plomb sur le ventre. Ce type pourrait être ton père, il t'en met plein la gueule. Tu saignes. En ressens le goût dans la bouche. Te passes ta langue sur les lèvres. Avales à plusieurs reprises et imprimes à ton corps un petit mouvement de balancier ; d'une jambe sur l'autre. « Quel aplomb, te dis-tu, je suis vraiment minable. » Tu baisses les yeux, il ne te reste qu'à faire bonne figure.

— Excusez-moi, monsieur, prenez vos chaussures et allez-vous-en.

Tu ramasses sa veste, ses effets personnels et les lui tends.

— Merci.

Mal à l'aise, tu l'observes pendant qu'il se rhabille. L'accompagnes. L'observes encore sur le pas de la porte. Marche légèrement de biais. Rase l'immeuble et tourne à droite. Disparaît comme une ombre. Noire. Tu respires un grand coup. Le mal-être refoulé au plus profond. Regardes le ciel et te dis qu'il va pleuvoir d'une minute à l'autre. Et tu fais le beau, te regonfles un peu. Refermes la porte et retournes au comptoir.

— Je suis qu'un connard, j'ai vraiment envie de chialer.

Ton collègue se pointe avec les cafés.

— Qu'est-ce que tu marmonnes ?

— Rien, des conneries.

— T'as une petite mine...

— Ferme-la !

La porte du commissariat s'ouvre. Deux hommes visiblement nerveux entrent. Vêtements détrempés. Il doit pleuvoir des cordes.

— Bonjour, monsieur l'agent, dit l'un d'eux.

— Bonjour.

— Ce monsieur me doit de l'argent, enchaîne-t-il immédiatement.

— Ce n'est pas vrai ! interrompt le deuxième.

— Il me doit de l'argent, répète le premier, il ne veut pas régler l'affaire et... nous avions un contrat.

— Ce n'est pas vrai ! il n'a pas respecté le contrat, il n'a pas...

— Je l'ai respecté, mais tu n'as pas voulu…

— Ne raconte pas n'importe quoi, j'étais d'accord…

— Tu n'étais pas d'accord…

— ÇA SUFFIT… STOP ! SILENCE !

Ils te dévisagent, ne prononcent plus un mot. Tu repères le plus calme, et le pointes de l'index.

— Vous ! Expliquez-moi le problème.

— Merci, monsieur l'agent. Comme je viens de l'expliquer, il me doit de l'argent. Nous sommes associés. J'ai organisé des concerts dans son établissement. Je me suis occupé de l'intendance, de faire la publicité, d'engager du personnel de service et de sécurité, en un mot, j'ai mené le projet. Nous devions nous partager les bénéfices et depuis plusieurs semaines je viens réclamer l'argent, mais rien.

— Bien compris, à votre tour.

Tu pointes une fois encore l'index.

— Il ne dit pas la vérité. Je n'ai jamais dit que je ne voulais pas le payer, mais il me présente des factures que j'ai moi-même réglées. Je ne vais tout de même pas les payer une seconde fois ! De plus, il dit que l'on a vendu bien plus de billets qu'en vérité. S'il pense obtenir la moitié de ces fausses ventes, il se trompe.

— Il dit n'importe quoi…

— Oh, ferme-la !

— Pardon ?

— STOP ! nous ne sommes pas dans un poulailler. Avez-vous pris contact avec un juriste ou avec un avocat ?

— Non, pas encore, nous souhaitions vous demander conseil.

— Conseil, vous êtes marrants, je ne suis pas juriste, je suis policier. Et votre affaire est du ressort d'un juriste. Le seul conseil que je vous donne, c'est de ne pas vous rentrer dedans, compris ! Maintenant, demandez une assistance juridique et présentez votre affaire, je suis certain que vous allez vous entendre. Toutefois, je vous conseille aussi de ne pas tenter d'escroquer l'autre, vous y gagnerez au change. J'ose espérer qu'aucun de vous n'est malhonnête ?

Les deux secouent la tête en même temps. Tu souris en pensant à tes enfants, pris la main dans le sac, ils secouent la tête, font la moue.

Un homme au physique de déménageur, en marcel bleu foncé, trempé, moustache et gros bras, s'interpose, bouscule légèrement les plaignants.

— Permettez ! la rue des Belles-filles, savez-vous où je peux la trouver ?

— Sortez du poste, prenez à gauche, c'est la troisième sur la gauche.

Tu regardes le bonhomme sortir, vois plusieurs tatouages sans pour autant distinguer ce qu'ils représentent ; encre effacée, souvenir passé.

— Bien ! dis-tu. Prenez contact avec un juriste et tenez-moi au courant. Je vous fais confiance, je peux vous faire confiance ? Vous êtes des adultes, on est d'accord ?

— Oui, bien sûr, nous souhaitions votre avis, c'est tout.

— Je vais prendre vos identités, pour la main courante, au cas où, au revoir, messieurs, et… restez calme.

— Au revoir, monsieur l'agent.

— M'sieur l'agent !

Entre-temps plusieurs personnes sont entrées, dont une personne âgée. Toutes sont trempées. S'impatientent. Les deux bonshommes quittent le commissariat, et tu passes en revue toutes les raisons qui mènent les plaignants à la police. De simples renseignements, ou alors un besoin de se rassurer. Tu fais un signe à la personne âgée. Courbée, elle s'approche et pose ses deux mains sur le comptoir.

— Madame ?

— Bonjour… voilà ce qui m'amène chez vous. Je ne viens

pas vous ennuyer, mais j'ai un problème. Je peux vous faire confiance, n'est-ce pas ?

— Oui, réponds-tu en soupirant, vous pouvez me faire confiance. Quel est votre problème ?

Tu sais que la dame ne va pas te lâcher de sitôt. Les personnes âgées sont trop souvent seules, et le commissariat, avec le bistrot, le supermarché et le coiffeur, est l'endroit où il est possible de prendre le temps d'échanger quelques mots. Résigné, tu te penches en avant, t'appuies sur tes deux coudes, le menton au creux des mains. Tu remarques que les autres personnes soupirent. Deux s'assoient.

— Eh bien voilà !.... Il faut tout d'abord vous dire que j'habite dans le même immeuble depuis plus de quarante ans. Ça en fait des années, vous ne trouvez pas ?

— Oui, madame, dites-moi votre problème, des personnes attendent leur tour.

— Depuis plus de trente ans, j'arrose les fleurs de M. Holzer. C'est un homme charmant, il a perdu sa femme il y a une dizaine d'années.

— Qui est M. Holzer ?

— Mon voisin ! il habite dans l'appartement qui est en face du mien, sur le même palier. Je m'occupe de lui depuis la mort de sa femme. Vous savez, les courses, le ménage, le courrier. C'est un homme charmant, M. Holzer.

— Bien, et alors ?

— Voilà, depuis quelque temps, une jeune fille est venue s'installer dans l'ancien appartement de la famille Donnet. Oh, ils étaient charmants, les Donnet, nous sommes trois sur le même étage. Mais la jeune fille, et vous savez elle sort souvent, elle ne veut pas que je m'occupe des fleurs qui se trouvent sur l'étage. De quoi elle se mêle ? Pouvez-vous me dire ?

— Attendez, les fleurs appartiennent à qui ?

— À mon voisin, mais il y a quelques pots qui appartiennent à la jeune fille.

— Elle vous interdit de s'occuper des fleurs de votre voisin ?

— Non, des siennes.

— Alors où est le problème ?

— Elle ne s'en occupe pas. Et laisse traîner sa poubelle devant sa porte, ça ne sent pas très bon, j'vous dis pas. Et les fleurs doivent être entretenues, vous ne trouvez pas ?

— Oui, bien naturellement, toutefois si votre nouvelle voisine tient à s'occuper de ses fleurs, je vous propose de la laisser faire.

— Vous croyez ? Oh non ! Oh non !

— Mais si, ma petite dame. Je vous propose ceci, je fais la nuit demain soir et passerai vous voir, je discuterai alors avec votre voisine, d'accord ? Allez, madame, faites-moi confiance et laissez-moi votre adresse.

— Je suis d'accord. Promis, vous passerez ?

— Promis ! dis-tu en poussant devant elle le bloc de papier quadrillé et le stylo-bille qui se trouvent sur le comptoir.

« Aller rendre visite à cette petite dame lui fera le plus grand bien », penses-tu. Tu te dis que les personnes âgées demandent souvent l'intervention de la police du quartier. Même qu'elles ont leurs têtes. Si elles veulent te rencontrer, ou alors voir Pat, Dom ou Gégé, elles ne veulent voir personne d'autre. Connaissent bien les horaires des flics du quartier et savent dans quel commissariat se manifester. Les jours fériés sont l'occasion pour cette population ridée, tachetée, courbée, de faire appel à nous : « Allô, police ! Pouvez-vous passer nous voir, s'il vous plaît, il y a un truc que j'aimerais vous dire. »

On ne se doute pas que la police fait bien plus d'interventions à caractère social que d'interventions répressives. Soirée de Noël passée en compagnie d'une petite mémé au corps noueux, semblable au chêne. La peau ressemble à de l'écorce, craquelée, parcourue de nombreux sillons, gravée par l'histoire passée. Les doigts, de vieilles racines, cherchent la terre et annoncent la chute. Les yeux scintillent comme des lumières, immobiles et humides. Voûte étoilée. Tu aimes ces regards. Ils guident, montrent la route. Tu restes quelques instants, parfois plus, à leurs côtés. Tu te ressources. Puis il est l'heure de s'en aller. « Il y a de la demande », t'excuses-tu.

Parfois tu bois un dernier verre, réchauffes un plat ou acceptes un chocolat. De temps à autre, tu les aides à s'allonger, à se coucher. « Encore une fois, peut-être la dernière », penses-tu. Tu te souviens affectueusement de ce couple, ces deux vieux, chez lesquels il fallait chasser les fantômes pour qu'ils puissent s'endormir. Pépé ne pouvait pas trouver le sommeil autrement. Fantômes du passé ? Pépé a fait l'Algérie. Poste de commandement dans l'armée française : il se tait depuis tellement d'années. Il tait des comportements pitoyables. Tait des comportements de guerre. Macchabées. Tortures. Fuites et défaites. Une nation envoie les siens au combat et ses fils chassent les fantômes.

« Tous les vieux ont des histoires, dis-tu, il suffit de les écouter. » Ce sont leurs yeux qui te remercient. Jamais tu n'oublieras ces coups d'œil ; coups d'œil d'une autre époque, d'un autre temps. Clins d'œil… et tu vieillis ! Tes contemporains disparaissent les uns après les autres. Plus guère d'amis pour évoquer les souvenirs. Le silence fait place nette et occupe l'espace. Alors le vieux réfléchit. Sagesse. Un univers se crée. Il y a de moins en moins de choses à dire, les paroles passent, le silence reste. Il y a ces vieux pour qui tu es le confident.

Tu observes la petite dame griffonner son adresse sur le papier quadrillé. L'écriture est tremblante ; lettres anglaises. Tu l'observes attentivement et te dis que, de son temps, les hommes savaient écrire à l'encre ; encre bleu roi. Ils tenaient entre leurs doigts le manche de bois ou de métal et trempaient délicatement la pointe en acier Sergent-major dans l'encrier de verre. Tu imagines ces écoliers d'un autre temps, les coudes posés sur un pupitre de bois, les manches du tablier gris, en coton, recouvertes de manchons noirs. Papier buvard.

Nostalgique d'une époque révolue, tu glisses le mot dans ta poche.

— Au revoir, madame, à très bientôt.

— Au revoir, monsieur l'agent. Vous êtes un jeune homme comme il faut. J'ai connu un nommé Roger. Il était dans la police, vous l'avez connu ? Il a pris sa retraite vers 1965.

— Pas pu, madame, je suis né en 66. Allez, au revoir, excusez-moi mais j'ai du monde.

— Merci. Merci… et au revoir.

Madame se courbe, lentement, et saisit les anses de deux sacs à commissions, qu'elle avait préalablement déposés à ses pieds. Un homme d'un certain âge présente ses salutations, lui tient la porte.

Une sonnerie stridente retentit dans le commissariat. Tu te rends vers l'appareil de transmission. Y découvre un communiqué radio envoyé par la Centrale. L'alarme sonore annonce qu'il faut rapidement prendre note de la communication : PAS DE CONGÉ SAMEDI 23 MAI. IMPORTANTE MANIFESTATION ANTIMONDIALISATION. TOUT LE PERSONNEL EST MOBILISÉ. DEGRÉ ROUGE. ORDRES SUIVRONT.

— ROUGE ! cries-tu à l'intention des collègues. Degré maximum, grabuge à l'horizon, ajoutes-tu discrètement.

Quelque peu découragé, tu fais deux trous à la perforatrice sur le communiqué et le classes parmi d'autres. Répétition inlassable des mêmes gestes. Tu apprends par un simple bout de papier qu'un congé est supprimé. T'y attendais. À l'arrivée de la belle saison, de nombreuses manifestations sont organisées. Un jour, tu protèges l'extrême gauche et un autre l'extrême droite. Les deux bords t'en veulent, les centristes aussi. Tu ramasses les coups.

Tu as participé aux manifs des paysans mécontents, à celles pour ou contre les étrangers, les sans-papiers, les femmes, les squatters ; à celles des antimilitaristes, des skinheads et des témoins de Jéhovah, ou alors des raëliens ; à celles du personnel médical, des homosexuels, des bonnes sœurs ; à celles des contestataires, des révoltés, des protestataires de tous horizons… et tu en oublies. Lire ce communiqué qui annonce la suppression de ton congé te rappelle la manifestation du 21 novembre dernier.

Tout commence de façon assez habituelle. Rendez-vous au sous-sol du commissariat principal. Appel. Rencontres avec les collègues qui vont t'accompagner au combat, fleurs au fusil. Pour la plupart, cela fait des mois, voire pour certains des années, que tu ne les avais pas revus. Alors chacun s'approche, on se serre la main. Les commentaires, les plaisanteries et les rires détendent l'atmosphère. Ce jour-là, les officiers ne chôment pas. Ils courent dans tous les sens, hurlent, s'engueulent et éructent des ordres. « Attendre, il est urgent d'attendre », marmonnes-tu. L'ordre suprême arrive. Voilà que l'officier supérieur rassemble tout le monde et donne les dernières directives. « Attends, mon garçon, glisses-tu à l'oreille de ton camarade de route, on verra bien sur place. »

Le matériel de corps est distribué. Matraque, noire. Gilet pare-coups, noir. Casque à visière, bleu. Masque à gaz, noir. Protections pour les jambes et les bras, noires, et l'inévitable bouclier en plastique transparent, rayé. Tu as doublé de volume, transpires sous l'attirail. Tu es censé faire peur, très peur, dans cet accoutrement.

C'est alors l'embarquement dans les fourgons grillagés, la colonne des véhicules et le départ. Après… l'attente ! Les fourgons sont bien trop petits pour contenir tout le monde qui se trouve à l'intérieur et vu le matériel que chaque homme porte sur lui, l'ambiance est garantie. Il fait chaud. Ça pue. Tu te résignes. T'encourages en te disant que l'État s'occupe de ton congé, que tu ne dépenses pas d'argent dans ces moments-là… et que tu accumules des heures supplémentaires. Heures récupérées à la belle saison. Parfois payées.

Le déplacement des manifestants est diffusé sur les ondes. Tout le monde attend le déroulement des événements. Les chauffeurs reçoivent l'ordre de se déplacer, en colonne, mais toujours discrètement. Les hommes assis à l'arrière discutent, plaisantent, resserrent leurs lanières, leurs lacets, vérifient le fonctionnement des masques à gaz, se motivent. Il y en a toujours un qui fait profiter l'équipe de son répertoire de chansons grivoises. Ambiance virile.

Les heures s'écoulent et ton groupe est envoyé pour assurer le flanc droit de la manifestation. Des opposants viennent perturber le déroulement de celle-ci. Et c'est la bagarre. Tension. Peur. Hurlements. Tu es seul, le bouclier levé devant les yeux, tu te demandes vraiment ce que tu fais là. Il faut y croire. Il fait sombre, depuis quelques minutes la nuit est tombée. Les sirènes hurlent. Les gyrophares éclairent l'horizon. Il fait sombre et tu as peur. Ton casque se fait lourd. La visière est sale. Tu as l'impression d'étouffer. Les contre-manifestants sont à deux pas. Ça hurle ! Des projectiles s'abattent sur le groupe. Sans tourner la tête, tu sens la présence réconfortante de ton camarade de gauche, de ton camarade de droite. Épaule contre épaule, ordre de charger. Ça hurle ! C'est la débandade. Il fait sombre. Le bouclier pèse de plus en plus lourd. La visière est embuée et tu ne vois bientôt plus rien. Tu cours. Tu ne sais pas pourquoi, mais tu cours. Tu cours en direction de ces gens qui fuient. Ça hurle ! Tu penses à ta sécurité. Des manifestants armés de frondes de chasse tirent des billes d'acier, d'autres lancent les pommes de terre dans lesquelles ils ont planté des lames de rasoir, d'autres encore jettent des cocktails molotov. C'est sans parler des cailloux, des chaises, des tables et de tout le matériel urbain qui tombe entre leurs mains. Le stress te gagne. Si tu lèves le bouclier, les cailloux viennent te fracturer un tibia. Au contraire, si tu le descends, c'est la visière du casque qui vole en éclats, sous l'impact des billes d'acier. Ça hurle ! Tu as peur. Il fait sombre. Tu cours. Tes camarades sont près de toi. Ça te rassure ! Tu vois Gégé, lui fais un clin d'œil, te demandes s'il a aussi peur. Tu es attentif à chaque mouvement, à chaque son, à chaque hurlement. Un klaxon strident annonce que le pompe-tonne intervient. Tu te mets de côté, laisses passer. Des milliers de litres d'eau giclent. Tu souffles, reprends ta respiration. Il fait nuit. Ton cœur bat la chamade. Tu reçois l'ordre de mettre le masque à gaz. Retires le casque, places les attaches de plastique, vérifies le fonctionnement du matériel, remets le casque. Trois secondes se sont écoulées. Ton équipe se protège derrière le pompe-tonne. Les gaz sont projetés sur les manifestants. Une fumée blanche s'élève. Quelques secondes de répit et la course reprend. Tu cours entre les voitures, stoppées par le mouvement de la foule. Tu étouffes dans le masque de plastique, la visière embuée. Tu n'y vois rien. Les manifestants prennent d'assaut d'autres groupes. Bagarre de rue. Les automobilistes sont terrorisés. Des passants se protègent dans les allées d'immeubles. Les vitrines des commerces sont brisées, tout comme les lampadaires. Carrosseries enfoncées, deux-roues renversés. Containers en feu. Les projectiles tombent de partout, de nulle part. Le bouclier te paraît bien fragile. Il fait nuit. Les incendies offrent une vision apocalyptique. Des gens courent dans toutes les directions. Tu ne sais plus qui est qui ; les bons ou les méchants. La matraque levée, tu frappes au hasard.

« PRENDS ÇA ! » cries-tu à pleins poumons. « ENFOIRÉS ! » ajoutes-tu, fou de rage, fou de crainte. Toi qui t'étais juré de ne pas courir, de ne pas frapper. Tu agis comme un fauve. La trouille. La rage. La haine. Des voitures sont retournées. Elles s'enflamment. Tu crains l'explosion. Tu cours. Hurles dans ton masque et frappes. Tu oublies tes camarades. Ne crains plus rien. Les sons te paraissent lointains. Tout semble fonctionner au ralenti. Un de tes camarades s'écroule. Les vêtements en flammes. Il est roulé dans une couverture. Tu vois qu'on étouffe le feu. Te retournes contre les manifestants. Serres fortement la matraque. La rage au ventre.

Tu n'as plus peur. Tu frappes pour faire mal. Sec, puissant. Ni l'homme à terre, ni celui armé de cailloux ou de frondes ne t'effraient, à présent. Tu cours. Tes compagnons de combat t'accompagnent. Tu hurles de toutes tes forces. Tu es prêt à recevoir des coups. Prêt à en donner.

L'heure des comptes arrive. Les blessés des deux camps sont acheminés à l'hôpital le plus proche, soignés par les mêmes médecins, et parfois en convalescence dans les mêmes chambres. Les propriétaires pleurent les dégâts. Les pompiers éteignent les dernières flammes. La circulation est rétablie. Il est temps de regagner le commissariat. Dans le fourgon, pas un mot n'est prononcé. Chacun se repasse le film des événements. Tu scrutes ces visages épuisés. Les yeux rougis par les gaz lacrymogènes; les peaux sales, noires, sur lesquelles les larmes ont dessiné une trajectoire hésitante; les cheveux hirsutes et poisseux; le regard perdu. Rien n'est dit. Tu observes tout cela et penses que l'homme vit dans le silence. Il peut crier, même hurler, mais c'est le silence qui gagne. Ces instants, épaule contre épaule, sont des instants de grande fraternité. La gorge serrée, tu sais déjà qu'à la cafétéria tu feras le beau, comme tes camarades. De franches rigolades, des embrassades et tu te sentiras plus fort. Et tu auras le sentiment du devoir accompli. Toutefois, il te semble bien que, une fois encore, tu aies été le jouet d'événements qui te dépassent. La haine qui se lisait sur les visages de ces jeunes manifestants te laisse un goût d'échec. La haine que tu as exprimée en courant contre eux te laisse ce même goût d'échec.

La porte s'ouvre, l'un de tes collègues entre. Il semble en pleine forme. Sifflote malgré la pluie battante.

— Salut. Dis donc, t'es bien bronzé.

— Ouais, je rentre de mission. Je me suis fait Rio de Janeiro, New York, Jérusalem, Bangkok, Johannesburg, Nairobi.

— Veinard ! t'exclames-tu en te remémorant instantanément l'Afrique du Sud.

L'État propose aux flics de quartier de se rendre à l'étranger, pour des missions de surveillance. Pas des missions secrètes, mais des missions aéroportuaires : de l'aide et du savoir-faire apportés à la police locale pour contrôler l'embarquement des marchandises dans les aéroports, où chaque jour, des sommes fabuleuses transitent. Ces emplois temporaires à l'étranger tombent à pic, tu t'inscris ; par envie de voir du pays.

L'ordre de marche t'a été transmis quelques semaines plus tard. Il fallait te rendre à plus de 8 000 km de chez toi, au pays où vécut Gandhi durant vingt et un ans, et où Mandela passa vingt-sept années en prison sur l'île de Rodden. Cinq semaines de mission à Johannesburg International Airport. La tâche n'était pas désagréable : effectuer des vols Le Cap – Johannesburg – Harare – Johannesburg, découvrir au passage le Zimbabwe et voir repartir l'appareil pour ton pays.

Annoncer le départ aux enfants a été une étape difficile. Beaucoup de larmes, des promesses de se téléphoner tous les jours, des promesses de ramener des cadeaux, des souvenirs. Le cœur serré, tu débarques à l'aéroport de Johannesburg. À l'arrivée, ton collègue est heureux de te voir, et il monte aussitôt à bord et s'envole. Retour à la maison. Il a rempli sa mission et ne s'attarde pas une minute. Tu es prêt à tout et gonflé à bloc. La mécanique est bien huilée. Des responsables de la compagnie t'accueillent, t'expliquent ton travail et te remettent les documents qui te permettront de circuler dans les zones de transit. Ta première mission est de prendre possession de la chambre d'hôtel. Un coup d'œil au ciel, le temps est à l'orage, il fait chaud. Le paysage africain est tout autre. Ton premier sentiment est un vertige ; vertige face au gigantisme et aux horizons lointains. Tu respires à pleins poumons et vois loin, très loin. Des nuages blancs, plats, dessinent des traits qui déchirent le ciel. « C'est magnifique ! » penses-tu.

Un taxi t'emmène à l'hôtel, petit *guest house* loué à l'année par plusieurs compagnies aériennes. Le conducteur s'engage dans la circulation. Les routes, les embranchements et les autoroutes n'en finissent pas. Installé à l'avant, tu observes le bonhomme du coin de l'œil. La cinquantaine, de type européen, le visage vérolé, la peau blanche, les cheveux blonds et les yeux bleus. Il porte une chemise blanche et un short, une paire de chaussures *Caterpillar* en cuir brun foncé, et des chaussettes montantes grises. Il sifflote, détendu. Le coude droit posé sur la portière, il tapote sur le volant. Tu notes que dans ce pays la circulation est inversée. L'air chaud te caresse le visage. La radio diffuse de la musique américaine, tu reconnais *Unchain My Heart* de Joe Cocker. Le cendrier est rempli de mégots.

« Excusez-moi ? » dis-tu en te raclant la gorge.

Tu n'avais plus parlé l'anglais depuis quelque temps déjà.

Il tourne la tête et sourit.

« Excusez-moi, il y a de l'ambiance par ici, on raconte pas mal de trucs sur l'Afrique du Sud. »

« Bof! ce qu'on raconte, tu sais. C'est tranquille, chacun pour soi. On n'emmerde pas les nègres et ils ne nous emmerdent pas. De toute façon… y sont trop cons ! »

« Ah bon ! » dis-tu le souffle coupé.

Il te jette un coup d'œil narquois et se marre.

« On les baise, sont vraiment cons ! ils croient que la liberté c'est de ne rien foutre toute la journée. C'est bien une race inférieure. »

« Ah bon ! » répètes-tu, estomaqué. Les mots te manquent pour lui répondre.

« D'ailleurs, y a qu'à voir ce qui se passe au Zimbabwe. Les Blancs sont dans une belle merde. Tu trouves normal qu'ils doivent donner leurs terres à des nègres ! C'était bien différent du temps de la Rhodésie. »

« Euh... »

« Saloperies. »

Il te fusille du regard. Les pommettes rougies par la colère, les lèvres blanches. Il serre le volant avec tant de force que tu vois ses doigts devenir rouges, puis blancs, presque translucides. La voiture file à toute allure. Tu tournes la tête et regardes par la fenêtre. Mal à l'aise, te demandes s'il n'aurait pas mieux valu fermer ta grande gueule.

« Ici, t'es pas chez toi, ferme-la ! » dis-tu discrètement.

« Pardon ? »

« Oh... rien. »

Décidément tu te dis que l'Europe est bien loin. Te concentres sur le paysage qui défile. Au loin des éoliennes, des rideaux d'eucalyptus et, plus proches, de nombreuses carcasses de voitures gisent sur le bas-côté de la chaussée. Des gens marchent sur les bords de la route, tous chargés. De petits étals construits avec quelques planches exposent fruits, légumes, huile à moteur, pots d'échappements et boissons fraîches. Des morceaux de pneus éclatés jonchent la chaussée. Des stands proposent des pneus d'occasion. De gigantesques panneaux publicitaires bordent la route, proposant toutes sortes d'appareils ménagers, des boissons alcoolisées, des safaris et des parcs d'attractions. Tes yeux vont des gens qui marchent sur le bord de cette autoroute à ces gigantesques panneaux qui, comme des miradors, sont disposés tous les deux cents mètres. « Comment peuvent-ils acheter toute cette marchandise ? » penses-tu. Il te faudra quelques jours pour comprendre l'énorme fossé qui existe entre la ville, la banlieue et l'intérieur du pays. Fossé qui existe entre les cinq millions de Blancs, pour certains richissimes, pour d'autres installés dans une classe moyenne supérieure, et les quarante millions de Noirs qui n'ont rien, ou pas grand-chose.

« Jamais s'arrêter ! dangereux pour les petits Blancs », dit le chauffeur en ricanant.

Tu ne vas pas tarder à l'envoyer sur les roses. L'apartheid n'était alors qu'un mot. Tu penses à l'égoïsme avec lequel tu te permets de juger le reste du monde. Tu découvres aujourd'hui qu'il te faut travailler dans un autre pays et te jeter dans son quotidien pour comprendre la signification des mots, des phrases et des lettres. Ici, grammaire raciste.

Tu as honte de toutes ces années perdues en vacances, sur les plages dorées, à visiter quelques quartiers pour touristes. Toutefois, dans cette voiture, au côté de cet Afrikaner ségrégationniste, tu exultes : « Cette mission va me plaire. »

Tu t'enfonces confortablement dans le siège en regardant défiler le paysage. Tu te plonges dans l'horizon, dans ces kilomètres de terres plates, ces herbes jaunies, ces arbres clairsemés, et au loin tu aperçois Johannesburg, son étendue fantastique et, en son centre, en son ventre, des buildings défiant le ciel.

Johannesburg, une cité américaine. Un downtown qui est le centre des affaires. Des immeubles gigantesques, des boutiques de luxe, des fast-foods, des trottoirs animés, des golden boys cravatés, pressés, téléphones portables scotchés à l'oreille. L'Afrique est à chaque coin de rue. Les murs des habitations sont recouverts de peintures aux formes géométriques et stylisées, multicolores : art *ndébélé*, venu des plaines du Transvaal et réalisé par les femmes auxquelles les hommes doivent porter un authentique respect. Aux pieds des plus grandes tours de verre, d'acier et de béton, de petites échoppes, des marchands ambulants, une vie faite de senteurs, de musique ; résonance d'instruments à percussion, danse et joie de vivre. Tu déambules, observes, attiré par l'insolite. Il y a le centre ville. Il y a aussi la banlieue et les ghettos. Il y a Soweto et Hillbrow. Envers du décor. La misère est d'une réalité qui fait froid dans le dos. Tu es aguerri et penses l'avoir suffisamment côtoyée pour la connaître et la reconnaître. Mais tu comprends que la pauvreté, personne ne peut s'y faire, jamais. L'Afrique miséreuse te laisse comme un arrière-goût de défaite, de détresse. Les colonisations successives ont anéanti mille cultures, mille histoires, mille peuples. La machine infernale s'est emballée. Les premiers peuples d'Amérique, d'Australie et ceux d'Afrique sont aujourd'hui frères ; ils sont frangins dans la douleur, l'humiliation et la pauvreté. Génocide. Ta peau blanche, pâle, se voit, se sent. Tout de toi rappelle ton appartenance. Tu es blanc, et à des milliers de kilomètres de chez toi. Les jours et les semaines passent. Tu effectues des vols à bord d'avions plus rutilants les uns que les autres, te poses chaque jour à la ville du Cap. L'approche est magnifique. Pour le plaisir des yeux, le commandant de bord fait virer son MD11 au-dessus de la ville. Du sommet de Signal Hill, la ville livre ses contours, ses fractures et ses innombrables collines qui forment des fortifications naturelles entre les quartiers. Tu distingues aussi le bord de mer, et Waterfront, centre de villégiature pour touristes en mal de kitsch et de hamburgers. Au cours des escales, après avoir assuré la sécurité du fret aérien, tu profites de tes quelques heures de liberté pour errer en ville. Traversée d'un gigantesque township entouré de barbelés, dans lequel la population indigène noire est enfermée, aujourd'hui encore. Arrivée au centre des affaires. Tu te précipites au bord de la mer, empruntes les quais marchands, profites des restaurants et des boutiques, manges une glace près des bateaux de plaisance. Aujourd'hui, tu reconnais, un peu honteux, que le kitsch t'a séduit. Quelques heures de bonheur absolu, et tu penses à ceux restés au pays.

Et là, tu frissonnes. Les yeux dans le vague, tu ne peux t'empêcher de repenser à la rencontre avec ce jeune *sangoma* zoulou, animiste. Devin chargé d'interpréter les signes des esprits et d'initier les hommes. Dans cette région de l'Est sud-africain, le Natal, région aux collines souvent couvertes de brumes, ce chaman t'a fait le plus merveilleux des dons. Il t'a fait rencontrer une lumière. L'enfance du monde. « Enfin... Je ne sais plus très bien, dis-tu, je n'en suis plus très sûr. »

Tu n'as jamais vraiment pu t'expliquer ce qui s'était passé. Une après-midi, alors que tu roules au volant de ta vieille Mitsubishi louée dans un garage de Pretoria, voiture qui d'ailleurs n'allait pas tarder à rendre l'âme, tu tombes en extase devant cette région qui voit depuis des dizaines de milliers d'années les chamans bochimans peindre leurs visions sur le roc. Alors que, la gorge asséchée, tu cherches à te procurer une bière, tu aperçois un homme vêtu de rouge, le visage peint en blanc. Les cheveux tressés de mille perles, un bandeau rouge autour de la tête, les yeux perçants les plus profondes angoisses, les plus profondes peines, les plus profondes pulsions. Il t'observe. Ne dit rien.

Tu n'es plus qu'un enfant entre les mains expertes de ce redresseur d'âmes. La bière est vite oubliée et tu acceptes le bol qu'il te tend. Le liquide coule dans ta gorge et apaise la soif du cœur. Dans cette maison aux formes arrondies, en partie taillée dans la roche, la fumée des herbes brûlées, les chants et les sons des percussionnistes te transportent, alors que tu es couché sur une natte. La déchirure est fulgurante. C'est le brouillard. Épais. La roche semble bouillir. Coule sur le corps. Chair brûlée.

« Où suis-je ? »

« Ici ! » susurre une voix de femme.

« Où ? »

« Nulle part », répond la voix.

« Mais où encore ? »

« Chut ! »

Cette voix devient femme, femme noire au visage merveilleusement lisse. Aux lèvres charnues, couleur violette, au fard à paupières, éclat givré. Nez large, yeux noirs, étirés, et noirs, noirs et profonds, cheveux tressés, épaules larges complètement dénudées, seins lourds, noirs, aux tétons dressés, noirs, ventre plat, sexe noir et jambes longues. Cette femme s'approche, te chevauche, cambre les reins. Son sexe humide caresse ta peau, caresse ton membre qui durcit. Elle descend doucement et s'empale. Les va-et-vient ininterrompus, les mains caressantes, les lèvres contre les tiennes, la langue qui pénètre ta bouche, éveillent les mille pulsions qui habitent ta chair. Sueur ! L'étreinte est courte. Le temps s'écoule. Temps de jouissance.

« Et c'est ainsi ! »

« Ainsi quoi ? » demandes-tu.

« Ne sois pas sur tes gardes, lâche-toi ! Ainsi va la vie, l'Amour et… le cycle éternel. »

Ses mains te caressent le visage.

« Qui es-tu ? »

« Qui es-tu ? tu connais beaucoup d'exclus, alors disons que je suis une exclue, noire. Une mère, noire. »

« Des exclus, j'en connais, c'est bien vrai, mais… »

« Alors souviens-toi du don, un souvenir d'Afrique. Eh oui ! c'est l'Afrique, l'exclue. Sens. Touche. Caresse. Danse. Chante. Vois et c'est l'Afrique. Souviens-t'en. »

Elle suspend sa caresse.

« Attends, je… je… ne comprends pas. »

Tu ne vois plus que deux yeux noirs. Mystère. Larmes. Tu t'y noies. Profonds, noirs. Tu y distingues les premiers océans, les premières molécules, enzymes et acides. Alors c'est la Pangée, ce premier continent et ses divisions successives. C'est aussi la chaîne de l'évolution, premiers primates, premiers australopithèques, premiers hommes sapiens. Et une femme rencontre un homme. Ils s'observent. Se reconnaissent. Ils s'aiment. Font l'Amour…

La roche bouillonne, se durcit et la fumée t'enveloppe. La voix s'éloigne, les caresses également. « NON ! REVIENS ! » cries-tu. Et le cri résonne dans tes oreilles, dans ton âme.

Tu pleures. Sens couler sur tes joues de chaudes larmes. Les percussions, les chants et la présence du jeune *sangoma* te rappellent à l'humanité ; te rappellent que tu n'es qu'un homme et que tu n'es pas encore autorisé à visiter de plus près la lumière. Il te semble bien que tu l'aies approchée.

La vision se brouille. Tu réintègres ton corps et ouvres les yeux. « Les ai-je seulement fermés ? » te demandes-tu. Aujourd'hui, tu sais que la lumière est femme ; femme noire au vagin qui enfante le monde et permet aux hommes qui l'ont approchée de croire en la vie, en la mort et en l'éternité. C'est en Afrique qu'elle a choisi de se présenter à toi. L'Afrique, berceau de l'humanité, là où tout a commencé.

« Mère… » soupires-tu.

Et la porte du commissariat s'ouvre brusquement. Tu sursautes et un instant ne sais plus, Afrique ou Europe ? Des collègues entrent bruyamment.

— MÈRE ! cries-tu.

Te reprends.

— Euh… qu'est-ce que vous voulez ? marmonnes-tu.

Plusieurs plaignants t'observent, perplexes. Tu es bien de retour à l'avant-poste. L'Afrique s'éloigne. Tu reprends de l'aplomb.

— Vous désirez ? dis-tu en te raclant la gorge.

Un des plaignants s'avance.

Aujourd'hui tu sais qu'une mère sauvera les hommes.

« Une femme qui s'enrhume et c'est le monde qui éternue », affirmes-tu depuis... depuis la rencontre.

Les collègues qui t'ont sorti des rêveries africaines appartiennent à la brigade d'intervention. Ils poussent en avant cinq jeunes gens. Cheveux en forme de crête, rouges, bleus, verts ou encore violets; percings dans les lèvres, les narines et les paupières; tatouages visibles dans le cou et sur le dos des mains; vestes de cuir cloutées, chaussures et pantalons militaires. Les poignets entravés par les menottes, ils sont trempés. Ils gueulent, crient des insanités, crachent sur le sol.

Tu comprends qu'un squat vient d'être évacué. Les jeunes gens sont emmenés à l'arrière du commissariat. Fouillés et enfermés dans des salles d'audition. Tu observes tes collègues et penses à leur mission. La brigade d'intervention est formée pour intervenir. Les hommes qui la constituent sont surentraînés, motivés et prêts à offrir leur vie. Prêtent main forte aux collègues des commissariats de quartier et assument en cas de coup dur. Tu as souvent été tranquillisé par leur présence.

Tu regardes ces squatters, leur accoutrement, leur crête et leurs percings. Te dis qu'il est regrettable que les vrais contestataires, les militants courageux, soient associés à ces énergumènes. Alors qu'ils revendiquent de justes causes, ils sont bêtement comparés avec ces clowns qui brisent, cassent et picolent.

Tu passes devant le comptoir, t'approches de la porte d'entrée et la maintiens entrouverte. D'un œil, et comme tu t'y attendais, tu vois le fourgon de la brigade garé face à la porte d'entrée et parqué cul contre le trottoir. Les portes arrière grandes ouvertes, tu aperçois une dizaine de jeunes types à l'intérieur. Ils hurlent à l'injustice. Dix mecs et une fille.

— ANGÉLICA ! t'exclames-tu.

Angélica est une prostituée du quartier. Camée, elle tapine et se défonce à mort, du soir au matin. Camerounaise, elle est fine, a les épaules carrées, les muscles dessinés. A du succès. Comme habitude, elle escroque ses clients. Après s'être occupée de leur sexe, s'occupe de leurs poches. Peu de mecs viennent se plaindre. « Doivent se faire discrets, dis-tu, leur femme attend à la maison. »

Il y a quelques semaines, la Centrale annonçait qu'une personne allait sauter dans le vide, du cinquième étage. Sirènes feux bleus. Une nouvelle fois des braquages et contre-braquages, et te voilà au pied de l'immeuble. Debout sur le bord de la fenêtre, Angélica hurlait qu'elle allait se foutre en l'air.

Tu montes quatre à quatre les marches d'escalier, suivi de près par ton collègue Pat, essoufflé. La porte est verrouillée. Les habitants ignorent les hurlements, ils ont reconnu Angélica qui pète un plomb. Coup d'épaule. La porte vole en éclats. Le studio comporte une grande pièce, une cuisine à l'américaine et une salle de bains. C'est un foutoir. Un bordel indescriptible. Il y a un grand lit défait, visiblement sale, sur lequel sont jetés des vêtements de cuir, de satin et un jeans bleu délavé, troué. Il y a une télévision, des dizaines de canettes de bière, des mégots de cigarettes, un canapé rouge et trois coussins verts; une lampe, abat-jour rouge, éclaire une table de verre, sur laquelle se trouvent plusieurs bouteilles de whisky, vides, et du matériel d'injection, seringues et élastiques.

La fenêtre est ouverte sur les bâtiments voisins, au loin les montagnes et l'air pur. Alors un ange passe. Angélica se retourne et braille à tue-tête : « Bande de cons ! je vais m'foutre en l'air ! »

Elle porte un blue-jeans. Rien d'autre. Bombe fièrement le torse, exhibe ses seins flasques, noirs aux tétons brûlés. Mamelles trop caressées qui tombent sur le nombril. Les cheveux en bataille. Les yeux vitreux. Angélica est ailleurs. Tu jettes un coup d'œil à Pat, le pousses du coude. Les mains dans les poches, il s'en contrefout. Tu souris et shootes dans une boîte en aluminium. Bâilles et penses à mettre la main devant la bouche, en te disant qu'il y a pas mal de saloperies qui traînent par-ici.

« Allez Angélica, descends. »

« Allez vous faire foutre ! » est sa dernière phrase.

Tu penses qu'il serait fâcheux qu'un accident survienne tandis que deux flics se trouvent dans l'appartement. Cinq étages, peu de chance de s'en sortir. Alors tu répètes : « Allez Angélica, je vais tout de même pas venir te chercher ? » Tu ne veux pas l'approcher, Angélica est malade. Elle a attrapé à peu près tout ce qui existe. Tu sais aussi que si tu te bats avec cette tigresse, tu y laisseras des plumes.

Angélica hurle et se retourne. Une bouteille de whisky à la main. Bouteille vide. Elle titube. La jette dans ta direction. Tu l'évites. Angélica s'effondre. « Il y a un bon Dieu, les miracles existent », penses-tu. Elle aurait pu tomber en arrière et voler comme un oiseau. Ange déchu ! Angélica tombe en avant et vient s'écraser comme un sac sur la table de verre. Éclats. Pat ne bronche pas. Tu observes Angélica gisant dans les morceaux de verre, le visage tuméfié, inconsciente. Elle remue. Tu l'entends bougonner.

Un appel sur les ondes radio et l'ambulance prend quelques minutes pour intervenir. Le médecin, blasé, plaisante et fait mine de s'intéresser à ce corps amorphe. Angélica est emmenée aux urgences… en urgence.

Le jour même, tu la vois sur le trottoir. Elle a les yeux cachés derrière d'épaisses lunettes noires. Un type, costume deux-pièces, cravate et chemise blanche, discute le prix ; tous deux montent. « Doit vraiment avoir envie », te dis-tu.

— Monsieur ?

— …

— Monsieur ?

— Oui ! réponds-tu, surpris.

Un homme et un jeune garçon. Debout sur le trottoir, à l'abri du portique, tu ne les avais pas entendus approcher.

— Pouvons-nous vous déranger quelques minutes ?

— Euh… oui, bien sûr.

Tu pousses la porte et regagnes le comptoir. Père et fils. Les deux ont la même bouille. Trente ans d'écart. Toutefois le fils porte des nattes entrelacées de perles, dreadlocks, chapeau et veste en laine, rouge, jaune et vert.

— Bonjour.

— Bonjour, dit le père.

Le fiston ne bronche pas. Intimidé. Son père le regarde et le pousse du coude.

— Allez, c'est à toi, raconte.

— Bonjour, dit-il timidement.

Rien d'autre. Il se tait. Le père insiste.

— Allez ! raconte.

Les deux mains sur le comptoir, tu regardes attentivement l'adolescent. Tout au plus, une quinzaine d'années. L'air tourmenté. Ni le père ni le fils ne sont mouillés. Tu te dis que la pluie s'est interrompue.

— Venez, ne restons pas là.

Tu ouvres la porte battante et fais signe de la main qu'ils te suivent. Passes devant les cellules, les salles d'audition. Entres dans une pièce inoccupée.

— Alors ? dis-tu en leur proposant de s'asseoir.

Le père pousse une nouvelle fois son fils du coude.

— Rien de particulier, j'ai été racketté. C'est tout.

— Raconte, ajoute le père, vas-y.

— Ben voilà… l'autre soir, je rentrais chez moi, quand trois types m'ont demandé du feu. Je leur ai dit que je ne fumais pas et… et je n'ai plus rien compris. J'ai reçu un coup sur le visage. Deux des types m'ont maintenu contre le mur, celui qui m'avait frappé m'a fait les poches. Voilà, c'est tout.

Tu l'observes un instant. Il baisse les yeux, se tortille les doigts. Remue sur la chaise et jette quelques coups d'œil, en coin, à son père.

— Bien, t'es courageux de venir en parler. Tu les connais ?

Il prend son temps, réfléchit.

— Allez, réponds, lui dit son père, tu m'as bien dit que t'en connaissais un.

— Non… pas vraiment.

Tu attends, laisses le père et le fils s'expliquer.

— J't'ai jamais dis ça.

— Si, tu me l'as dit.

— Non.

— Raconte.

Tu les laisses palabrer encore quelques instants.

— Bien ! dis-tu.

Tu t'approches du gamin, lui touches l'épaule, le regardes dans les yeux.

— Écoute… t'es courageux, eux sont lâches, rien dans le ventre. Point. Je sais qu'il est difficile de dénoncer ce genre de choses. Mais tu dois te dire que c'est toi qui es fort en ce moment et eux les faibles. Il n'y a aucune raison pour laisser une bande de vermines jouer les chefs, crois-moi.

Le gamin écoute, te regarde et finit par dire :

— Bien, m'sieur, la vérité c'est que je me trouvais sur l'esplanade derrière la voie ferrée. J'étais en train de fumer du shit avec des copains.

Tu vois les yeux du père s'écarquiller. Son visage devient écarlate.

— Qu'est-ce que tu racontes là ? Tu fumes des pétards… de la drogue ?

— Pas de la drogue papa… du shit.

— NOM DE DIEU ! crie le père en frappant sur le bureau.

— Calmez-vous, monsieur, articules-tu tranquillement.

Tu regardes à nouveau le gamin. Demandes qu'il s'explique plus clairement. D'un œil vois le père se trémousser sur la chaise. Il a l'air dans tous ses états.

— Ben voilà… l'esplanade, vous connaissez ?

Tu acquiesces. Le gamin enchaîne.

— Je vois des amis là-bas, pas toujours pour fumer, pour se réunir… voilà tout. Et quelquefois, l'un ou l'autre apporte une barrette de haschisch… et on se passe le joint. Il n'y a rien d'extraordinaire, tous les types de mon école fument. Nous, on est roots… ras le bol de cette société. Alors vous voyez.

Devant ton air médusé, et celui de son père, le jeune comprend que ni l'un ni l'autre ne sait ce que sont les roots, alors il précise.

— M'ouais ! le mouvement roots lutte contre les ségrégations raciales et toutes les inégalités sociales, on écoute du reggae… Bob Marley quoi !

— Ouais, je crois avoir compris, mais c'est illégal de fumer du shit. Peut-être plus pour longtemps, mais pour l'instant, c'est encore interdit…

— Mais bon… c'est l'mouvement !

— Enfin, continue.

— Alors depuis quelque temps une bande d'enfoiré d'rappeurs de mes deux vient nous provoquer. Dans le groupe on a deux potes qui pratiquent des sports de combat, alors vous voyez, on est assez tranquille, mais bon… Lundi passé j'étais en chemin et suis tombé sur ces… ces oufs. J'étais seul.

— Je ne savais pas tout ça, dit le père en secouant la tête… et qu'est-ce que c'est ces « oufs » ?

— Des fous, quoi. Des connards si tu préfères… Ouf c'est banlieue, zone. C'est fou…

— Comment ?

— Laissez, dis-tu en faisant signe au fils de continuer.

— Rien d'autre, j'ai tout dit... mais vous allez pas me dire que vous ne savez pas ce que sont les rappeurs ? dit-il en observant les réactions.

— Euh... oui, je sais, réponds-tu en regardant les dreadlocks tomber sur ses épaules, espérant ainsi éviter d'autres questions de ce type.

— Et toi, p'pa ?

— Eh bien...

— Laisse ! les rappeurs... ils graffent et taguent, appartiennent au mouvement hip-hop. Des tarés de musique rap, de danse break et smurf... certains sont sympas, mais pas mal sont démontés.

— C'est bien, mais... et ce qu'ils t'ont volé, allez parle ! réplique sèchement le père.

— Ben... ils m'ont secoué, et chouravé mon portable.

— C'est pas tout, dit le père, à part si tu m'as menti pour ça aussi.

— Et des tunes...

Le père jette des regards furieux en direction de son fils. Fait sauter un trousseau de clefs dans sa main gauche. Tu devines qu'il trépigne d'impatience et souhaite maintenant se retrouver seul avec son rejeton. Devines aussi que le gamin va passer un mauvais quart d'heure.

— Écoutez, on va procéder comme cela, dis-tu en t'asseyant en face d'eux. J'imagine que ton père est furieux de t'entendre balancer ce genre de trucs à un flic. Mais bon, nous sommes blindés. Et t'as rien à craindre de ma part. Toutefois, c'est une grosse connerie de fumer du hasch. Alors écoute, rien ne sortira d'ici, parole d'homme. Premièrement, tu t'engages à cesser la fumette. Deuxièmement, tu m'appelles quand tu vois à nouveau débouler la bande de rappeurs. Ils ont ton âge ?

— Oui, m'sieur l'agent, entre quatorze et seize, mais je vous jure que je ne les connais pas.

— Je te crois sur parole. Alors fais-moi plaisir, ne fume plus cette merde-là.

— Promis ! Enfin j'essaierai. Vous savez, c'est pas facile, on y croit. Et franchement quand on voit les vieux prendre des bitures, ça ne me fait pas vraiment kiffer de me mettre à l'alcool.

Tu ne sais pas vraiment quoi lui répondre. Le jeune t'a soufflé. Son père ne dit rien.

— Bien, dis-tu finalement, je garde tes coordonnées et nous reparlerons de tout ça. Pour le portable, écoute bien.

— J'écoute…

— Tu ne fais rien. On est d'accord ? Si tu aperçois tes agresseurs, tu m'appelles, c'est d'accord ?

— Oui.

— Tu m'appelles, et… je leur ferai un petit numéro. Avec un peu de chance ton portable réapparaîtra, comme par enchantement.

— Mais comment ? Ils vont chercher à se venger, c'est sûr.

— C'est possible, comme je te l'ai dit, tu gardes la tête haute ou tu courbes l'échine devant des enfoirés. Et si je peux me les faire, je leur passe un savon. Au passage je récupérerai ce qui t'appartient.

Le gamin semble hésiter. Réfléchit. Hésite encore. Son père intervient.

— T'as pas le choix, Frédéric, tu t'es foutu dans la merde, alors assume.

— On a le temps pour la plainte, enchaînes-tu, si je peux trouver une autre solution, plus efficace… pourquoi pas essayer.

Tu attends quelques instants, observes le fils, observes le père. Croises les bras sur le ventre. Toussotes.

— Alors ? demandes-tu.

— Vous avez raison, et j'ai mes deux potes qui font du karaté.

— Bien, c'est pas forcément la meilleure façon, mais ça peut dissuader tes agresseurs.

Et tu te rappelles ton adolescence. Boxe et karaté. Équipe de petits loubards et baston du week-end. Laisse béton ! Aujourd'hui, quelques cicatrices en souvenir. À cette époque-là, il y avait les rockers, auxquels tu t'identifiais et les punks, qui n'avaient pas oublié d'être moches, que tu n'appréciais pas du tout ; te dis qu'aujourd'hui tu ne comprends plus grand-chose à ces nouveaux mouvements contestataires. Tu souris en repensant à ton blouson de cuir noir.

Plus rien à ajouter, et père et fils semblent d'accord. Tu proposes alors de les raccompagner. Avant de te lever, tu notes les identités exactes ; tout à l'heure, tu inscriras quelques lignes dans la main courante. Le père se lève, passe devant, le fils le suit, tu fermes la marche. En passant devant les cellules, le jeune Frédéric examine les portes métalliques.

En ouvrant la porte du commissariat, tu fais signe au fils de passer devant, demandes au père de rester un instant. Jettes un œil au ciel et vois des nuages gris. Pas de pluie. Tu refermes la porte d'entrée. Frédéric attend à l'extérieur.

— Ne soyez pas trop dur, ce n'est que de la fumette, rien de bien méchant. Toutefois, restez attentif et avertissez-moi si le môme ne tient pas parole. Je m'expliquerai alors avec lui.

— Et pour le vol ?

— On avisera, voyons venir. Parfois, avec ces histoires d'ados, tout peut se décanter en quelques jours.

— Merci, monsieur l'agent, à très bientôt.

Tu sens le père plus détendu. Lui serres la main.

— Vous avez des enfants ? demande-t-il avant de sortir.

— Oui, deux.

— Bonne chance.

— Merci.

Tu tiens la porte du commissariat entrouverte.

— Promis, Frédéric ? dis-tu avant de refermer.

— Promis, m'sieur l'agent ! mais revoyez votre vocabulaire, je ne vous ai pas encore parlé des core, néobab, postmo, zen ou straight-edge.

— Straight-edge, straight-edge... c'est ça ! Fous-moi le camp ! Je me décapsulerai une bière en y pensant.

Tu te retournes en souriant, te dis que tu en prends plein la gueule, regagnes ton poste. Tu penses alors aux problèmes qu'il faudra affronter le jour où tes enfants seront à leur tour adolescents. Soupires. Te dis que, décidément, quand un couple attend une naissance, il ne pense pas aux années d'embrouilles qui l'attendent. Et c'est tant mieux ! Il n'y aurait plus beaucoup de naissances si les couples réfléchissaient trop...

La porte s'ouvre. Un type, d'une soixantaine d'années, entre. Il inspire immédiatement confiance. Visage épanoui, sympathique, ses yeux bleu azur scintillent comme des chandelles. Un sourire généreux. De longues bacchantes, poils gris. Des cheveux mi-longs, poils gris. Il est vêtu d'un pantalon de toile beige, d'une ceinture en daim, d'une chemise en jeans, d'une veste de pluie, d'un chapeau de cuir brun, et de bonnes chaussures de marche. « Un pèlerin ! » penses-tu en voyant une sacoche en cuir suspendue à son épaule. À la main gauche, l'homme tient un long bâton auquel est attachée une coquille Saint-Jacques.

— Bonjour, dis-tu d'une voix chaude.

— Bonjour, mon jeune ami, je cherche l'auberge des Francs Pèlerins. Savez-vous où je peux la trouver ?

— Oui, vous remontez le trottoir sur la gauche du bâtiment et suivez la direction de la gare. Vous y trouverez une grande place, et un McDonald's. Alors sur la droite, il y a un petit passage, vous l'emprunterez et déboucherez sur une petite cour. Je crois qu'il y a un puits, et vous trouverez l'auberge.

— Un grand merci, dit-il, je marche depuis tôt ce matin et j'ai les pieds en bouillie.

Il se penche et ramasse son sac, qu'il avait auparavant déposé.

— Saint-Jacques ? demandes-tu.

— Oui, Saint-Jacques, comme vous le dites.

— Sacrée trotte ?

— Oui, mais c'est un plaisir.

— Marchez depuis quand ?

— J'ai commencé il y a plusieurs années. Je fais des étapes, suis parti d'Einsiedeln, du centre de l'Helvétie... la Suisse. Avant ça, j'ai pas mal vadrouillé.

Le pèlerin t'explique ses différents parcours. Dit qu'en Europe, toutes sortes de personnes se munissent d'un bâton, qu'ils tiennent bien en main, et s'en vont pour l'Espagne, à Compostelle, en Galicie. Il ajoute qu'il est possible de partir de Notre-Dame de Paris, ou de Sainte-Madeleine de Vézelay, ou encore de Notre-Dame du Puy et même de Saint-Trophime d'Arles. Explique que les routes, les voies, les allées, les avenues, les promenades sont jalonnées de coquilles. Que les rencontres humaines sont exceptionnelles.

— Vous ne pouvez pas vous perdre... Dieu vous guide !

Les yeux pétillants, l'homme t'explique comment les pèlerins découvrent, à leur arrivée, le vent frais venu de l'océan souffler sur les flèches de la cathédrale.

— Et souffler dans le creux de leurs oreilles ! dit-il en souriant. Aux oreilles des pèlerins épuisés par l'aventure.

Il ajoute qu'il est inutile de s'encombrer d'un matériel sophistiqué, et encore moins d'un système de positionnement par satellite, un âne ou un bâton suffit. Les téléphones portables sont à proscrire.

— Ce n'est pas une affaire de satellite, le chemin appartient aux étoiles, murmure-t-il en te tendant une main franche et solide. Que Dieu vous bénisse !

Il se retourne et s'éloigne. S'arrête. Tourne la tête dans ta direction.

— Jeune homme, c'est comme un claquement de doigts ! C'est la vie et c'est la fin ! Déjà la fin… Alors ne perdez pas de temps.

Silence. Tu retiens ta respiration. Ne sais pas comment interpréter son message. L'homme te sourit, se retourne et referme la porte derrière lui.

Tu restes figé, penses alors que tout le monde cherche sa route. Étoilée. Tu respires profondément, secoues la tête et jettes machinalement un coup d'œil vers la montre fixée contre le mur, « onze trente ! » et sens un petit creux dans le ventre. Aujourd'hui pour le déjeuner, ton groupe a réservé une table chez Dédé. Bistrot de quartier. Rendez-vous des trognes à goutte, des prostituées, des casseurs, des perdus, des paresseux, des bonimenteurs et des quelques flics qui s'aventurent dans la zone. Dédé est le roi de la viande, tout spécialement des cordons bleus. Deux tranches panées de porc, entre lesquelles il met du fromage de Gruyère et du jambon épais comme des semelles de randonnée. Le tout accompagné de petits légumes et de pommes frites. Il y a aussi les tartares de viande de bœuf, les steaks au poivre vert, le gratin dauphinois et autres spécialités de routiers, de détenus, de bagarreurs, de foireurs. L'ambiance est garantie.

La porte s'ouvre une nouvelle fois. « La dernière ! » penses-tu, imaginant ce que pourra bien être le plat du jour chez Dédé. Tu lèves la tête. Vois un couple. « Des touristes », te dis-tu en voyant leur allure. Le monsieur t'annonce la disparition de leurs documents de voyages ; billets, passeports et cartes de crédit. Précise que le tout était enfermé dans le coffre de leur chambre d'hôtel. Avant que le plaignant ne nomme l'établissement, tu devines qu'il s'agit du Mayfair. Hôtel misérable, et connu pour ce genre de plaisanteries. Le concierge a les doubles des clefs, et pour les coffres à numéros, depuis longtemps les codes d'accès lui sont communiqués. Quelquefois en cabane, souvent relâché, le concierge opère toujours de la même manière. Il est difficile de le confondre. Alors, ce sont les plaintes et les enquêtes. Course aux ambassades. Duplicata des documents. Comptes bancaires bloqués. Les touristes sont alors satisfaits des services de la police… et oublient leur mésaventure.

— Bienvenue dans le quartier ! dis-tu en prenant leur déposition.

Pour toute réponse, monsieur grimace. Tu l'encourages en lui expliquant que tout va s'arranger, qu'il ne s'en fasse pas et qu'il profite de ses vacances. Tu jettes alors furtivement un coup d'œil à l'horloge suspendue. « Onze heures cinquante-cinq, te dis-tu, dans cinq minutes, c'est fini ! » Cette après-midi, tu seras à nouveau dans la rue. Rue barbare. Tu tends l'attestation du dépôt de plainte au plaignant et explique comment procéder pour le remboursement de ses affaires. Le couple te remercie de ta gentillesse et quitte le commissariat.

— Good luck, dis-tu en effectuant un petit signe de la main.

En entrant chez Dédé, tu embrasses Josiane, pute et amie. Femme forte, laide, à la grande gueule, et attendrissante. Tu sais qu'elle occupe son temps libre auprès de personnes âgées, dans un hospice. Au dehors, elle tapine depuis de trop nombreuses années. Ne fait pas la fine bouche, ne choisit que rarement ses clients. Prend ce qui se présente, prend ceux dont les autres ne veulent pas. Josiane se les coltine. De son rôle de femme, elle n'a de souvenirs que pour ses deux enfants, enlevés à leur plus jeune âge par leur père ; aujourd'hui... ils seraient quelque part en Turquie. Confidences que Josiane donne parfois, au compte-gouttes, à ses quelques amis. Confidences que Josiane t'a offertes, un soir d'ivresse. Tu salues encore quelques personnes et t'installes avec ton groupe. Les tables et les chaises sont en bois, poli par les années. Un immense miroir couvre l'arrière-salle. La fumée des cigarettes reste suspendue dans l'air. Un bourdonnement ininterrompu est perceptible. Ça gueule ! Ça rit ! Entre ces murs tout est discuté. Le dernier braquage est commenté et les oreilles traînent. « J'suis là pour manger, te dis-tu, le travail peut attendre », mais c'est sans compter le nombre de boniments. Tous connaissent ton statut. Tu les connais tous. Assis, tu balayes du regard la salle. Reconnais les visages. Salues d'un signe de la main Jean-Pierre et Ginette assis dans le fond, face à face, qui paraissent bien amoureux quoique Ginette semble pâlotte. Vois Gilles, un balèze toujours à la recherche d'un bon coup ; coup de poing. Mais aussi Gaby, Marcel, Tony, José, Hubert, tous des costauds. L'ambiance est chaude. Aperçois aussi Francine, assise face à un homme, la cinquantaine grisonnante ; il détonne avec son costume cravate, ne doit pas se rendre compte qu'il risque bien d'être provoqué. L'affaire finira certainement au commissariat. Francine te fait un clin d'œil, tu lui réponds par un signe de la main, discret. « Qu'elle est belle ! penses-tu. Ce mec doit être un sacré bon client pour qu'elle reste assise, ne vienne pas vers nous... d'ailleurs le bougre a l'air bien mal à l'aise. »

Tu tournes la tête et observes la rue à travers la vitrine, sur laquelle des marques de bière sont inscrites. Des gouttes de pluie recommencent à tomber. La chaussée semble ainsi vivre, se mouvoir. Tu as une pensée pour le pèlerin : « A-t-il trouvé son auberge ? »

En silence, tu balayes le bistrot du regard et observes ces visages, observes ces gueules. Portes à tes lèvres le vin servi.

— Tu peux y aller, il est bon, il a du caractère, dis-tu à Dédé en lui désignant les autres verres.

— Frites ou riz ? demande-t-il.

— Pardon ?

— Frites ou riz avec ton cordon bleu ?

— Euh… riz, merci.

Le serveur dépose un panier en osier, pain coupé, prend les commandes et s'en retourne aux fourneaux.

— Santé ! Eh les gars, nous sommes des pèlerins, les gars ! dis-tu à haute voix, le verre de bourgogne à la main.

Quatorze trente. De retour au commissariat. Routine. Tu ouvres la porte. Brouhaha. Secoues la tête et te demandes ce qui te retient de ne pas tout envoyer sur les roses. Les années passent, aujourd'hui elles pèsent. Tu souhaites que ton trouble ne soit que passager. Gravis les quarante-cinq marches de l'escalier. Sens les odeurs des vestiaires : naphtaline et miasmes. Tu enlèves tes vêtements, revêts l'uniforme. Coups d'œil à Dom, Pat et Gégé ; échange de sourires, échanges de soupirs.

Tu rejoins l'avant-poste. Les instructions de la journée figurent sur le planning de service. « Rengaines habituelles… » penses-tu. Toutefois tu portes une attention toute particulière à ce qui est inscrit sur le tableau de commandement. Sais qu'il vaut mieux se tenir informé des affaires courantes et des ordres de la hiérarchie. Des centaines et des milliers de plaintes, de pétitions, de dénonciations, parviennent à l'état-major. Ces documents sont numérotés, tamponnés, classés et renvoyés par la voie de service, hiérarchie descendante, dans le commissariat du quartier concerné. Le chef de poste prend note, donne ses consignes, exige que les patrouilles passent ici ou là, ou alors que des contrôles soient organisés dans tel ou tel secteur. La zone est sous surveillance… puis sous contrôle.

Les résultats de l'opération menée sont soumis au chef de poste qui les transmet par la voie de service, ascendante cette fois-ci, à l'état-major. Enfin, ces documents sont archivés. En outre, chaque courrier donne lieu à des réponses, ou du moins à des remerciements pour avoir fait appel aux services de la police, et la clientèle est satisfaite. Le temps s'écoule, les esprits échauffés se calment, et la place peut être réoccupée... parfois par ceux qui en ont été chassés.

Au crochet, tu happes les clefs de la 652, un véhicule de patrouille. Tu ramasses un talkie-walkie, vérifies si l'accu est rechargé, voyant vert, et appelles Gégé. Il veille sur toi cette après-midi, et toi sur lui. Il est vrai que de nos jours toutes les patrouilles sont effectuées en tandem. Les prescriptions de sécurité l'exigent parce que les coups dans le dos font mal ; sont même parfois meurtriers...

Il pleut. Sur le trottoir, tu observes un instant le ciel. Des éclaircies, au loin. Et malgré la pluie incessante, dans la rue, c'est la pagaille habituelle ; pagaille d'un quartier animé, grouillant d'activité. Ici, l'entrelacs des rues et l'agitation humaine impressionnent quiconque s'y hasarde. Un rat noir se faufile entre les voitures, pénètre dans une cour et disparaît. Tu le cherches des yeux, ne vois que des sacs à ordures, déchets noirâtres, tessons brillants. Une fois encore tu t'interroges, examines ce fatras et te demandes quel sens donner à la vie.

Tu commandes l'ouverture automatique des portières et t'installes à l'intérieur de la voiture. Premiers gestes, tu ajustes la position du siège et les rétroviseurs. Aujourd'hui copilote, Gégé enclenche la radio de bord, effectue des tests.

— Centrale de 652, répondez !

Chaque véhicule est numéroté. Sur les ailes, pour les piétons. Sur le toit, pour l'hélicoptère.

— La Centrale écoute.

— Test radio… on patrouille.

— Bonne route, les gars.

— Merci.

Un minimum de mots est échangé. Les gestes effectués sont un rituel, chacun fait ce qu'il doit. Gestes qui permettent d'agir avec efficacité et rapidité.

Tu enclenches la marche arrière, te retournes, passes le bras derrière l'appuie-tête et t'engages dans le trafic à reculons. Le va-et-vient de l'essuie-glace arrière te rappelle que le printemps s'installe ; la pluie incessante livre bataille, ne veut pas céder la place. Ces averses quotidiennes te font grogner, et pourtant tu reconnais que cette atmosphère stimule, vivifie. Tu as les sens en éveil, à l'affût de mille odeurs, et la clarté y est différente, atténuée… elle transforme tout. Tu dis qu'entre soleil et pluie, les hommes se font plus discrets, plus courtois ; le froid habille et rend modeste. Les chaleurs venues, ce seront les corps qui seront mis en valeur, la vanité des hommes s'étalera au grand jour. Mais aujourd'hui il fait gris, le monde technicolor disparaît, c'est la paix. Les lumières se reflètent sur les vitrines, sur les sols trempés et sur les carrosseries des véhicules. Un, deux, trois… cinquante parapluies se bousculent sur les trottoirs ; en dessous… il y a des mondes, des pensées, des rêves, des espoirs, des déceptions, des réussites et des échecs. Il y a de l'amour et de la haine. Il y a des forces et des faiblesses. Il y a des vérités. Vérités qui font de l'homme ce qu'il est. Ce qu'il est et ce qu'il crée.

La radio crépite.

— Pour Mario ! Les renforts sont avisés… Patiente !

Tu comprends que la Centrale communique avec une équipe de la brigade des stupéfiants ; ils font très certainement sauter une planque. Tu les imagines pénétrer par surprise, interpeller les personnes qui, stupéfaites, lèvent les bras au plafond. Il se peut aussi que ces mêmes personnes les attendent, et alors… coups de feu ! odeur de poudre ! Tu imagines les visages, pétrifiés, de part et d'autre. Tu repenses à l'une des dernières opérations importantes à laquelle tu as participé.

Rendez-vous à la brigade, en civil. Instructions et ordres. Tu regardes autour de toi, vois tes collègues prêts à intervenir, vois des gueules de flics, vois des gueules de chasseurs. L'indicateur, nommé X, va négocier une importante quantité d'héroïne venue d'Afghanistan. Le contact est fixé dans un hôtel du quartier. Au signe convenu, l'intervention sera effectuée *manu militari*. Une douzaine de collègues participent à l'intervention. Ce coup-ci, les caïds sont trois types d'Afrique de l'Ouest, de Sierra Leone ; des costauds, connus pour être des coriaces et souvent armés. Tu te rends sur place, accompagné d'un jeune inspecteur muni du matériel de transmission nécessaire pour ne pas perdre le contact avec le reste de l'équipe. Apprends que tu fais partie du groupe numéro trois, et qu'il y en a six. Planqué dans une allée d'immeuble ; et ce sont alors des heures d'attente. Des gens entrent, sortent, certains prennent l'escalier, d'autres l'ascenseur, tous se demandent ce que font ces deux types. « Sont pas clairs, se disent-ils, doivent attendre quelque chose... ou préparer un mauvais coup ! »

« Bonjour », dit un monsieur d'une soixantaine d'années, pas rassuré.

« Bonjour », réponds-tu en souriant.

« Vous cherchez quelque chose ? » s'aventure-t-il.

« Ne vous inquiétez pas... nous sommes de la police. »

L'expression du visage se transforme. Il sourit. Il soupire.

« Ah bon, je préfère, je me suis bien demandé ce que vous faisiez depuis plus d'une heure à attendre dans ces escaliers. Je suis le concierge... et m'inquiétais. »

Il s'en va, rassuré. Il n'a pas demandé à voir une carte de légitimation. Prononcer le mot magique – *police* – avec conviction, et l'honnête citoyen soupire et se confie. « C'est dingue !

penses-tu. Il y a tant d'escroqueries, et les gens ne prennent pas garde. »

« Contrôle radio pour l'opération first coke ! Équipe une ? » questionne le coordinateur de l'opération.

« O.K. !... Deux !... O.K. !... Trois !... O.K. !... Quatre !... O.K. !... Cinq !... O.K. !... Six !... O.K. ! »

Tous les groupes se disent prêts à intervenir.

« À tous... Notre X est accompagné, contact effectué... Ils entrent dans l'hôtel... Attendre le signal. »

Tu transpires. L'attente continue.

Là encore, tu te dis que le jeune flic peut bien se trémousser d'excitation à l'idée de participer à des opérations d'envergure, mais il y a du bon et il y a du moins bon. Dans l'ensemble, ces interventions sont excitantes, exaltantes. Toutefois tu t'ennuies. Attendre, encore attendre, toujours attendre, pour intervenir en urgence et tomber à bras raccourcis sur quelques types foireux. L'action terminée, ce sont alors des heures d'écriture, de documents à remplir, de paperasses à envoyer et d'explications à fournir. Et encore, s'il n'y a pas eu de bavures. Sans quoi tu es auditionné. Tu paieras d'une façon ou d'une autre. Seul. C'est sans oublier que dans la plupart des cas les types interpellés sont relaxés et convoqués devant la justice quelques semaines, quelques mois, quelques années plus tard. Il n'est pas impossible qu'ils aient pris la poudre d'escampette.

« À tous ! X ressort seul de l'hôtel, personne ne bouge... Je vais à sa rencontre. »

Les battements du cœur s'accélèrent. Tu te redresses. Croises le regard de ton partenaire et attends de nouvelles instructions.

« À tous ! attention ! ils sont quatre, la marchandise dans des capsules... dans l'anus. Attendez ! »

Tu soupires.

« Attendez !.... Attendez ! Il est marrant, on attend depuis plusieurs heures. »

« À tous... ils sortent de l'immeuble,... se dirigent vers l'abribus. Groupe un, celui qui porte la casquette bleue... Groupe deux, le jeans noir... Groupe trois, le grand à la coupe rasta... Groupe quatre, le petit à la veste blanche... Groupes cinq, six, sécurisez les lieux. »

Chaque équipe acquiesce. Rien n'est ajouté. « Petit vent de Jamaïque ! » penses-tu en apprenant que le tien est l'homme à la coupe rasta. Tu abandonnes ta planque. Te diriges discrètement vers l'abribus; repères les équipes une, deux, quatre, cinq et six. Leur présence te rassure. Il pleut. Tu ne vois plus d'éclaircies. Tu marques les lascars, ne lâche plus ton homme des yeux.

« Ont l'air costaud », dis-tu.

« Ouais », répond ton partenaire.

Tu progresses d'un pas sûr.

« Je le saisis au cou... toi aux jambes », lui murmures-tu à l'oreille.

Ton collègue te fait un petit signe d'approbation en clignant des paupières. « Pourquoi faut-il toujours tomber sur des balèzes ? penses-tu. Y aurait pas pu avoir un petit... Nom de Dieu ! j'ai la scoumoune », et tu continues d'un pas sûr.

Moments irréels. Tu marches. Sens tes jambes comme des colonnes, tes pieds comme des racines. Le sang circule, tu as conscience de son parcours. De la tête au cœur, du cœur aux pieds. Tu prends conscience de toi. Tu marches sur l'échiquier. Case noire, case blanche, case noire, case blanche, pavé mosaïque et c'est l'équilibre de l'homme. Tu fixes ton objectif, ne vois rien d'autre. Tout est calme malgré l'accélération du rythme cardiaque. Les sons te parviennent, étouffés et lointains. L'action paraît ralentie. Approche de la proie. Rasta, un mètre quatre-vingt-cinq, puissante. Elle sourit. Ne sait pas. Pas encore. Piégée. Quinze mètres... douze mètres... huit mètres... le souffle court, il te faut te concentrer. Tu vois son cou. Rien d'autre! Tu vois ce cou. Ta cible! Cinq mètres... trois mètres, tu croises son regard, il semble soupçonner quelque chose. Non! il ne se doute de rien. Se retourne et reprend la conversation. Piégée. Proie facile. Tu es l'épervier. Vois plutôt que sens. Deux mètres... un mètre... volcan, tu bouillonnes. T'apprêtes à exploser. Il ne faut y mettre aucune retenue, ni doute, ni hésitation. La proie ne s'y attend pas. Pas maintenant. Une autre fois! Elle s'offre; offre à son bourreau sa nuque; offre son cou à la lame et s'apprête à mourir. Tu bondis. D'un seul élan, tu places le bras droit sur le cou, le bras gauche sur la nuque. D'un coup sec, écrases la glotte – *sode guruma jimé* – étranglement. Tes années sur les tatamis rejaillissent.

« À TERRE! POLICE! » cries-tu à pleins poumons.

Ton collègue s'est jeté dans les jambes. Et c'est le sol. L'homme n'a rien dit, rien fait. Se concentre pour reprendre sa respiration. Il panique, ne comprend pas. D'un œil, tu vois l'intervention dans son ensemble. Les autres types sont au sol, tes collègues sur leur dos. « Tout va bien », te dis-tu, les bras toujours autour du cou de ton rasta. Tu serres, empêches ton adversaire de remuer. Relâches et resserres. Relâches et lui saisis le bras gauche, glisses le long du biceps, de l'avant-bras, saisis fermement le poignet et imprime au bras une rotation sèche; le bonhomme se retourne comme une crêpe. La main droite sur l'épaule, pouce planté dans l'omoplate, la main gauche tient le poignet, fermement. Tu le maîtrises définitivement en plaçant ton genou sur la nuque. Torsions et menottes. L'action n'a duré qu'une seconde, pourtant chacune des séquences te semble avoir pris un temps fou. La tension diminue quand tout est enfin maîtrisé. Le rythme cardiaque reprend son tempo personnel.

Dans la rue, c'est l'effroi. Les personnes à proximité de l'abribus s'éloignent. Les badauds hésitent, certains reculent.

Les commerçants se précipitent sur le trottoir, étonnés. Et tous ces visages te questionnent. Tes collègues des groupes cinq et six cherchent les mots qui rassureront les gens. Présentent les brassards de police qu'ils portent au bras, crient qu'ils ont la situation en main. « Ne vous inquiétez pas… m'sieurs-dames », disent-ils de concert, et rapidement trois voitures de service, restées en attente, arrivent sur les lieux. En moins d'une minute, les gaillards sont emmenés et la Centrale avisée de la réussite de l'opération. Tu devines que les chefs restés au bureau reprennent aussi leur souffle.

Tu te sens fier et un peu shérif, « sentiment très con », penses-tu. Cependant tu bombes le torse et, à la vue de la foule, tu feins l'indifférence. Tu joues l'habitué. Roules les mécaniques. Te dis que les badauds sont sortis de leur routine.

Retour à la brigade. Fouille de sécurité, boîte numérotée et premières déclarations. Photos noir et blanc ; l'une de profil, l'une de face. Gueules patibulaires ! Tu emmènes un des inculpés à l'hôpital. « Je vais te flinguer, connard ! » dit-il en fixant ses yeux noirs dans les tiens, bleus.

La radiographie confirme la présence de plusieurs capsules en plastique dans le gros intestin. Il ne reste plus qu'à attendre leur sortie rectale. De l'attente, encore de l'attente. Le type serre les fesses, pense qu'il peut encore échapper à la justice. Ça peut prendre des heures !

Le temps s'écoule, lentement. La première capsule tombe dans le pot de chambre métallique. GLINCK ! Tu sursautes. Il s'ensuit une dizaine d'autres, toutes pleines de poudre brune de la meilleure qualité. Tu enfiles des gants en plastique, saisis une à une les capsules et les places délicatement dans un sac pour pièces à conviction. Tu souris en pensant au procès, à ce qui va être déclaré. Dans ce genre d'affaire, les inculpés manifestent leur indignation et prétendent ne pas comprendre la présence des capsules. Même qu'une fois, te rappelles-tu, l'inculpé tentant le tout pour le tout a déclaré qu'il avait bien senti quelque chose de désagréable quand il s'était assis dans le fauteuil de son ami. Il a prétendu qu'il avait été doublé et qu'il souhaitait déposer une plainte contre son pote, un escroc.

Ce jour-là, le jury a souri.

— 652, de Centrale !
— À l'écoute, dit Gégé, microtel à la main.
— Bagarre dans la galerie marchande.
— On s'y rend... des précisions ?
— Négatif.

Tu colles le pied au plancher. Gégé allume la sirène. Concentration. Tu regardes devant toi, jettes des coups d'œil sur la gauche, Gégé signale les dangers qui peuvent surgir par la droite. Il s'occupe de la radio, microtel collé à l'oreille. Encore une fois, la collaboration fonctionne, tu te dis que seul tu n'es rien ou alors pas grand-chose.

— ATTENTION ! crie Gégé. Carrefour... droite... voiture... accélère... elle t'a vu... freine... accélère... attention...

Tu restes concentré sur la route. Vitesse.

— C'est bon, Centrale... Sur les lieux dans cinq minutes, dit Gégé.
— La route ! toujours bon ? lui demandes-tu.
— Toujours bon... Accélère !

La Centrale informe que la bagarre se déplace sous le passage des Cordonniers.

— Toxicos ? interroges-tu.
— Pas de renseignements, sais pas, répond Gégé.

Dans ce secteur, il y a des chances que ce soit des toxicomanes qui s'expliquent à coup de poing ou à coup de couteau.

Ou alors que ce soit un vol à l'étalage déjoué par le commerçant lésé. Dans le quartier, il ne faut pas chatouiller les épiciers, boulangers, bouchers, cafetiers, teinturiers et tous les autres. Chacun se soutient, tous sont des truands, ou l'ont été, ou vont le devenir ; la plupart pour du trafic illicite de marchandises. Rien de bien méchant, juste des combines pour arrondir les fins de mois. Tu te dis en souriant que le quartier vit d'arrangements personnels et qu'ici, le collectif surpasse les relations individuelles. Tout le monde s'engueule et tout le monde se serre les coudes. Par moment tout le monde chiale.

Braquage, freinage et haut-le-cœur.

— Attention... Tourne... freine... Là-bas sous le passage, dit Gégé, tu les as repérés ?

— Repéré !

Cinq, six, sept types bataillent. Le passage des Cordonniers est fréquenté par de nombreux véhicules : automobiles, bus et motos ; au-dessus passe la voie ferrée. Tu accélères et décides de t'approcher au plus près. Le groupe est compact. Plusieurs sont à terre. Au son de la sirène quelques-uns se retournent. Un s'enfuit. « Doit être recherché », penses-tu, et tu constates alors qu'il s'agit de Maghrébins.

Les deux mains sur le volant, ton approche est rapide. Freinage d'urgence, crissements de pneus. L'aile droite de ton véhicule heurte le fuyard. Il roule sur le capot et tombe sur le sol. Gégé court sur le groupe. Tu enjambes le type au sol et lui passes les menottes. L'abandonnes et te précipites derrière ton coéquipier.

— STOP POLICE ! cries-tu à pleins poumons.

Pas un des types ne réagit. Les coups pleuvent. Ensanglantés, deux d'entre eux gisent sur le sol. Un tient tête aux trois autres. Ils se débattent. Gégé, une longueur d'avance sur toi, bouscule le premier, fauche du pied le deuxième. Tu saisis le troisième et le projettes à terre. Ils hurlent. Chaos. Des véhicules passent à droite, à gauche. Des automobilistes klaxonnent.

— STOP POLICE ! POLICE... POLICE !

Des coups et des gueulées, des gifles et des ordres, et c'est le calme. Les types suivent finalement tes injonctions et regagnent le trottoir. Les explications commencent. Tu prêtes peu d'attention à ce qui est raconté, écoutes d'une seule oreille, tu entends les mêmes récits depuis tellement longtemps : histoires de cul, histoires de paiement, histoires de famille, histoires de gosses, histoires de boulot, histoire de came, histoires de vie, histoires possibles ou improbables...

Les identités sont contrôlées une à une. Les types habitent la région et sont connus des services de police pour la vente de stupéfiants et quelques autres infractions : vols, arrachages de sacs et bagarres. Dans le quartier, les Algériens, les Tunisiens, quelques Marocains ou encore des Libyens tiennent le marché des résines psychotropes, tout particulièrement le haschisch. Certains s'aventurent à vendre de l'héroïne. Ils ne consomment que rarement leurs produits, les offrent sur le marché. Ils connaissent très bien les dégâts que la poudre occasionne. Chaque groupe s'est spécialisé dans un ou plusieurs types de négoce illicite. Tout va pour le meilleur des mondes quand les conventions établies sont respectées. C'est la bagarre quand elles sont bafouées. Les règlements de comptes peuvent parfois se jouer pour quelques mètres de trottoir.

— Contraventions d'usage, dis-tu à leur intention.

Ils gesticulent et bougonnent. L'un fait un pas et s'aventure.

— Ah bon... Pourquoi ça ?

Tu t'approches. Colles ton front contre le sien et serres les dents.

— Pour s'être battu dans la rue, et pour avoir provoqué des attroupements, et pour avoir gêné la circulation, et encore pour avoir troublé la tranquillité publique.

Il fait en pas en arrière. Tu ajoutes, en le fixant dans les yeux :

— Ça te suffit ?

Et le groupe est dispersé. Tu te fais insulter, ne réagis pas, et retournes auprès du type allongé, menotté, au pied de la voiture.

— Rien de cassé ?

— Non, semble pas, répond-t-il, nerveusement.

— Bouge pas, je te retire les mailles.

La clef actionne la serrure, les menottes tombent et ton bonhomme se frotte les poignets. Il secoue la tête, se redresse. Tu observes son visage. Fin, mat, pommettes effacées, yeux enfoncés, noirs. La bouche semble un trait de plume, le menton saillant. « Visage du soleil, visage du désert », songes-tu. Il t'impressionne. Tu l'imagines coiffé d'un keffieh rouge, enveloppé d'une gandourah et d'un caftan teinté à l'henné. « Qu'est-ce qu'il peut bien foutre ici ? te demandes-tu. Serait pas mieux chez lui ? » Tu sais pourtant que dans les conditions actuelles, il n'est pas en mesure de retourner auprès des siens. Les contes des mille et une nuits sont perdus dans l'oasis lointaine ; oasis du désert, passée et perdue pour les hommes. Et aujourd'hui c'est la pauvreté et l'oppression des gens du désert.

— Rien de cassé ?

— Non, ça va, répond-t-il en se massant les poignets.

— Pourquoi t'es-tu mis à courir ?

— Marre de me faire contrôler.

— T'es stupide, mon gars, courir, c'est le meilleur moyen de se faire remarquer

— Ouais ! Mais bon… Peux m'en aller maintenant ?

— Attends, mon collègue est en ligne avec le fichier central. Il contrôle ton blaze, tu peux comprendre ?

L'homme s'appuie contre la voiture en fulminant. Il tourne la tête et dévisage les personnes qui, du coin des yeux, et de loin, l'examinent.

— Un peu fort, avec la voiture, finit-il par dire en tournant la tête.

— Tu n'courras pas la prochaine fois, lui réponds-tu en le fixant dans les yeux.

Plus rien n'est dit. Gégé ressort du véhicule, s'approche en tendant les documents d'identité au type.

— C'est en ordre !

— C'est bon, à la prochaine, fais gaffe à l'avenir.

— Ouais.

Il sait, comme toi, qu'il deale dans le coin, et que pour l'instant rien ne changera. Tourne le dos et s'en va.

— Eh ! cries-tu.

Ne se retourne pas.

— Excuse-moi pour la bousculade !

Étonné, il se retourne, fronce les sourcils et continue sa route. Tu frémis. Mal à l'aise. Relèves le col de ta veste et retournes au véhicule. Gégé t'attend.

— T'en fais une sale gueule, dit-il.

— Que penses-tu d'une intervention comme celle-ci ?

— J'en pense que c'est de la merde.

— Sans aucun doute. Ah ! au fait... tu sais ce que c'est le mouvement straight-edge ?

— Ben oui ! Des jeunes qui ne consomment ni alcool ni drogue... sont végétariens. Des tarés qui prennent pas de tabac, pas de chocolat, enfin... rien qui puisse les rendre dépendants de quoi que ce soit. Je crois même qu'ils ne font pas l'amour avant le mariage.

— Tu sais tout ça... toi ! Et les Cores ?

— Des jeunes qui recherchent des sensations fortes. Des surfeurs, snowboardeurs ou skateurs... Tout ce qui te fout la trouille quoi !

Tu fais vrombir le moteur et démarres en crissant les pneus. Penses qu'il te faut de toute urgence te mettre à la page.

C'est à nouveau la route, la frime à gauche, la frime à droite. Tout semble calme. Pas un mot n'est prononcé dans la voiture, chacun laisse glisser le regard sur la route, les trottoirs et les bâtiments. Gris. Noirs. Molasse ou granit, aujourd'hui roche abîmée. Tu contemples les balcons en saillie sur ces façades noirâtres, pierres de taille et balustrades en fer forgé. Ton regard glisse sur les vitrines, peep-show, sex-shops, cinémas, bars, cabarets et théâtres. « De retour au cœur du quartier ! » te dis-tu.

Tu ne roules pas vite, laisses les pneumatiques s'harmoniser à la route, et observes, te laisses mener par l'intuition. Chasseur. De temps à autre la radio grésille. De temps à autre tes pensées se perdent. Toutefois tu gardes un œil sur les mouvements, sur les indices. Suspicion. « Pourquoi le type, là-bas, tourne-t-il la tête ? Pourquoi celui-ci entre-t-il dans cette allée ? Pourquoi la fille a-t-elle glissé l'enveloppe dans son blazer ? Pourquoi ce véhicule recule… et sans les phares ? »

Pourquoi, pourquoi, constamment pourquoi, et tes questions fusent. Ta fonction repose sur des intuitions, des indices de vie. Alors les mouvements, si infimes soient-ils, peuvent mener à de mauvaises interprétations. Tu scrutes les hommes, et parfois sombres dans la paranoïa.

— Un tour au McDo ? proposes-tu à Gégé.

— Ouais, bonne idée, répond-t-il.

Ces établissements sont des points de rencontre faciles à trouver. Les rendez-vous sont rarement manqués. Après avoir commis un vol ou une escroquerie, la bande se retrouve dans un lieu public. Neutre. Le butin est partagé devant un coca-cola, des frites et un hamburger.

Dans le quartier, les responsables d'établissements apprécient la visite d'un flic de quartier. Pour les uns, ça rassure la clientèle, ce sont les plus honnêtes. Pour les autres, ils sont flattés d'être surveillés, car cela valide leur statut de petit gangster, notoriété qu'ils ont gagnée au fil des années. Dans le quartier, tu t'es fait un point d'honneur de les visiter tous. Le terrain est ainsi occupé, jamais laissé libre, et c'est un travail quotidien.

Tu gares le véhicule près de la zone piétonne. Verrouilles les portières et fais quelques pas. Aperçois sur ta gauche le passage qui mène à l'auberge des Francs Pèlerins, penses alors à l'homme de ce matin. Ralentis, remarques à l'entrée deux colonnes cannelées sur lesquelles deux coquilles Saint-Jacques sont sculptées. «Jamais vu ces coquilles auparavant», te dis-tu. Encore quelques pas, une terrasse, des parasols publicitaires gigantesques, rouges, et tu entres dans le McDonald's. Les clients t'observent. Le responsable vient à ta rencontre.

— Bonjour, puis-je vous aider ?

— On fait juste un tour.

— Sans problème, vous savez que j'aime bien vous voir, c'est pas tous les jours faciles dans le quartier.

— C'est vrai ! À qui le dites-vous…

— Prenez un café ?

— Volontiers, merci. On jette un œil et on revient.

— À tout de suite.

Tu passes entre les tables. Tu traques les indices et cherches du regard ceux qui pourraient vouloir s'y soustraire. Il y a des mères, des enfants, des pères, des adolescents, beaucoup d'adolescents, des gens d'ici, des gens d'ailleurs.

Rez-de-chaussée balayé. Tu montes les escaliers. Premier étage. Dernière marche franchie, ils sont quatre. Quatre près de l'aire de jeu ; toboggan, filet de sécurité pour bambins, boules de couleurs. Bleu. Rouge. Jaune. Quatre Européens, plutôt jeunes. Tu vois leurs yeux et sais qu'il va falloir jouer serré. Tu t'approches, Gégé à ta droite. Ils se lèvent et font mine d'avoir terminé.

— Messieurs!

Et ça explose. Ils se précipitent, te bousculent. Bousculent Gégé et s'enfuient. Au hasard, tu en saisis un, il te glisse entre les doigts. Déjà Gégé file dans les escaliers. Tu te précipites, vois le jeune homme qui t'a échappé piégé par la porte d'entrée qui s'est refermée sur lui. Gégé l'attrape à la gorge, le plante contre le mur et le retourne sèchement; il lui colle le visage contre la pierre. Tu sors tes menottes de l'étui en cuir accroché à ta ceinture, lui immobilises les bras. Menotté, il ne dit pas un mot, paraît résigné; il est très jeune. La clientèle du restaurant, secouée, retient son souffle, personne ne bouge. Les mamans s'inquiètent, cherchent des yeux leur progéniture. Tout est calme.

— Centrale! urgent! McDo, place de la Gare.

— Centrale à l'écoute?

— Trois types viennent de se faire la malle, sont entrés dans la Galerie marchande. Européen, quinze à vingt ans, blousons de sport, pantalons de sport, baskets, casquettes. On en tient un, demande du renfort.

— Envoie du renfort.

L'information circule sur les ondes.

— Aux patrouilles dans le secteur! Recherchez trois types, viennent d'échapper à des collègues. Types européens, quinze, vingt ans, blousons et pantalons de sport, baskets et casquettes.

Pendant la diffusion radio, ton regard se pose sur un panneau publicitaire en laiton, accroché contre le mur. Panneau qui invite les parents à réserver une salle pour l'anniversaire de leurs chérubins; informe du tarif des animations; de plus, stipule que ce restaurant est le premier McDonald's de la ville, ouvert en 1979.

Plusieurs patrouilles confirment réception de l'alerte et annoncent leur venue. Tu distingues au loin les sons des sirènes.

Imagines les risques courus, les freinages et les contre-braquages.

Tu saisis le jeune fugitif par le coude, le pousses en avant. Gégé tient la porte d'entrée entrouverte, tu sors du restaurant. Quand vous êtes arrivés au véhicule, tu fais monter ton bonhomme à l'arrière. Avant de t'installer à ton tour, tu aperçois sur le trottoir opposé un homme, à la veste de pluie et au chapeau de cuir. « Le pèlerin », te dis-tu, et tu lui souris.

Il t'observe, sans malveillance, toutefois ses yeux bleu azur te glacent le sang. Tu le vois alors pencher la tête, marmonner quelques mots, soupirer et s'éloigner. Une seconde, tu as l'impression d'être un enfant pris en faute. « Il m'a semblé qu'il avait pitié, te dis-tu, mais de qui ? », et tu t'assois.

Gégé conduit. En route, tu dévisages le jeune homme interpellé. Il ne dit rien, regarde par la fenêtre. Il ne doit pas avoir plus de quinze ans, et il est très certainement de nationalité roumaine. Sur les ondes radio, tu entends des collègues donner leur position et contrôler des personnes. Une souricière se forme.

Arrivée au commissariat. Brouhaha. Tu précèdes ton bonhomme, passes devant plusieurs plaignants ; ils se retournent, le scrutent de bas en haut, de haut en bas. Du pied tu pousses la porte battante, traverses les locaux et fais pénétrer le jeune homme dans une salle d'audition ; lui retires alors les menottes. Fouille de sécurité. Tu désignes une chaise, il s'assoit, demande un verre d'eau et dit ne pas comprendre les raisons de son interpellation ; te donne un nom, un prénom et une date de naissance ; dit qu'il est hongrois et touriste ; dit aussi qu'il n'a que quinze ans. Il n'a pas de documents d'identité, et tu te résignes à lui faire plus ou moins confiance.

— Sont tous mineurs ! soupire Gégé, chargé d'entendre le gamin.

Tu croises le regard de ton collègue et comprends qu'il

pense comme toi. Le gamin n'a pas l'air méchant. Jeune chat. Le défaut de pièce d'identité sera la seule infraction retenue. Tu penses alors à ces organisations mafieuses des pays de l'Est. Des parents qui souffrent de la faim vendent la chair de leur gosse. Des transports sont organisés, à l'Ouest. Ainsi ces enfants sont chargés de repérer les proies potentielles et de les dépouiller. Ils survivent en occupant un squat, se nourrissent grâce à l'argent volé dans un horodateur, ou encore négocient leur corps en tant que marchandise. Vendent leur cul ; mômes aux traces de lait derrière les oreilles.

Tu es quelquefois intervenu, as souvent été blessé au cœur. La première fois, ça a été pour un groupe de jeunes gens qui semaient une zizanie infernale dans une salle de jeux. À ton arrivée, l'un cherche à fuir. Tu l'attrapes, et tu apprends qu'il ne fait pas partie de la bande, qu'il vient juste de se joindre au groupe, pour jouer. C'est un enfant. Dans cette salle, il découvre des jeux et des plaisirs qu'il n'a fait qu'imaginer jusqu'à présent. Donc ce gamin, onze ans, guère plus, dit qu'il est en vacances, qu'il attend ses parents ; il ajoute qu'ils doivent arriver d'une minute à l'autre. Tu l'observes. Il roule les yeux. Tourne la tête. Ses habits sont passés, rapiécés, crasseux comme ses cheveux, ses mains et ses ongles. De clair, l'enfant n'a que les yeux, bleu-gris ; yeux mis en évidence par le teint foncé de la peau. L'enfant est beau. Crotté et beau. Tu l'emmènes au commissariat. Avant que tu montes dans ton véhicule, un chauffeur de taxi s'approche, te glisse à l'oreille que le gamin s'était plusieurs fois éloigné avec des messieurs. Fouille et découverte de billets de banque. Le gamin craque. Parle. Exorcise. Flots de mots. Flots de douleur. Haine. Il raconte qu'il accompagne les hommes ; ajoute que ça paye bien, les hommes.

Tu serres les poings. Tu es désarmé. Tu penses naïvement pouvoir le sortir de là. Dès lors, tu échanges avec le gamin quelques mots sur la vie et le sens que l'on peut lui donner. Il t'écoute, penche la tête, se gratte le nez; dit que ta ville est belle et propre; ajoute qu'il vient de Bucarest, qu'il a grandi entre les bâtiments gris de Zabrautiului strada, béton oxydé, brun roux. Pas de molasse, pas de granit, pas de balcons en pierres de taille et aucune balustrade en fer forgé. Là-bas, les métaux ferreux sont dans le béton. Et les adultes ne travaillent plus… Ils fument des cigarettes de contrebande devant les cheminées des usines qu'avaient construites les Soviétiques.

Tu ne sais quoi répondre, c'est à son tour de te dévisager. Une seconde tu as cru percevoir dans son regard un homme… déjà mort. Alors, tu cèdes, tournes la tête. Tu as peur. Il n'a que onze ans.

Deux assistants sociaux viennent récupérer le gosse. Tu les accompagnes à la porte et fais un signe de la main, ne sais pas quoi faire d'autre. L'enfant qu'il est jette un dernier regard en arrière. Clin d'œil. Tu frissonnes, sais par avance que cette intervention-là te laissera un goût de soufre.

Quelques jours s'écoulent, et tu aperçois un gamin sur le trottoir. « Bonjour ! » dit-il à des messieurs, et certains s'arrêtent: ton sang ne fait qu'un tour. Une fois encore, tu te dis que l'homme sait être vil, et penses alors à ces jeunes filles, roumaines ou hongroises, treize, quatorze, quinze ou seize ans, qui en paraissent dix-huit. Séduisantes. Maquillages éclatants. Cuirs et sacs à main, dans lesquels se trouvent: téléphones portables, kleenex, couleurs pour les lèvres et les paupières, crayon à sourcils, miroirs et préservatifs. Elles déambulent sur le boulevard, les voitures s'arrêtent. Montent, et le client est entrepris dans le véhicule. Selon la saison, l'affaire se pratique dans un bois, contre un arbre, ou encore dans une allée, contre un mur. Ces jeunes filles n'ont que peu d'autonomie, elles sont constamment surveillées. Les souteneurs restent aujourd'hui sur leur territoire de chasse, à l'Est. Ils contrôlent ce qui pour eux n'est rien de plus que du bétail,

bétail humain. Contrôlent par la peur et la détention des petites sœurs, des petits frères ou d'autres proches ; il n'y a que peu de chance de les coffrer un jour.

Sa déclaration terminée, le fuyard du McDonald's est remis aux collègues de la brigade des mineurs. Tu les vois s'éloigner. Le môme ne risque pas grand-chose, puisque seule l'absence de visa était la raison de sa fuite. « L'important n'est pas là ! penses-tu. Il sera vite relaxé, mais se retrouvera sur le trottoir, et… » Tu chasses ces sombres pensées, sombres présages et, les épaules basses, tu t'approches d'un bureau disponible, prends un stylo à encre bleue, te penches sur la main courante et y inscris l'intervention. La détresse humaine se résume ici à cette encre qui s'imprime sur ces pages lignées, pages déjà remplies par d'autres détresses humaines. En écrivant, tu penses à tes mômes qui, à cette heure-ci, sont à l'école… en sécurité.

Le patron sort de son bureau. Braille à tue-tête.

— Eh, les gars ! Qu'est-ce que vous foutez dedans ? C'est dehors que je veux mes patrouilles. Les fiches d'hôtel… J'ai reçu un appel. Allez voir aux Trois Couronnes. Un type est recherché. Voyez le concierge, vous trouverez le nom sur la fiche, sur le comptoir à l'avant-poste.

Tu l'écoutes sans rien dire, acquiesces, évites ainsi de te faire engueuler. Gégé te précède. Tu traverses l'avant-poste, bondé de monde, sans dire un mot. Quelques rues parcourues, et au passage tu fais signe de la main aux filles qui tapinent les après-midi, elles ont de cette façon leurs soirées libres. En outre la clientèle de jour est parfois moins exigeante et plus pressée d'en finir. « C'est plus commode, te disait une copine, les gosses ne rentrent pas de la classe avant dix-huit heures. Ça me laisse toutes mes soirées en famille. »

C'est l'arrivée à l'hôtel des Trois Couronnes. Tu connais l'endroit, moitié hôtel de passe, moitié hôtel touristique. « Dépend de la saison ! » dis-tu. Tu gares ton auto. Personne ne t'accueille. L'énorme porte tournante se met en marche. Hall et réception. Tu regardes autour de toi et te dis que toutes les entrées des hôtels se ressemblent. L'atmosphère y est strictement identique, feutrée. Quelques petites décorations peuvent varier, mais l'essentiel s'y trouve. Gégé agite une cloche posée sur le comptoir. DING DING !

Quelques secondes s'écoulent et un petit homme en costume noir et chemise blanche s'amène depuis un local réservé au personnel ; le visage bouffi, une calvitie naissante et des lunettes rondes posées sur un large nez. L'homme sourit, semble mal à l'aise. Surpris de voir la police.

— Bonjour, messieurs, que puis-je ?

— Bonjour, le livre d'hôtel, s'il vous plaît.

— Oui, voilà, répond-t-il en sortant un livre épais, couverture en carton bleu, de dessous le comptoir.

Gégé avance le bras, dépose le livre sur le plateau en bois, vernis acajou, et le feuillette. Des milliers d'identités sont ainsi répertoriées, et ton collègue s'arrête sur celle qui l'intéresse.

— S'il vous plaît, ce monsieur à la chambre 26, est-il là en ce moment ?

— Attendez... Sa clef n'est pas à sa place, il doit être là.

— Merci bien.

Le livre est refermé, rendu au concierge, qui le replace sous le comptoir, à l'abri des regards.

— Vous avez un passe ? demandes-tu.

Il secoue la tête, marmonne, se penche de côté et ouvre un tiroir ; farfouille et tend une clef. Ne pose aucune question. « Dois avoir l'habitude », penses-tu.

— Je vous accompagne ? demande-t-il.

— Non, merci.

Tu souris et te diriges vers l'ascenseur, appuies sur le bouton d'appel. En attendant l'ouverture des portes, tu te dis que le concierge semble bien poli, peut-être trop. Tu te retournes et le toises ; te demandes si tu peux lui faire confiance. Il évite ton regard.

— Tu crois qu'on peut lui faire confiance ? demandes-tu à Gégé.

— Sais pas, on verra bien.

Dans l'ascenseur, tu observes les chiffres s'afficher sur le panneau lumineux. Penses alors à la dernière intervention que tu as effectuée dans un hôtel.

Le type a payé cash, est monté avec une jeune fille. Le réceptionniste, père de famille, s'est toutefois méfié, « trop jeune pour tapiner », s'est-il dit en voyant la demoiselle, et il compose le numéro de la police du quartier.

Arrivée sur les chapeaux de roue. Ouverture de la porte. Le type est plaqué contre la moquette mauve ; il est aussitôt menotté. Tu t'approches du lit, ramasses une robe de chambre laissée par terre et la poses sur les épaules de la jeune fille nue. Seize ans, la gamine. Le type avait déjà pris quelques clichés noir et blanc. Monsieur aime les contrastes. Lorsqu'il est identifié, il se trouve qu'il est employé dans une organisation non gouvernementale et qu'il voyage aux quatre coins du monde. Dans ses volumineux sacs de voyage, en cuir noir, tu découvres des clichés pornographiques, des CD-ROM et plusieurs films vidéos. L'enquête révèle que monsieur profite de ses voyages pour s'exciter avec des gamines. Les visas, timbres et tampons imprimés sur le passeport attestent de ses nombreux déplacements en Afrique, en Asie et au Japon. Ses excursions photographiques, clichés *sugar baby*, se sont interrompues dans ton quartier… pour quelque temps ! Tu n'es pas au bout de tes surprises, quand tu apprends de la bouche de la gamine qu'elle a besoin de nouvelles fringues et qu'elle avait trouvé le marché intéressant. Caresses contre devises. Arguments choc !

— On est arrivé, dit Gégé

Couloir sombre, moquette épaisse et verte. Portes numérotées. À ta droite, un chariot contenant du linge, des savons et du papier toilette. À ta gauche, une fenêtre entrouverte.

Tu t'approches à pas feutrés. Porte 26. Colles l'oreille droite contre le bois. Écoutes, et fais signe que tu n'entends pas un bruit. Ressens un léger frisson parcourir ta peau. Délicatement, tu introduis la clef, de la main gauche tu tiens la poignée. Alors cognes contre la porte, énergiquement.

— Police ouvrez ! C'est un contrôle !

La réponse est immédiate. Un son, rien qu'un son. Tu comprends qu'une fenêtre s'est ouverte, qu'un corps s'est jeté dans le vide. Tu fais tourner la clef, donnes un magistral coup d'épaule. Te précipites d'un seul élan. Leste, Gégé est déjà de l'autre côté de la pièce. Tu le rejoins, te penches par la fenêtre et vois la foule, les trottoirs, les voitures, l'immeuble d'en face et le ciel, noir.

— Merde… merde… et merde ! dis-tu en cognant contre l'encadrement de bois.

— Fallait pas lui faire confiance, remarque Gégé.

— L'enfoiré ! ça fait haut le deuxième.

— Ouais, laisse, je fouille la chambre, appelle le concierge.

Gégé se penche par-dessus un sac en cuir brun, posé à même le sol. Fouille. Tu t'approches du téléphone posé sur une table de nuit, décroches le combiné et appuies sur la touche 9. D'une voix sèche, ordonnes au concierge de monter, et rapidement. Le lit est défait, un cendrier, des cendres chaudes, quelques mégots.

— Marlboro ! dis-tu en montrant le cendrier.

Vois une paire de chaussettes grises, abandonnée sur une chaise.

— Est parti sans chaussettes !

Gégé fouille consciencieusement le sac. Tu te tiens près de

la porte d'entrée. Deux minutes s'écoulent et le concierge arrive, essoufflé.

— C'est quoi, ces conneries? dis-tu, en le fixant méchamment.

— Quelles conneries? bafouille-t-il en t'évitant. S'il vous plaît, messieurs!

— T'as pas appelé? Ose me dire que t'as pas appelé!

— J'ai appelé personne, c'est promis, monsieur l'agent, bafouille-t-il encore une fois. Que s'est-il passé?

Tu ne lâches pas ses yeux, qui te fuient; te dis qu'il est au bord de la crise de nerfs. Il avale sa salive en faisant un rictus pitoyable, les lèvres blanchies.

— C'est promis, monsieur l'agent.

— Je vais t'en mettre des «monsieur l'agent».

— Mais c'est promis, je ne le connais pas ce type, ma parole.

Tu te retournes vers Gégé, demandes s'il a trouvé quelque chose d'intéressant.

— Non, quelques vêtements, rien de particulier.

— Prends le sac! On y va!

D'un geste, tu repousses le concierge. Fâché contre toi-même, tu te dis qu'il aurait fallu être plus vigilant, le surveiller de plus près et exiger qu'il t'accompagne. Encore que, tu te dis qu'il est peut-être un type honnête, uniquement effrayé par la police. Tu le regardes en coin, il a effectivement l'air mal à l'aise. Alors une nouvelle fois tu doutes, ne sais pas, ne sais plus. Ton cœur balance. Confiance ou pas confiance? Flic de quartier… une quête!

À la sortie de l'hôtel, tu t'arrêtes un instant sur le perron, observes les trottoirs bondés et le sol trempé par l'averse. Gégé toussote, tu le regardes et te décides, alors tranquillement avances vers le véhicule de service. Déclenches l'ouverture des portières, jettes le sac à l'intérieur qui sera plus tard acheminé au service des pièces à conviction. Gégé te pousse du bras.

— Regarde ! dit-il en souriant.

Tu tournes la tête dans la direction indiquée.

— C'est pas vrai !

C'est Roger qui s'avance vers toi, nonchalant. Un peu frappadingue. Tu le connais depuis longtemps. Il passe souvent quelques heures dans les cellules de ton commissariat. Gentil, mais abruti. Tu sais aussi qu'il faut s'en méfier. Il a déjà tailladé quelques collègues. Gentil, abruti... et parfois violent. Pas tout jeune, mais encore vif et précis. Il y a quelques années, Roger s'est subitement découvert une passion pour le nettoyage urbain. Il s'est attaqué au quartier. À quatre pattes, muni d'une brosse à dents à poils durs, Roger frotte énergiquement le trottoir. Chaque interstice est soigneusement inspecté, nettoyé. Cent mètres sont déjà astiqués. Faut dire qu'il n'est pas toujours là... Quelquefois, il est à l'asile.

— Salut, Roger, ça brique sec aujourd'hui ? Pas trop peur de te faire tremper avec ce temps ?

— Salut les bourrins ! m'en fout, y a du boulot.

— Ça brosse dur ?

— Ouais.

— Tranquille, ces jours ?

— Si on ne me fait pas chier.

— Ouais, reste calme, je préfère. Tu vois, c'est moi qui travaille aujourd'hui... alors sois sympa, j'aimerais rentrer à l'heure... ma femme, tu comprends.

— Je comprends.

Tu souris. En te retournant ton regard est attiré par un groupe de musiciens. « Des voyageurs, des Tziganes », pensestu. Pour quelques billets, ces troubadours roumains, hongrois, tchèques ou slovaques, voyageant dans de vieilles automobiles, parcourent l'Allemagne, l'Autriche, la Suisse, la France, l'Espagne, l'Italie et la Grèce, afin d'obtenir des licences de musiciens de rue. Garent leurs véhicules aux alentours des grandes villes et fondent sur les quartiers des affaires; s'installent devant les centres commerciaux et sur les trottoirs des rues marchandes. Et alors ce sont des airs venus des Carpates ou des Balkans, des sons et des durées, des mélodies et des rythmes. À la nuit tombée, ces hommes se regroupent, dorment quelques heures, à quatre pour les chanceux, ou à six, ou à huit, à l'intérieur de leurs voitures; repartent au petit matin.

Tu observes plus attentivement l'un d'eux. Plus tout jeune, une cinquantaine d'années peut-être, probablement plus. Le visage taillé à coups de serpe, peau foncée, barbe naissante, poils gris; les cheveux en bataille, bruns, gris et secs; les sourcils épais, noirs; les habits encrassés par le temps qui passe, qui érode. Les pantalons de toile foncée, bien trop larges, la veste épaisse, foncée, le gilet en velours côtelé, foncé, ont été maintes fois cousus et recousus. Les tissus sont usés. L'état des chaussures, au cuir rigide, semelles épaisses, crottées, fait penser qu'elles ont été transmises d'une génération à l'autre.

Cependant cet homme, fatigué, est un archet, une table d'harmonie, quatre cordes et une âme. Le violon serré entre le menton et la clavicule, il berce les passants pressés. Il est accompagné par un accordéoniste, qui, d'une oreille, cherche la bonne mesure d'accompagnement, mais encore suivi par un clarinettiste qui unit le vent aux cordes. Refrains populaires, nostalgiques, joués avec langueur, où les peines et les joies des cœurs s'épousent mélodieusement. Ça peut, aussi, être du Vivaldi, Bach, Tchaïkovski, Boccherini, ou alors Mozart, qui se glissent entre les bâtiments pour mieux pénétrer les âmes.

Selon les jours, selon les musiciens, selon les humeurs, il est possible d'assister à d'authentiques concerts publics, ou alors simplement de la mendicité déguisée. Mendicité d'hommes en peine.

Tu observes encore un instant le groupe et te décides à

monter à bord de la 652. Allumes le moteur, démarres. « La vie s'exprime sous mille et une facettes », te dis-tu.

Tout en conduisant, tu penses encore à Roger et imagines ce que doit être le quotidien d'un mec comme celui-ci. Et de tous les autres ! Tu penses à Guillaume, gentil bonhomme, qui, tout comme Roger, nettoie, nettoie toujours. Guillaume, dit Gigi, se passionne pour les vitrines du quartier. Une échelle sous le bras, il se déplace lentement, inspecte chaque vitre ; y voit des reflets qui échappent aux communs des mortels. Guillaume s'arrête, installe l'échelle, gravit les échelons et astique. Tout le monde l'aime, ce Guillaume. Il y a François. François arrête les voitures, parfois brutalement, ne demande rien, relève les essuie-glaces et passe plusieurs fois le racloir. Quelques automobilistes pressés accélèrent, le bousculent. François râle, n'en tient rigueur à personne. François est un agneau.

Il y a encore José, Raphaël, Enriques, Hubert, et comme tu le dis, cet enfoiré de Marcel qui, la saison chaude, soulève les jupes. Il s'en prend aux touristes japonaises ou alors se contente des Coréennes, Philippines ou Thaïlandaises. L'hiver, Marcel ouvre son manteau. Montre à tous ce qui le chatouille. Alors les filles s'organisent. Interviennent. Maternelles. Rendent service et s'occupent des pulsions, parfois incontrôlées, de ces figures du quartier. Oh ! pas les prostituées de luxe, ni les mères de famille qui arrondissent leurs fins de mois, mais celles du trottoir et du bistrot. Filles nées dans le quartier, filles publiques dès leur naissance. Filles qui ont parfois vu maman sous ces mêmes avant-toits, sur ces mêmes trottoirs, dans ce même espace public. De mère en fille ! Les mères s'occupaient déjà des figures du quartier. Ils ont fréquenté les mêmes bancs d'école, ont transpiré sur les mêmes équations, la même grammaire, la même géographie et la même géométrie. Certes les premiers de classe ont quitté depuis longtemps le quartier, ou alors fréquentent aujourd'hui les bars à champagne. Quoi qu'il en soit ils tournent la tête quand, au coin de la rue, ils croisent Josiane, Yolande, Claudia, Mimi, Rose-marie, Francine ou Françoise... et toutes les autres!

Tu jettes un rapide coup d'œil à ta montre. Seize trente. Depuis l'affaire de l'hôtel, tu es intervenu pour un véhicule qui gêne une sortie de garage. Il a été nécessaire d'appeler une dépanneuse. Chargement du véhicule et départ pour la fourrière. Tu rends service à un citoyen, mais un autre en pâtit. Dans ces situations, le flic de quartier est l'homme à plusieurs visages: sympathique pour le type qui peut finalement sortir de son garage, et emmerdeur de service pour celui qui a garé son véhicule quelques minutes.

Mais encore deux conducteurs ne s'accordent pas sur les causes d'un dégât matériel, et c'est à toi de régler l'affaire... et l'affaire est réglée façon flic de quartier. Constat à l'amiable et le dossier est en main des assurances; les juristes devront se pencher sur l'intrigue. Un jour ou l'autre, tu seras convoqué devant le procureur pour confirmer ou infirmer la version des faits de l'une ou de l'autre des parties en cause. La justice des hommes tranchera. L'assurance couvrira les frais, les primes prendront l'ascenseur et les dégâts seront remboursés. Ainsi va la vie.

Tu es réquisitionné pour des aboiements ininterrompus dans une voiture stationnée dans le deuxième sous-sol d'un parking commercial. Tu découvres un mâtin de Naples, molosse de plus de quatre-vingts kilos, au poil court et gris. Deux bajoues flasques. Il se secoue et écume sur la banquette arrière d'une Toyota bleue. Après plusieurs tentatives infructueuses pour atteindre le propriétaire du véhicule, on ouvre la voiture.

Muni d'une longue tige métallique, introduite entre le caoutchouc et la vitre de la portière, un serrurier actionne le mécanisme d'ouverture. Un collègue de la brigade canine intervient à son tour, l'animal coopère. Doux comme un agneau, le molosse est emmené; il sera remis à la société protectrice des animaux. Le propriétaire paiera chèrement son insouciance, et le chien lui sera alors restitué, sous certaines conditions. En observant ton collègue qui s'éloigne avec l'animal, il te vient une pensée pour ces chiens abandonnés, ou sauvagement battus qui sont retirés à leur propriétaire. La plupart sont accueillis dans d'autres familles, d'autres non.

Bruit de la musique trop forte provenant d'un appartement. De la rue, une bossa-nova endiablée retentit avec force. Le tempo ne plaît pas au voisinage. Montée des escaliers. L'étiquette de papier collée contre la porte de bois clair indique qu'il s'agit d'une famille latino-américaine. Plusieurs minutes à cogner, plusieurs minutes à crier: «POLICE, OUVREZ!», et rien.

En tout cas, le rythme fait de l'effet sur le corps. Ce sont de fortes envies de danse. Cependant, les locataires s'énervent sérieusement. Le ton monte. Tu lorgnes à droite et à gauche, déniches rapidement le boîtier électrique, installé derrière une plaque métallique blanche, retires les plombs. C'est la nuit, le silence.

Un jeune homme sort sur le palier, de type brésilien. Il ne porte qu'un slip blanc. Cheveux noirs, courts, yeux noirs, peau sombre, poitrine large, épaules rondes, abdominaux secs. Étonné par la présence de toutes ces personnes devant la porte, il sourit, dents blanches. Une jeune femme, Brésilienne, à peine vêtue, le suit de près. Cheveux noirs, longs et frisés, yeux noisette, peau sombre, lèvres épaisses, teintées de pourpre, lisses et galbées. Elle est vêtue d'un léger t-shirt blanc, qui ne cache rien, promesse d'une poitrine ferme et relevée, et d'un string blanc, qui dessine la courbure de ses hanches. Pubis noir, dessiné sous le tissu fin. Elle sourit, dents blanches.

Les voisins, peau blanche, gesticulent et font la gueule. Les deux jeunes gens promettent d'éteindre la musique, s'excusent en disant qu'ils ont augmenté le son pour couvrir les cris. Et s'en retournent à leur affaire ; affaire de peau, de corps et de caresses. Les locataires, médusés, retournent devant leur poste de télévision.

Toi, tu descends les escaliers, l'image de la fille imprégnée dans ta chair… chair de poule. Un détail : ses pieds, nus, reflet chocolat ; ses doigts fins et ses ongles taillés, recouverts d'un vernis blanc, immaculé.

Le temps s'écoule lentement. Il pleut. La radio de bord est muette, et tu circules aux quatre coins de ton quartier. Ne penses à rien de particulier. De temps à autre, les commerçants, de derrière leur vitrine, te font signe de la main. Tu réponds d'un hochement de la tête.

— Un kebab ? proposes-tu à Gégé.

— Bonne idée.

Dans le quartier, les épiceries libanaises, turques, iraniennes ou israéliennes, confectionnent les kebabs et les fallafels, au mouton ou à l'agneau, avec pois chiches, chou, tomates et oignons. Concurrencent les épiceries italiennes lesquelles, à leur tour, proposent des sandwichs confectionnés à la demande, salami et jambon, mortadelle et coppa, tomate, aubergines et œufs, mozzarella, parmesan ou ricotta, thon et salades, le tout accompagné d'huile d'olive et d'assaisonnements méditerranéens. Pour le flic de quartier, ces choix sont une aubaine. Entre deux interventions, il est parfois nécessaire de se sustenter, d'avaler une limonade, une bière ou un café.

Tu gares le véhicule devant la vitrine du Marmara, une épicerie turque. À l'intérieur, quelques hommes engloutissent des kebabs, trop larges pour leur bouche ; leurs doigts dégoulinent de sauce piquante. Derrière le comptoir vitré, la marchandise est exposée, et un bonhomme transpire. Chemise blanche, pantalon blanc, visage sec et barbe naissante, il découpe consciencieusement des tranches dans un énorme morceau de viande compactée qui tourne sur une broche.

— Salut, Nourredine !

Il se retourne.

— Eh… salut.

— Une assiette, viande et salade, ce sera tout… merci.

— Un Coca ! ajoute Gégé.

— Pour moi aussi…

— Comme si c'était déjà fait, mes amis, répond-t-il en souriant.

Tu cherches des yeux une place libre, remarques que la clientèle évite ton regard. Ils sont presque tous de nationalité étrangère, et tu te doutes qu'ils transpirent et prient pour ne pas être contrôlés. Tu souris et t'assois dans le fond de la salle. La table est en bois, recouverte d'une nappe ornée de dessins orientaux, les chaises en métal, coussins verts. Pour la première fois tu remarques les faïences bleues, tachetées de minuscules croissants blancs, qui recouvrent le sol. Sur la gauche, contre le mur, une photo gigantesque de l'ancienne ville d'Istanbul. Remparts de pierres, deux tours de surveillance, eaux bleues du Bosphore ; végétation verte, champs cultivés jaunes, paysage vallonné. À ta droite, mur blanc, sur lequel sont fixées des photos de personnages.

L'assiette est servie, deux canettes de coca-cola, deux pailles. Un à un les clients sortent de l'établissement sans dire au revoir ; évitent de regarder dans le fond du restaurant, pourraient rencontrer ton regard. Nourredine les accompagne, échange quelques mots en arabe et retourne derrière son comptoir.

Tes yeux se perdent sur l'image du Bosphore. Tu t'imagines alors sur un grand voilier, au soleil. Imagines les eaux turquoise, les fonds marins. Ressens la brise légère. Un crissement de pneus, et tu retrouves l'épicerie, Nourredine et la vitrine. Au-dehors la pluie.

Posé sur la table, près de toi, le talkie-walkie crépite.

— 652, de Centrale, vol à l'étalage au Grand Bazar.

— Bien compris, on s'y rend.

Dix-sept heures trente, c'est l'heure des indélicatesses perpétrées dans les commerces. Cela peut être le vol d'une bouteille d'alcool ou d'un flacon de parfum, d'un vêtement ou d'un appareil électronique. Pour le flic de quartier, l'opération est assez ordinaire. Si l'objet volé peut être payé, en sus une amende infligée par le responsable du magasin, l'auteur est simplement identifié et l'affaire est bouclée en une demi-heure. Au contraire, si le vol reste impayé, ou alors si l'auteur refuse de décliner son identité, ou encore n'a pas de domicile fixe, voire réside à l'étranger… alors, ça se corse.

Tu jettes nerveusement un regard à ta montre.

— Putain, toujours pareil, peuvent pas voler en début d'après-midi. L'addition, s'il te plaît, Nourredine.

— C'est pour la maison, dit-il en secouant l'index, faisant ainsi comprendre qu'il n'acceptera rien.

— Merci bien ! t'as la meilleure viande du quartier, dis-tu en levant le pouce.

— À très bientôt, dit Gégé en reculant sa chaise.

Sur le trottoir, tu aperçois au coin d'un immeuble deux des gars qui se trouvaient à l'intérieur du Marmara. « Je m'en occuperai un de ses jours », te dis-tu, et tu montes à bord du véhicule de service.

Tu gares le véhicule devant l'entrée du personnel du Grand Bazar. Marches d'escalier. Salle de contrôle. Le vigile t'accueille dans un local de surveillance, murs gris sans fenêtres.

Une vingtaine de postes de télévision diffusent des programmes, circuit fermé. Des hommes, des femmes, des enfants circulent entre les rayons de marchandises. Six étages à parcourir. Des milliers de clients. Des centaines de milliers d'articles. Des millions s'écoulent ainsi, passent de main en main. Échanges commerciaux.

Le vigile s'approche.

— Bonjour.

— 'Jour, marmonnes-tu en lui serrant vigoureusement la main.

— J'ai un couple, chinois, ont passé les caisses avec trois appareils photos dans une poussette.

— Et la poussette... vide ?

— Non, un petit garçon.

— Pas de chance !

— On a récupéré la marchandise, je vous les laisse, je termine la paperasse.

Tu jettes un coup d'œil à Gégé.

— On ne sera pas à l'heure, mon pote, lui dis-tu en fronçant les sourcils.

Gégé ne te répond pas, hausse les épaules et s'allume une cigarette.

— Voilà leurs affaires, dit le vigile, quelques pièces d'identité et divers papiers sans importance.

Tu tournes les pages des passeports – *République of China* – et te demandes ce que peuvent bien faire des Chinois dans ton quartier. « Des clandestins, penses-tu, certainement de la province du Fujian... sont tous du Fujian. »

— Bien, y sont dans la pièce à côté ?

— Oui, je vous accompagne.

La porte s'ouvre sur un local sans fenêtres, murs gris. Un bureau, dans lequel se trouve un deuxième vigile, bras croisé, toisant un homme, chinois, une femme, chinoise, une poussette et un bébé, chinois.

— Bonjour, dis-tu en regardant les deux Chinois.

Ils ne réagissent pas, fixent le sol. L'homme chargé de la sécurité toussote.

— Semble parler que le chinois.

— Le mandarin, lui répliques-tu, eh oui ! cher ami... le mandarin.

Te retournes vers Gégé.

— On n'a pas terminé la journée.

Il se gratte le crâne.

— Bien, j'appelle une patrouille pour le transport, on s'occupe du père, la mère et l'enfant suivront avec les collègues.

Tu fais signe à l'homme de tendre les deux bras, lui passes les mailles. Le saisis par l'épaule, l'accompagnes à la voiture et l'assoit à l'arrière, derrière le copilote. Tes collègues, Pat et Dom, annoncent sur les ondes qu'ils arrivent dans quelques minutes. Prendront en charge la mère et l'enfant.

Commissariat. Ouverture de la porte. Brouhaha. Assis face à un jeune collègue, un couple porte plainte pour le vol d'un autoradio. Vitre cassée. L'appareil s'est envolé ainsi que plusieurs disques compacts. Au comptoir, deux agents des transports publics encadrent un adolescent maigre et boutonneux, portant casquette blanche. Treize ans. Il n'a pas payé le transport et refuse de décliner son identité.

— VOUS N'ÊTES PAS DES FLICS ! braille-t-il. BANDE DE CONS !

Il gesticule, veut se dégager.

— TU VAS LA FERMER ! hurle un collègue qui essaye de se concentrer sur ce que dit un plaignant au téléphone.

— Si t'avais payé ! y aurait pas de problème ! dit un des contrôleurs.

Sur les chaises, en attente, plusieurs personnes semblent perdues dans ce capharnaüm. Se demandent si elles vont rester. C'est sans compter les gueulées des trognes à goutte qui, depuis le violon, hurlent en tapant contre les portes métalliques. Chaude ambiance du quartier. Tu pousses légèrement ton Chinois. Les plaignants, dubitatifs, le regardent passer.

Dans la salle de travail, tu lui fais signe qu'il peut s'asseoir sur l'un des fauteuils à roulettes. Cependant, tu le gardes menotté. T'éloignes et te rends aux toilettes. Tu relèves tes manches, fais couler de l'eau froide et te laves les mains, t'asperges le visage. Un instant, tu observes ton image dans le miroir, te dis que tu as une sale mine, que l'enquête va durer un certain temps. «Jamais facile avec les Chinois», penses-tu en refermant la porte derrière toi.

En entrant dans la salle de travail, tu vois Gégé qui allume l'ordinateur, et vous constatez avec bonheur qu'il fonctionne.

— On a de la chance, ça marche, dit-il.

Il effectue les contrôles d'usage.

— Tu t'occupes du traducteur ?

— C'est d'accord.

— N'oublie pas le gosse ! recommande Gégé.

— Y a pas de risques.

Tu appelles l'officier de service. Lui expliques le cas et précises qu'il y a un bébé dans l'affaire. Pour l'enfant, une procédure spéciale est mise en place. L'officier souhaite entendre le couple. Il ordonne que le couple soit déféré devant un juge.

Alors chacun s'organise. Gégé commence à remplir un certain nombre de documents qui accompagneront le rapport d'intervention. Tu te charges des appels téléphoniques.

— C'est bon, Gégé, le traducteur sera là dans une petite heure.

Tu recherches également une collègue féminine pour la fouille de sécurité sur la mère.

— C'est Véro qui se charge de la fouille, dis-tu encore.

Tout est parfaitement huilé. Peu de mots sont échangés. Tu observes la salle de travail, bondée. Des collègues prennent des déclarations et des plaintes, interrogent les gens, certains s'affairent à des tâches plus administratives. Les plus jeunes sont occupés au comptoir, répondent à la clientèle et apprennent ainsi le métier. Quelques-uns s'agacent devant la futilité de certaines demandes ou dénonciations.

Tu profites d'une minute de calme pour appeler la maison. Trois coups. Ta femme répond.

— Dis rien ! dit-elle sans te laisser le temps de parler. Si t'appelles à cette heure, c'est pour me dire que tu ne rentres pas.

— Gagné !

— T'inquiète pas, je suis à table avec les gamins... répétition des maths. Ils ont une épreuve vendredi prochain. Ce soir on se couche tôt. Alors prends ton temps.

— Désolé, t'avais prévu quelque chose de spécial ?

— Un petit repas sympa. Je pensais coucher les petits assez vite, et, et j'avais envie de toi.

— Eh merde ! Enfin... je t'aime, attends-moi.

— Envie de toi pour des câlins, rien d'autre.

— Oui ! Oui ! rien d'autre.

Tu souris.

— Je t'aime ! dit-elle encore. Allez bisous, on pense à toi.

— Bisous, embrasse les petits.

Tu déposes le combiné. Tournes la tête et vois Gégé au téléphone. Devines qu'il parle avec sa femme. Il raccroche.

— Ma femme avait envie de moi, dis-tu.

— La mienne va accoucher dans quelques semaines... tu imagines le tableau.

Tu ris de bon cœur et penses aux différentes étapes de la vie d'un couple. Sortis de la petite enfance, aujourd'hui tes enfants te laissent du temps pour redécouvrir ta femme, sensuelle.

Gégé soulève les sourcils. Allume une cigarette et la pince entre ses lèvres, se penche sur le clavier.

— Vraiment une gueule de maquereau ! dis-tu.

Il se retourne brusquement et lance une agrafeuse dans ta direction. Tu l'évites. Elle s'éclate contre le mur; morceaux dispersés. Tu ris et t'éloignes en pensant à ce mec colérique et sympathique. Gégé, tu l'aimes. Musicien à temps perdu, il rêve aujourd'hui d'une guitare électrique. Sa femme refuse. Jolie fille, ancienne danseuse, aujourd'hui mère de famille, elle a du caractère. Deux tempéraments de feu: ils s'engueulent souvent. Et s'enlacent. Tu retrouves auprès de Gégé une famille comme la tienne. Un couple, bientôt deux enfants, et des émotions. Comme toi, ils aiment voyager en Asie. Apprécient Bangkok. S'égarent dans les merveilleux marchés populaires de Sukhumwit ou de Chatutchak; découvrent de nouvelles senteurs, de nouveaux fruits, de nouvelles ambiances... et ne manquent jamais de rester quelques jours à Khoa San Road afin de repérer les vieux beatniks, aux odeurs patchouli-patchoula et à longs cheveux. Fleurs dessinées sur le blue-jeans, rêves psychédéliques, bonté et amour, ils fredonnent Hare Krishnas, les yeux écarlates.

La fouille de sécurité étant terminée, la mère est laissée avec l'enfant. Quant au père, il est prié de s'asseoir face au bureau.

C'est l'attente. Le temps s'écoule. L'homme garde les yeux baissés. Il respire doucement. Cinquante minutes s'écoulent, et un jeune collègue t'avise qu'un traducteur est à l'avant-poste. Tu vas le chercher, lui souhaites la bienvenue et l'accompagnes à travers les locaux. Présentations. Courbettes. Le Chinois paraît surpris de pouvoir s'exprimer dans sa langue. Les deux hommes se jaugent, puis échangent quelques paroles. Le traducteur confirme qu'ils viennent bien de la province de Fujian, Sud-Est chinois, face à l'île de Taiwan. Le scénario est classique. C'est l'achat d'un passeport de la province du Guangxi, moins repérable que le fujianais. C'est aussi l'acquisition auprès de fonctionnaires peu scrupuleux de visas touristiques pour la Thaïlande, pour la Malaisie, ou encore pour les Philippines. Les clandestins se rendent alors à Shenzhen, ville de passage entre la Chine et Hongkong. Franchissent ainsi la frontière, et c'est l'embarquement sur un navire pour l'Europe ou les Amériques. Pour les plus fortunés, il est aussi possible de s'envoler de l'aéroport de Hongkong. Les frais sont pris en charge par la famille, qui rêve de la réussite de leur protégé. Famille elle-même aidée par les habitants du village, et tous rêvent qu'un jour ils feront fortune… en Occident. Mais c'est sous-estimer les *shetous*, ces trafiquants d'humains qui font payer les rêves de liberté aux prix les plus élevés.

La déclaration du père terminée, les informations sont dispatchées et réinscrites sur les documents annexes ; documents qui accompagnent le rapport final. Gégé s'occupe d'enregistrer scrupuleusement la déclaration de la mère. C'est alors qu'un collègue fait irruption dans la salle de travail, te cherche des yeux.

— Ton gars de tout à l'heure, ton gars des Trois Couronnes, il a été fait.

— Pas vrai ! Tu plaisantes ?

— J'te dis, viens voir.

Il te fait signe de l'accompagner dans une salle d'audition. Ouvre la porte, CLACK ! et te désigne du doigt un type assis sur une chaise, menotté, face à un collègue. Baraqué, teint bronzé, cheveux courts, genre barbouze en permission ; porte un jeans bleu, pull rouge, baskets… sans chaussettes.

— Oublié tes chaussettes ? lui demandes-tu.

Il te regarde en coin, sans comprendre. Tu souris. Ton collègue te montre sa pièce d'identité, le nom correspond.

— Bravo, mon gars, comment as-tu fait ?

— Ben… j'ai entendu qu'un type t'avait fait la malle aux Trois Couronnes. Je tournais dans la région. Sur l'esplanade des Peupliers, j'vois ce type qui boite, traîne la patte, et sans veste. Avec ce temps de chien, me suis bien dit que c'était louche tout ça, et toc ! bingo !

Tu lui tapotes l'épaule, lui fais signe que c'est un as, pouce relevé. Tu retournes auprès des Chinois.

— Toutes les cavales finissent bien, dis-tu à Gégé, enfin pour nous ! ajoutes-tu.

Vingt-deux heures. Les aiguilles tournent et le temps passe. C'est enfin la signature finale du rapport d'intervention. L'audition a permis de comprendre les raisons de la présence du môme. En définitive, le couple n'est pas marié, ils se sont connus dans un hôtel. Ils travaillaient clandestinement et attendaient un départ pour New York. Le départ tarde, une liaison commence. Une naissance et de sérieux problèmes à l'horizon. Alors c'est la fuite, la vadrouille et l'arrestation. C'est un couple qui n'a aucun moyen de retourner auprès des siens, et qui d'ailleurs ne le souhaite pas. Ils veulent que l'enfant connaisse des jours meilleurs… au-delà de la Grande Muraille.

Tu te fais très peu d'illusions sur leur avenir. Tu soupires, réunis leurs quelques affaires et les accompagnes au commissariat principal. Ils seront pris en charge par la brigade concernée. Dans deux, trois ou quatre jours, ils seront escortés à bord d'un avion. Charter pour la Chine.

Tu te sens épuisé, courbaturé. Six heures trente, l'éveil. Huit heures, la prise de service. Il est vingt-deux heures quarante-cinq. Un petit déjeuner, un déjeuner, un kebab et depuis, plus rien. Si ce n'est une barre de chocolat, plusieurs tasses de café et une bière. Tu te dis que l'hygiène de vie du flic de quartier est douteuse, mortelle. Peu d'horaires réguliers, repas ingurgités à la sauvette, sommeil irrégulier et confrontations quotidiennes.

Tu bâilles, étires chaque muscle de ton corps, traverses le commissariat. L'équipe de nuit est sur pied depuis plusieurs heures.

— Salut et bonne nuit, les gars.

Une, deux, trois... sept interventions urgentes sont en attente. À peine commencé, le service de nuit est submergé. Tu gravis les quarante-cinq marches. Vestiaires. Armoires métalliques. Désordre. Défais le nœud de ta cravate, déboutonnes ta chemise, décroches ta ceinture et suspends ton uniforme sur un cintre.

Nuit noire. Froid. Pluie. Tu relèves le col de ton blouson. Prépares tes clefs. Cours à ta voiture et t'enfermes à l'intérieur. Le moteur tourne, tu t'engages dans le trafic de nuit. Allumes la radio, Diana Krall chante – *Cry Me a River*. Tu te laisses bercer par la voix, imagines un corps et penses à ta femme : « Encore envie d'un câlin ? M'attend-t-elle ? »

La circulation est dense, toutefois elle paraît lointaine. Tes préoccupations sont d'un autre ordre. Les problèmes du quartier sont une routine, le retour dans ta famille... un souffle de vie ; vie de couple. Il y a des hauts. Il y a des bas. Il y a deux enfants. Isabelle t'a connu avec de l'acné juvénile, elle te connaît les cheveux grisonnants. Tu l'aimes. Elle t'aime. Bien souvent tu l'observes du coin de l'œil, la vois se préparer, caresser son corps. Tu es ému. Tu penses que trop peu d'hommes savent encore dire « je t'aime » ou simplement « tu es belle » ou encore « merci ».

Aujourd'hui tu comprends la force des mots d'amour et l'importance de glisser un souffle aux oreilles des femmes. Alors comme des fleurs, elles s'entrouvrent, se laissent pénétrer par les mots. Tu comprends que la poésie est l'érotisme dont les femmes ont besoin pour aimer, pour s'offrir. Tu regrettes que trop souvent, l'homme prend, se sert et s'endort. Fier.

Tu prends garde au véhicule qui te précède, il freine. La pluie est abondante, les essuie-glaces fonctionnent à la vitesse maximum. Un coup d'œil dans le rétroviseur, tu aperçois les sillons laissés par le passage des pneus sur la chaussée trempée. Tu freines. Accélères et freines encore. L'avenue s'élargie, tu prends de la vitesse, bercé par le bruit des roues sur l'asphalte mouillé. Les lumières des lampadaires éclairent la route et les couleurs se reflètent sur le pare-brise. Tu mets le clignotant, t'engages sur une bretelle. Quelques minutes encore et tu seras auprès des tiens.

Une nouvelle pensée pour le corps de ta femme. Te dis que bien d'autres sont belles, que de plus jeunes sont ravissantes, et que pourtant c'est la sensualité de celle qui partage ta vie qui te transporte. Il y a le corps, il y a l'âme, il y a l'esprit. Tu sais ta compagne fragile, sais qu'elle peut s'éteindre en un clin d'œil. Elle navigue avec intelligence entre les émotions qui ne cessent de l'atteindre. Tu l'aimes pour la fragilité qui est sienne. Penses à un papillon, ou à une fée.

Parking souterrain. Voiture stationnée. Tu prends l'ascenseur. Devant le miroir, te passes la main dans les cheveux. Coquetterie masculine, « et si elle m'attendait encore ! » espères-tu. Et c'est le désir. Désir charnel. Le serpent s'anime. Tu frissonnes et sens des picotements dans le bas-ventre.

Tout semble calme. Tu refermes délicatement la porte derrière toi. Déposes les clefs sur le meuble à chaussures et t'approches des chambres des enfants. Tu comprends immédiatement qu'ils dorment, l'entends au rythme de leur respiration. Comme à son habitude, ta fille est couchée de tout son long, les jambes découvertes, l'édredon repoussé. Tu t'approches délicatement et remets de l'ordre. Elle bouge. Tu l'embrasses sur la joue et lui caresses la tête. « Je t'aime, fais de beaux rêves… » chuchotes-tu à son oreille. Elle remue, se retourne en gémissant. Tu imagines tous ces petits play-boys qui vont, dans peu de temps, lui faire tourner la tête. Tu t'éloignes de ce lit d'enfant. Prends garde à ne pas marcher sur un jouet en plastique laissé sur le sol. Pousses discrètement la porte.

Ton fils dort dans la chambre d'à côté. Tu l'entends remuer. Il est en boule et éructe quelques borborygmes. Nerveux. Cauchemarde. Tu replaces les couvertures. T'assois et lui caresses la tête. Il se calme. Tu lui souhaites d'aimer les femmes, dans la poésie. Il sourit, semble t'entendre. Et doucement tu fermes la porte de la chambre, te rends à la salle de bains.

L'eau tiède coule sur ton corps. Excite les sens. Tu ressens plus intensément les picotements dans le bas du ventre. Accélération du rythme cardiaque. Tu te sèches. Entoures tes hanches d'un paréo marchandé sur l'île de Kho Samui. Jaune, violet, blanc, noir, aux dessins de fond de mer, poissons et coraux.

Encore humide, tu pousses la porte de ta chambre. Il fait noir même si le store entrouvert permet à la lumière de pénétrer. Lumière d'extérieur, mouvante au rythme du balancement des arbres. Les bruits des branches sont discrets. Au loin quelques voitures rappellent qu'existent d'autres hommes. Le lit est large. Isabelle s'est assoupie. Premier sommeil. Elle est couchée sur le ventre. Le corps recouvert d'une légère couverture, elle découvre une jambe, nue. Tu entends le rythme régulier de sa respiration… et tu hésites. Marque un temps d'arrêt.

Tu regardes son corps; corps que tu caresses depuis bien des années; corps que tu étreins et sur lequel tu lis les moments passés, de bonheur et de douleur. Alors tu te retrouves adolescent à feuilleter les revues érotiques de ton père. Aux aguets, oreille tendue, souffle court et émotion du corps. Sexe dur. « Qu'est donc cet étrange objet de désir ? » te demandes-tu à propos des femmes.

Timidement, tu approches la main, saisis la couverture. Tu

t'assois et lentement, très lentement, découvres son corps, nu. D'une main, tu caresses la jambe. Masses délicatement la cheville et remontes doucement le mollet, la cuisse et la fesse. Fais le même geste sur l'autre jambe. Tu marques un temps d'arrêt... et ta main s'aventure à l'entrejambe. Tu explores doucement et remontes dans le creux du dos. Sous l'étreinte, son corps se trémousse. Tu te penches et susurres à l'oreille des mots d'amour. Ta main remonte la colonne vertébrale et son corps se tend. Tu entends son souffle court. Elle tourne la tête. Garde les yeux fermés. Les cheveux longs, bruns, cachent en partie les traits du visage. Tu l'observes. La trouves belle. Plus belle que jamais. Encouragé, tu sens ton sexe se durcir. Peu à peu se redresser. Ton souffle se raccourcit. Ton rythme cardiaque s'accélère. Tu t'allonges, te colles au corps et reprends les caresses. Elle se retourne. Tu l'enlaces. Elle referme alors ses cuisses sur ton sexe tendu. Tu cherches le passage. Pas encore !

Ta main descend le long de son dos, et doucement, tu effleures l'arrondi des fesses, te perd dans l'entrejambe. De l'autre main tu saisis un sein, caresses le mamelon. Aréoles larges. Entre le pouce et l'index, tu fais rouler la pointe du sein, déjà dur et tendu. Sein lourd. Sa bouche s'entrouvre, sa respiration s'accélère. Gémissements. Tu sens sa peau, sens son corps et son sexe humide. Tu frémis. Effleures ses lèvres et doucement introduis deux doigts. Caresses. Tu sens ses hanches qui poussent en avant. Caresses. Tu avances ton visage, cherches sa bouche. Ses lèvres accueillent ta langue. Tu sens ses ongles sur tes épaules. Sa main descend, lentement, te caresse la poitrine, le ventre et saisit ton sexe. Sa main caresse, de bas en haut, de haut en bas. Tu frissonnes, le dos parcouru de mille piqûres. Halètes. Pousses les hanches en avant. Offres ta verge durcie à sa main caressante. Un ongle griffe légèrement ton gland, descend le long de ton sexe. Tu crois jouir. Te retiens. Sens le plaisir monter. Sa langue se retire de ta bouche, descend le long de ton cou. Elle excite ta poitrine et continue sa course. Tourne autour de ton nombril. Tu sens ses cheveux chatouiller l'intérieur de tes cuisses. Frissonnes. Penches la tête en arrière. Sa main continue la caresse. Sa bouche engloutit ton sexe. Tu saisis sa tête des deux mains. Ressens le plaisir… L'intérieur de tes cuisses est comme électrisé. Tu repousses sa bouche. Repousses sa tête. Fais pivoter son corps. Elle creuse les reins. S'offre. Tu la pénètres d'un seul coup. Entends un cri. Des gémissements. Tu caresses le creux de son dos. Tu la pénètres profondément. Elle bouge. Remue. Vibre. Les mouvements s'accélèrent. Tu te retiens. Pénétration plus profonde. Humide. Elle se caresse. Aide sa jouissance. Tu t'agrippes à ses hanches, d'une main saisis un sein, fais rouler le téton, serres vigoureusement. Tu t'introduis encore plus profondément. Elle hurle. Crie son plaisir. Tu lui saisis les cheveux. Elle se redresse. Tu exploses, et laisses le délice se répandre dans son corps. Tu cries à ton tour…

Enfin, te couches sur son dos, la tête dans sa chevelure. Restes en elle. Sens ton sexe se ramollir. Chaud et trempé. Extase ! Corps parcouru par mille piqûres d'insectes. L'accélération de ton cœur s'apaise. Te retires et t'allonges sur le lit. Elle se retourne. Abandonne sa tête dans le creux de ton épaule et caresse une dernière fois ton sexe, ton ventre et ta poitrine. Tu l'embrasses. Plus un mot n'est échangé. Tu l'entends soupirer. Alors tu observes le plafond et examines les reflets de lumière, striés par les persiennes ; te perds en pensées.

L'amour est un mystère et, comme la haine, s'exprime audelà des hommes. Il y a l'acte d'amour. Dans l'amour et les caresses. Tu l'aimes. Elle t'aime. Tu te demandes quels ont été ces gestes, parfois brutaux, qui pourtant ont été d'une tendresse extrême. Tu vois alors les hommes faire l'amour, tu vois alors les hommes faire la guerre. Danse érotique ou maléfique ; danse avec les âmes ou les cœurs. Tu vois les hommes s'entre-déchirer et s'entre-amouracher. Les hommes vaniteux et orgueilleux, les hommes humbles et silencieux. Ceux qui souffrent et ceux qui exultent. Tu comprends que les hommes vivent dans la relation à l'autre et meurent dans la négation de l'autre.

Le sommeil te gagne. Tu sombres entre rêve et réalité dans ces nuages de printemps. Premiers temps où il fait encore noir. Premiers temps où il fait encore pluie. Naissance des lumières du solstice… d'été. Tu vois la terre, te retournes et vois l'immensité de l'univers.

L'univers! rêve de Dieu, rêve de vie, rêve d'amour.

IV

Troisième jour

Quatre heures et demie, le réveil sonne. Tu navigues dans les limbes chimériques. Tu perçois un timbre aigu. Réveil. Tu te retournes et d'un doigt fais cesser l'agression sonore. Ta compagne gémit, se retourne, fuit sous la couverture. Quatre heures et demie. Matinal. Tu sors du lit, te rends à la cuisine, mets en marche la machine à café. Tu es seul dans la pièce, ensommeillé. Cuisine et salon, l'appartement est silencieux. Au loin tu perçois le bruit d'accélération d'une moto. Tu introduis une tranche dans le grille-pain, découpes deux oranges, les presses et en récoltes le nectar. Le café fume. Les grains arabica, aux arômes de Colombie, éveillent tes souvenirs ; sommets de la Cordillère des Andes, océan Pacifique et mer des Antilles. Tu ajoutes une larme de crème.

Ce matin-ci, tu choisis le pot de confiture de mirabelles, t'installes sur la table en bois de chêne. Et tu revisites le rêve qui t'a poursuivi pendant la nuit. Tu as exploré la ville. Tu étais un souffle, un souffle de vent, un souffle d'orage. Tu observais le monde par-dessus les bâtiments, building ou maison. Tu observais le monde par-dessus les toits, plats ou pentus, et par-dessus les antennes satellites. À l'angle d'un immeuble, le dos appuyé contre un mur décrépit, il y avait un type, une casquette, et une goutte d'eau de pluie. L'homme ne quittait pas des yeux la goutte qui roulait sur la frise ; la suivait encore quand elle se gonflait et se décrochait pour tomber sur le sol. L'homme pense qu'il y a tout dans cette goutte d'eau. Cycle de la nature, et elle prend naissance, quelque part, pour rejoindre l'océan. Et ainsi renaître. L'homme tourne la tête et voit l'égout, bouche béante, un kleenex et un rat, noir. L'homme relève le col, s'ébroue, se met en marche. Il fait froid. Une femme hurle, quelque part. Rouge. Sang.

Le café fume, te brûle les lèvres. Les effluves excitent tes sens, tu habites ainsi ton corps. Tu te dis qu'il est tôt, qu'il est trop tôt. Le service commence à six heures, tes collègues attendent la relève. Les matins, ce sont les fins de nuits. Nuits sauvages, nuits de quartier chaud.

— J'ai intérêt à être en forme.

Toutefois, ce rêve te laisse perplexe. Il est si présent en toi, si imprimé dans ta chair, dans ton cœur, dans ton âme, que tu en viens à douter qu'il ne soit que rêve. « Que peut-il être d'autre ? » penses-tu. Fronces les sourcils, y vois comme un présage et t'interroges quant au message.

— S'il y a un message, marmonnes-tu en refermant le pot de confiture.

Tu chasses ces pensées et te rends à la salle de bains. Serviette chaude sur la peau. Mousse et rasoir. After-shave. Tu essuies la buée sur le miroir. L'eau s'écoule dans le fond du lavabo, abandonnant des poils sur l'émail blanc. Tu rinces. Ce rituel accompli, te voilà préparé à affronter la rue. Un coup d'œil sur ta petite famille endormie, et c'est l'envol. Tu refermes la porte sans faire le moindre bruit. Au fond du ventre, ce sentiment d'inutilité, et l'envie de passer à autre chose, de vivre différemment l'aventure.

À l'extérieur, à cette heure-là et par temps clair, tu ne

manques jamais d'observer le ciel. T'arrêtes un instant. Aujourd'hui la toile est noire, lisse, parsemée de points lumineux. La voie lactée, en partie masquée par les reflets orangés des lampadaires et enseignes lumineuses, semble un voile recouvrant un visage d'ange. Tu distingues Jupiter, Saturne et Mercure, tes yeux se posent sur la constellation du Grand Chien, tu vois Sirius la brillante et Adhara la Géante bleue. Tu penses alors que le printemps gagne enfin la partie, qu'il fait toutefois encore froid. Tu soupires, fermes ta veste, en relèves le col et enfiles tes mains dans les poches arrière de ton blue-jeans.

— L'été approche, murmures-tu.

Il est cinq heures. Arrivée au commissariat. Ouverture de la porte. Brouhaha. Clientèle de fin de nuit : trognes à goutte, bagarreurs et prostituées. Ce matin-ci, tu portes sur eux un regard différent ; une impression de survol et de légèreté. Il te semble entendre battre les cœurs, percevoir les songes et sentir la vie. Éveillé.

Tes collègues du service de nuit t'accueillent le teint blafard, les yeux brillants. Tu devines que la nuit a été laborieuse. Ne poses pas de questions.

Ce sont alors les quarante-cinq marches, les armoires grises, les photos de filles nues et les effets personnels à retrouver. Le sac du stagiaire est toujours posé dans un coin, semble abandonné. Tu serres la main à Pat, à Dom et à Gégé. Poignées franches. Tes gestes sont lents. Tes habits enlevés, ton uniforme passé, ta cravate serrée, tes chaussures lacées. Tu refermes l'armoire, fais jouer la serrure et te retournes, la casquette à la main. Tu entends des soupirs et des bâillements. Dom passe près de toi, te frôle.

— Ne fais pas cette gueule ! lui dis-tu.

— J'fais pas la gueule.

Plus un mot. Tu entends les marches d'escalier grincer sous les chaussures de tes camarades. Leur emboîtes le pas.

L'escalier débouche sur la cuisine. Autour de la table tes collègues s'affairent déjà à la préparation d'un petit déjeuner.

— Je m'occupe des cafés, dit Gégé en ouvrant un meuble de rangement, attribué au groupe.

Armoire en bois, porte et loquet peints en jaune pâle. Tablettes recouvertes de plastique, carreaux rouges, carreaux blancs; terrain colonisé par les blattes. Le meuble est fixé contre un mur humide. À l'intérieur s'y trouvent des assiettes, des couverts, du sel, du poivre, des herbes, des condiments, des confitures, du café, des pâtes, des boîtes de conserve et des bouteilles. Il y a la caisse. Caisse du groupe. Une cotisation est versée chaque nuit de service, de cette sorte, des sorties sont organisées plusieurs fois par année. Il y a aussi les polaroïds pour rappeler les agapes passées autour de cette même table, dans ce même local. Souvenirs de repas copieux qui n'en finissent pas. Souvenirs des filles qui, parfois, la nuit, mangent avec l'équipe. Souvenirs des costauds qui viennent quelquefois prendre l'apéritif.

— J'ai acheté du pain, dit Dom

— Sympa ! Je sors les confitures, réponds-tu.

Et ce sont des instants d'éveil. Les corps se mettent en route, les corps s'étirent, s'apprêtent à passer à l'action. Les collègues qui terminent leur service rejoignent la cuisine. Donnent quelques informations sur les événements qu'ils ont vécu et grimpent à leur tour les marches qui les mènent aux vestiaires.

— Plus personne à l'avant-poste? demande ton chef de groupe.

— Plus personne pour l'instant, ciao les gars! répond Al, du bas des escaliers.

Tu le regardes qui s'éloigne en traînant les pieds. Te demandes si tu as la même dégaine en fin de nuit. Al, vingt-trois ans de service, dont dix dans une brigade d'intervention. De l'énergie à en revendre, une pratique professionnelle bien rodée. Découvre des solutions pour chaque problème de quartier que son équipe doit gérer. Tu l'as baptisé le « dealer d'amour » tant il offre de sa personne et est respecté par les jeunes du quartier. Aussi par les casseurs et les caïds. Tu te dis qu'il est un véritable flic de quartier, un bon père et un exemple pour beaucoup. Les jeunes en rupture, ces jeunes qui ne sont finalement que des gamins ou des agitateurs – bien plus que des hors-la-loi – trouvent en lui un guide, une frontière, un tuteur ; ils le respectent et l'écoutent. Al leur a trouvé une occupation, un job ou simplement leur a tendu la main. Leur met une claque sur le visage aussi… de temps en temps. Il porte moustaches et tatouages, emploie des mots de rue. À l'occasion, il écrit des poèmes ; luminosité intellectuelle rare, intelligence du cœur.

— Rien de spécial ? demandes-tu à ton chef de groupe.

— Non, comme d'hab.

— Comment organise-t-on les patrouilles aujourd'hui ?

— Comme vous le voulez, mais pensez au jeune, pas qu'il soit seul.

Tu te tournes vers Pat.

— Ensemble ?

— Ouais.

— Cette nuit, je tourne avec Dom, pas d'inconvénients ? ajoutes-tu.

Dom tient à deux mains une tasse, souffle sur le café, acquiesce d'un signe de tête.

Ces matins-là, peu de mots sont échangés. Il fait sommeil, les lumières du jour tardent à pénétrer les cœurs. Les arômes de café, les odeurs de pain frais et de confiture, et parfois quand il fait frisquet, celles d'omelettes, de jambon à l'os, de lard et de jus d'orange, font presque oublier qu'il s'agit d'un commissariat. Tu imagines parfois un camp de base, dans la chaîne de l'Himalaya, ou une expédition scientifique dans le Grand Nord; risquer ainsi la vie en équipe. « Pensent-ils comme moi que quelque chose se passe, à l'instant même ? » t'interroges-tu.

Gégé s'assoit, ouvre un journal, parcourt les nouvelles internationales, secoue la tête. « Je suis à l'écoute, te dis-tu, j'entends battre les cœurs, j'attends ! Si quelque chose doit arriver, je l'accueille ! » Tu repenses au rêve : « Je survolais le monde, et les hommes... Que cela signifie-t-il ? Dois-je prendre plus de recul, voir au-delà des apparences ? Qui sont ces hommes, ces femmes que je côtoie dans le quartier, ces *clients* comme je dis souvent. Bien sûr, ils sont exclus, mais je suis exclu d'eux ! »

Dom interrompt tes pensées, demande un couteau à tartiner. Tu soupires, prends la main courante, la feuillettes et y lis les interventions de la nuit : du bruit dans un parc, un individu bloqué à l'extérieur de son domicile, des punks ivres qui font l'amour dans les toilettes publiques, une Alfa Roméo enroulée contre un arbre, une mémé qui n'arrive plus à refermer la porte de son appartement, une voiture qui gêne la sortie d'un parking souterrain, de la musique dans un immeuble, un accident de la circulation. De nouveau, un véhicule qui gêne, de nouveau, du bruit, de nouveau, une embardée. Plus tard dans la soirée, ce sont les bagarres, les escroqueries, les rackets, les différends entre voisins, le bruit aux sorties de boîtes de nuit, les vols, les alarmes, les agressions, les prostituées extorquées, les clients dérobés. En fin de nuit, les ébriétés, les embardées et ces conducteurs qui ne rentrent pas à la maison.

La sonnerie du téléphone retentit dans tout le commissariat. Le jeune décroche, se tourne vers le groupe.

— C'est la Centrale ! paraît qu'il y a une grosse bagarre rue du Midi.

— Dis qu'on y va.

Tu regardes Pat qui, d'une main, tient une tasse de café, de l'autre, une tartine aux groseilles.

— Putain ! dit-il

— Tranquille… finis.

Une odeur de pain grillé te file sous le nez. Dom se brûle les doigts en sortant deux tranches du grille-pain, les passe d'une main à l'autre en soufflant dessus, et du coin de l'œil cherche le beurre. Se lèche les babines. Pat engloutit sa tartine, avale d'une traite le café, se passe la langue sur les lèvres et se redresse. Tu le regardes agir et te dis que l'ours n'apprécie pas d'être dérangé à table. « Ça va jaser ! » penses-tu, et tu le précèdes. Tu inscris l'intervention et le numéro de la patrouille sur le planning de service. Prends les clefs du véhicule accrochées au tableau de contrôle. Sors du commissariat, casquette sur la tête. Sans sirène, sans gyrophare, te rends à la rue du Midi.

Sur place il y a du monde, et que du beau monde ! Les premiers de classe semblent s'être donnés rendez-vous. La plupart titubent et rotent, relents d'alcool. D'autres se tiennent droit comme des sentinelles, les yeux comme des phares de camion, encore debout par miracle. Dieu existe !

Tu interviens et prends les précautions d'usage.

— Centrale, de 657.

— À l'écoute !

— Un fourgon, il y a du monde à transporter.

— Bien compris.

Tu as repéré une meute de jeunes loups ; elle est là, proche, soudée et prête à en découdre avec le flic de quartier. Tu connais son fonctionnement. La meute se rassure de l'intérieur. Elle est forte, compacte. Crépuscule. Il fait sombre, tous les coups sont permis. Ils sont huit... contre deux. Les coups secs, précis, puissants. Les perdants à terre. Le sang s'écoule lentement. L'asphalte se teinte de cette couleur qui fait mal. Il fait froid. La meute se déplace comme un seul corps, elle est conscience collective. Latente... et prête à se manifester. Il n'est pas question d'honneur, la meute frappe pour gagner, frappe pour faire mal, frappe pour faire peur. Il n'y a pas d'ordres, pas de chefs, au mieux un leader momentané. Après elle se dissout, et chacun retrouve son autonomie. La meute disparaît. Il fait bon d'être en bande, on se sent fort. Ils sont huit, s'acharnent depuis plusieurs minutes sur deux corps inanimés.

Tu t'approches. Un petit gars s'avance.

— Enfoirés d'Albanais ! Ils nous ont provoqués, ont eu tort... ils l'ont payé. Racaille !

Tu comprends que leur seul tort a été de se trouver dans le quartier ; que leur seul tort a été de n'être que deux ; que leur seul tort a été de naître albanais.

Aujourd'hui, tu trouves les mots qu'il faut. Calmes le jeu. Tu es perplexe devant ton flot de paroles, tu es plus entraîné à cogner. Dom et Gégé arrivent avec le fourgon, d'autres patrouilles suivent... Elles ont entendu l'appel sur les ondes. Deux ambulances sont requises.

Sans résistance, menottés, les huit types montent à l'arrière du véhicule. Les lumières bleues des gyrophares se reflètent sur les bâtiments. Des têtes curieuses se penchent aux fenêtres. La foule sur le trottoir, derniers clients et oiseaux de nuit, regrette que l'action soit terminée. Les langues se délient.

— T'as vu ces cons ! encore des jeunes.

— Non, des étrangers...

— Pareil, les jeunes sont étrangers. Il n'y en a de plus en plus.

— Saloperie ! z'ont qu'à retourner chez eux.

— Viens, rentrons.

Tu les écoutes déblatérer tout en aidant les brancardiers à charger le deuxième blessé. La porte se referme, la sirène est actionnée, l'ambulance s'éloigne. Tu rejoins Dom et Gégé dans le fourgon, tiens à les accompagner. Pat suit en voiture. Les types sont assis à l'arrière, discutent à voix basse. Le fourgon est grillagé, à l'extérieur comme à l'intérieur. Sièges capitonnés. Le transport se passe sans esclandre.

Commissariat. La meute est identifiée: portugaise. Les types sont fouillés de haut en bas, de bas en haut; séparés et poussés dans le violon. Ils roulent les mécaniques, gueulent, injurient et accablent les Albanais.

— Rien d'extraordinaire, c'est un règlement de comptes, dis-tu à ton chef de groupe.

Il lève les yeux de son journal, hausse les épaules. Les règlements de comptes sont une activité courante dans le quartier. Ça paye! On déclare contrevenantes à la loi les personnes interpellées; leurs poches et porte-monnaie sont fouillés; et on réunit la somme nécessaire pour payer la contravention. L'argent chute dans les caisses de l'État. En souvenir, une quittance numérotée, remise aux contrevenants.

— Pourront toujours contester, marmonnes-tu.

Ayant terminé les contrôles d'identité, Pat vérifie si les deux blessés transportés à l'hôpital ne sont pas trop mal en point. Leur état de santé peut influencer la suite des événements.

— Ils ont des contusions, dit-il en se tournant vers toi, l'un est déjà ressorti.

— Super! Je les fous dehors.

Tu ouvres les portes. CLACK! timbre métallique. Tu accompagnes les types à l'avant-poste. Certains dessoûlent; yeux vitreux, bouche pâteuse… et l'air bœuf.

— Reprenez vos affaires et qu'on ne vous voie plus dans les parages.

Pat croise les bras, toise les bagarreurs. Sa musculature imposante fait l'effet escompté. Sans dire un seul mot, ces derniers farfouillent dans les boîtes numérotées, bouclent leur ceinture, remettent leur montre et leurs chaussures. Avant de tourner le dos, l'un d'eux, plus courageux, demande ce qu'est la quittance ; l'agite devant vos yeux.

— La facture ! pour le bruit et la bagarre, dit Pat en les dévisageant les uns après les autres. Question ? ajoute-t-il sur un ton menaçant.

Plus rien n'est dit. Les types sortent du commissariat. La porte se referme sur eux.

Dans la rue, vacarme assourdissant. On hurle !

— NOM DE DIEU ! crie Pat, qui se précipite déjà.

Tu te précipites à ton tour, fais voler les deux montants de la porte battante et rejoins ton collègue sur le trottoir. Comprends immédiatement la situation ; bagarre. Un type, batte de base-ball à la main, mouline vigoureusement. Les coups font mal. Ceux qui sont encore debout se protègent. L'un tente de fuir. Il est rattrapé, frappé dans le dos.

— STOP ! POLICE ! cries-tu.

Parole inutile. Dans le quartier, plus grand monde n'est impressionné par ces deux mots. Dom et Gégé viennent te rejoindre. Le bonhomme est encerclé.

— À TERRE ! LÂCHE ! STOP !

Le type mouline, mouline et mouline encore.

Dom prend l'initiative et se jette contre l'agresseur. Celui-ci titube une seconde et s'effondre. Quatre flics de quartier sur le dos, il beugle, le visage écrasé contre l'asphalte. Le danger est écarté. Le type suffoque. Les bras repliés dans le dos. Menotté.

Tu te redresses et vois deux des Portugais qui gisent sur le sol, se tiennent la tête à deux mains. L'un saigne abondamment. Tu regardes la rue, à droite, à gauche, les six autres se sont enfuis. L'agresseur est emmené à l'intérieur, tu t'approches des blessés.

— Montrez-moi ça.

Pour l'un, le nez est une orange au milieu du visage.

— Rien de grave, dis-tu.

Le type se redresse doucement en se tenant la tête, la penche en arrière. Tu t'approches du deuxième. Le crâne est touché, le sang s'écoule.

— Eh, viens par ici, demandes-tu à son copain.

Il s'approche et jette un coup d'œil sur la blessure. Nausées.

— Ne t'inquiète pas, rien d'extraordinaire, j'appelle une ambulance. Tiens-lui la tête à deux mains, que l'os ne s'écarte pas davantage.

La porte arrière de l'ambulance fermée, tu regardes le véhicule s'éloigner. Sirène hurlante. Tu jettes un coup d'œil à ta montre.

— À peine sept heures trente, et déjà trois ambulances.

Te retournes et jettes un coup d'œil au ciel. Lumière rasante. Le soleil se lève à l'horizon. Le ciel est bleu, un miroir. À l'est, une lumière douce et jaune. Les rayons du soleil sont horizontaux, projetés dans l'immensité des cieux. Seules deux raies de vapeur blanche traversent le firmament. À l'extrémité, tu distingues nettement la carlingue brillante d'un avion.

— Belle journée, marmonnes-tu.

Tu inspires profondément, le fond de l'air est encore frais. Alors tu gonfles tes poumons, te sens groggy. À l'ouest, encore visible à cette heure-ci, la lune brille comme une étoile, disque blanc, tacheté, qui semble à portée de la main. Tu baisses la tête, regardes par terre, vois les taches de sang, te penches et ramasses deux morceaux de bois.

— Nom de Dieu ! Ils ont réussi à fracturer la batte.

Tu rejoins tes collègues à l'intérieur.

— Eh les gars, voyez, dis-tu en déposant les deux parties de bois sur le comptoir.

L'agresseur est identifié comme le frère d'un des Albanais blessés. Il jure qu'il se vengera. Là encore une contravention est établie, encaissement, et l'affaire est réglée. Personne ne portera plainte, ils règleront leur différend un de ces soirs. « Pas dans le secteur ! » espères-tu seulement.

DRIIING ! La porte d'entrée s'ouvre et se referme sans cesse. Les escaliers grincent sous les pas des collègues qui arrivent sans discontinuer : équipes de jour. Et le téléphone sonne. Les plaignants dénoncent des véhicules mal garés qui ralentissent les livraisons ; annoncent la disparition ou l'endommagement de véhicules, ou encore dénoncent des cambriolages. Les matins, ce sont aussi des personnes disparues, des maris qui ne sont pas rentrés ou des personnes âgées qui ne répondent plus au téléphone. Tout se passe dans une certaine indifférence, encore une fois la routine s'est installée.

Et le patron descend les escaliers. Il serre le nœud de sa cravate et grogne contre le désordre qu'il a constaté dans les vestiaires, et comme chaque fois qu'il hurle, promet des sanctions exemplaires. Il cherche des yeux le stagiaire et demande au chef de groupe les raisons pour lesquelles son sac traîne dans un coin. Bourru, grand, cent douze kilos. Il est reconnaissable par son imposante silhouette et ses bacchantes blanches qui filent jusqu'à ses oreilles. Il totalise vingt-huit ans de service. De la vieille école, il règle les conflits par de violents coups de pied au derrière. Paternaliste, il s'emporte vigoureusement et cogne lourdement quand l'un de ses hommes est importuné. Tu l'as vu allonger des plaignants à l'avant-poste, les jeter à la rue sans ménagement. Il agit pareillement avec les soûlards ou les rupins. Il est apprécié dans le quartier pour son ordre et son sens de l'honneur. Plusieurs costauds ont fléchi les genoux sous ses coups, mais ne se sont jamais sentis humiliés. Tous les matins, il s'installe à la table de la cuisine et demande au plus jeune de lui préparer un café. « LA MAIN COURANTE… NOM DE DIEU ! » gueule-t-il alors. Sans un mot, l'un des chefs de groupe la lui tend. Les hommes savent bien qu'il lui faut une petite demi-heure pour se mettre en route. Ne pas le chatouiller et la journée se passera bien.

Avant de sortir en patrouille, l'équipe du matin est chargée de vérifier l'état général des véhicules d'intervention, ainsi que celui du matériel qui se trouve à l'intérieur des coffres et des habitacles. N'ayant pas pu le faire auparavant, tu prends les clefs des voitures et du fourgon, sors du commissariat ; Gégé t'accompagne. Dans les habitacles : menottes, caisse de premiers secours, extincteur, mitraillettes et cartouches. Dans les coffres : cônes, herses d'interception pour véhicules en fuite, bande de sécurité blanc et rouge, estampillée *Police*, cordes de remorquage, lampes clignotantes et roue de secours. Les réservoirs d'essence sont pleins, les pneumatiques sous pression, les moteurs tournent silencieusement.

— C'est tout bon ! dis-tu en fermant les portières à clef.

Le contrôle effectué, tu pousses la porte du commissariat et croises le patron qui vient de terminer la lecture consciencieuse de la main courante. Il n'est pas de bonne humeur, te fait signe d'approcher.

— Salut, patron ! Passé une bonne nuit ?

Tu cherches à l'amadouer.

— Ouais, ouais, foutez quoi à l'intérieur ? Il est presque huit heures. Prenez une voiture, je veux vous voir dans la rue… Compris ? Le chantier du flic, c'est la rue, nom de Dieu !

— Bien compris.

— Et que ça saute ! dit-il en t'interrompant sèchement.

Tu comprends qu'il ne faut pas insister, cherches des yeux Pat et lui fais un signe de tête.

— Prépares-toi, on est loin dans deux minutes.

Tu ramasses tes affaires, casquette, veste, gilet pare-balles et matraque, refermes derrière toi la porte du commissariat et t'installes à bord de la 657.

— En route !

Tu allumes le moteur. Jettes un coup d'œil en coin à ton pote, le vois reculer son siège et s'installer confortablement. Tu souris. Penses qu'il a bien l'allure d'un vieil ours mal léché.

Tu décides de rester dans le cœur du quartier. Circules dans de petites rues, vitres des portières abaissées. À l'approche de la voiture de police, les commerçants, affairés par l'installation de leurs étals, lâchent des : « Salut la maréchaussée ! » Les filles de jour croisent celles de nuit, discutent devant les entrées des bâtiments. Des employés de voirie balayent les trottoirs, poussent les saletés dans le caniveau, deux sont appuyés sur leur balai, discutent avec quatre filles adossées contre une vitrine, ils rient aux éclats. Des enfants courent, cartables sur le dos. Des livreurs s'énervent en poussant devant eux des chariots métalliques sur lesquels des bacs en plastique vert, rouge, bleu ou encore blanc sont posés, en un fragile équilibre. Des véhicules circulent lentement, cherchent un stationnement. Tu ralentis à la hauteur des cafés-restaurants, scrutes l'intérieur des établissements, fais des signes au personnel et à la clientèle.

Le fond de l'air est frais, le temps est aujourd'hui clair. Tu distingues les gazouillis d'oiseaux, vois des chats qui traînent entre les bacs déposés devant les épiceries, à la recherche de quelques denrées. Vois des pigeons, en groupe, batailler pour des miettes. Vois des souris s'échapper le long des caniveaux. Les enseignes lumineuses ne brillent plus, la clarté est ainsi naturelle.

— Passé une bonne soirée ? demandes-tu.

— Ouais, j'ai mangé chez mes parents, de la famille est venue pour quelque temps.

— Je parie que vous avez mangé des spaghettis ! Vrai ?

— T'es un as, tu sais ! répond-t-il en sourcillant.

Pat parle de ses origines italiennes. T'explique son attachement pour sa culture. Il raconte les vacances passées auprès de sa famille à Venise quand il était jeune garçon. T'explique avec enthousiasme, une fois encore, à quoi ressemble la ville ; labyrinthe de voies d'eau et de promenades. Il expose fièrement qu'elle compte quelque deux cents palais. Venise a vu naître sa grand-mère, la patronne à qui toute la famille doit le respect. Pat livre ses sentiments, aborde les problèmes d'une immigration économique et les difficultés pour son papa de vivre si loin de l'Adriatique.

— Ma grand-mère fait les meilleurs spaghettis à l'encre de seiche du monde. Crois-moi ! Pendant trois jours t'as la langue noire, ajoute-t-il, mais ce sont les meilleurs !

Tu sens bien qu'il ne faut pas le contrarier, il pourrait t'en vouloir sérieusement. Sang chaud. Sang d'Italie. Pat te donne encore quelques détails sur Sant'Alvise, un quartier populaire, et sur la Madonna dell'Orto. Il décrit avec émotion le paysage, le linge qui sèche aux fenêtres, les murs décrépits et les enfants qui jouent à la balle. Il image si bien qu'il fait presque sentir les suavités qui s'élèvent des tables des nombreux restaurants du Canareggio. Pat termine en peignant les sensations du prosecco, ce vin sec et pétillant.

Un œil sur la route, tu observes les rues s'animer. Écoutes attentivement, et te dis que la vie te réserve des expériences insolites. Debout à l'aube, déjà deux interventions derrière toi, et maintenant tu écoutes un type, ton pote, dans cette sordide voiture de flic de quartier, livrer ce qu'il a sur le cœur. Alors tu accueilles ses confessions comme un cadeau. Tu te dis que dans ce secteur, dans les entrelacs des bâtiments, eh bien, il est possible de découvrir toutes les villes d'Europe.

— Gare-toi ! dit Pat
— Pourquoi ?
— J'ai vu Momo au Zézou Bar.
— Il rentrait ou sortait ?
— Rentrait !

Momo, dit *la mâchoire*, ancien boxeur congolais. En attente d'une hypothétique régulation de papiers. À ces heures matinales, Momo s'amuse à la provocation, cogne sec... et souvent. Au petit matin, il est impensable de le trouver à jeun, il est plein comme une outre et assurément de méchante humeur. Son surnom lui a été donné en raison de la proéminence de sa mâchoire, mais aussi parce qu'il est inutile de chercher à lui frapper le menton, tu t'y brises les phalanges. Le cogner dans l'estomac et ce sont ses abdominaux qui te font comprendre que Momo est avant tout une mâchoire et des muscles. Noir ébène, lèvres épaisses, dents blanches, nez large, épaules arrondies, bras longs, noueux, et jambes puissantes : une machine de combat.

Momo respecte les flics de quartier, sait qu'ils sont aussi vicieux que lui. Il reconnaît que quand deux, trois, quatre flics lui tombent dessus, il lui faut plusieurs jours pour se remettre d'aplomb. Tu te dis que tout est dans la technique d'approche. Si d'entrée tu l'agresses, il va falloir en découdre... pour l'honneur. Au contraire si tu le valorises, Momo comprend le message et cesse de faire l'idiot. En tant qu'ancien sportif, il lui reste quelques règles de savoir-vivre. En outre, si Momo est en Europe, c'est qu'il a du sang sur les mains, a combattu le régime dictatorial de Mobutu ; savoir sauvage, savoir de guerre.

Rien d'étonnant de trouver un type pareil au Zézou Bar, bistrot pour costauds. L'établissement se trouve dans un vieux bâtiment, aux échafaudages qui soutiennent les murs depuis de nombreuses années. Les filles y sont laides, plutôt âgées, et les caresses effectuées sous les tables. Tout peut arriver ! Voilà pourquoi, flic de quartier, tu n'hésites pas à y passer régulièrement. « Pas vraiment pour le plaisir, expliques-tu, mais pour contrôler ce qui s'y passe. Apprendre qui est de retour dans le quartier, les derniers ragots, les prochains coups, ou simplement pour se montrer. »

Tu gares le véhicule à proximité. T'approches de la porte d'entrée et poses la main sur la poignée en métal. Ouvres brusquement. Il fait noir. Fumée. Les verres s'entrechoquent. L'aménagement intérieur, quelconque. Tables endommagées, bois brun. Chaises abîmées, bois brun. Face à l'entrée, un comptoir, plateau ondulé, bois brun. Au mur, un miroir en partie brisé. Dans le fond, à ta gauche, un baby-foot, poignées usées. Un flipper mécanique et un vieux juke-box, Wurlizer, aux quarante-cinq tours des années discos.

Il est inutile de dire bonjour, ici personne ne répond, pas même au flic de quartier. Tu avances tranquillement, observes la salle, scrutes les visages. Tu reconnais la plupart des types, reconnais toutes les filles ; tout le monde te dévisage un instant. Les conversations reprennent. Dans ces lieux, une seule remarque désobligeante, et tu contre-attaques aussi sec. Tu sais que Pat est à tes côtés, te dis qu'il fait bon d'être accompagné, alors avances plus en avant dans la fumée. Repères Momo au comptoir, en grande conversation avec deux autres Blacks. Plusieurs verres de bière sont posés sur le bar. Momo gesticule, bascule d'une jambe sur l'autre, fait son cirque, mime des mouvements de boxe. Tu t'approches.

— Salut, Momo.

Il se retourne et fait face.

— De retour ? Ça fait quelque temps qu'on t'a pas vu par ici ? dis-tu.

— De retour, répond-t-il, les yeux brillants comme des étoiles. Un problème ?

Il sent le mauvais vin. Tu enchaînes.

— Content de te revoir ici, Momo ! Nom de Dieu ! t'as encore pris du muscle.

— Ouais, je m'entraîne pas mal.

— Où ça ?

— Dans les bars.

Momo se marre, prend un verre posé sur le comptoir, le porte à sa bouche et avale une bonne gorgée. De la bière s'écoule de la commissure des lèvres, sur le menton, pour terminer sur le t-shirt. Momo porte toujours des t-shirts serrés, très serrés.

— Dans les bars ! Toujours pas finies, les histoires ? Les types que t'allonges doivent t'en vouloir à la longue ?

— Et alors, je ne fais que me défendre.

Pat se manifeste, roule les épaules.

— Comment vas-tu, Momo ?

— Bien, bien, toujours en attente des papiers. Vous buvez une bière ?

— Merci, pas tout de suite, t'as vu l'heure ?

Momo se retourne. Tant bien que mal, essaye de lire l'heure sur l'horloge William Grant's accrochée au-dessus du miroir brisé.

— Sept heures quarante-cinq… Grand Dieu ! dit-il en titubant.

— Gagné, répond Pat.

— Vois-tu, on est de service, ajoutes-tu, et à ces heures-ci on carbure au café.

Momo sourit. S'approche et entoure de ses bras tes épaules et celles de Pat.

— Deux cafés pour mes flics préférés !

Les deux Blacks, restés jusqu'à présent silencieux, se manifestent. L'un d'eux jette son verre sur le comptoir où il se brise. Le liquide se répand. Mousse blanche.

— T'es un enfoiré, Momo ! Tu fréquentes ce genre de pourriture ?

Rapide comme l'éclair, Momo écrase son verre sur le visage du pauvre type qui n'a rien vu venir. Alcool, sang et morve éclaboussent les personnes à proximité. Le bonhomme s'efface. S'allonge de tout son long. George, le barman, leste et rapide, saute par-dessus le bar et se plante devant Momo.

— ARRÊTE ! crie-t-il, en écartant les bras.

— Dégage ! j'vais pas laisser insulter mes potes.

Pat n'a pas bronché. Toise la clientèle, évalue la situation.

— PERSONNE NE BOUGE ! l'entends-tu crier.

Tu sais que, si la situation devait dégénérer, il serait prêt à faire un carton. Tu te décides donc à calmer Momo et le bouscules sèchement en lui frappant l'épaule, la paume ouverte.

— Joli coup, merci, mais arrête tout de suite, Momo !

Il serre les dents et fixe ses yeux noirs dans les tiens. Tu soutiens son regard. Penses qu'il a vraiment une gueule impressionnante, et que seuls les Blacks savent dévisager de cette façon, profonde. Tu sens qu'il se calme, sa respiration devient plus régulière. Momo ferme à demi les paupières, rote et se retourne. S'appuie contre le comptoir et demande qu'on lui serve une bière. Tout semble calme. La clientèle n'a pas réagi, à peine levé un œil. Pat se détend et te rejoint.

— Eh Momo, dis-tu à voix basse, on peut te faire confiance ? Pat et moi, on bosse ce matin, on n'aimerait pas devoir t'embarquer, tu vois ce que je veux dire ?

Quelques instants s'écoulent, rien d'autre n'est dit. Alors Momo se tourne et penche la tête.

— T'inquiète pas, je ne vous ferai pas chier.

Clin d'œil. Tu regardes encore sa nuque, épaisse, ses biceps, ronds, et penses que t'as de la veine qu'il te respecte. Vois aussi ses yeux noirs, brillants… et malheureux ! Tu te dis que Momo n'est qu'un animal blessé ; blessé comme les terres du Congo, éventrées pour leurs richesses. Tu lis chez lui les craintes primitives, les exécutions sommaires, tu vois un peuple qui, à chaque coin de rue, doit se méfier de la police militaire.

— Allez, Momo à bientôt, et reste tranquille, finis-tu par dire.

— Bye, Momo, ajoute Pat.

Tu regagnes la porte d'entrée, la maintiens entrouverte. Pat passe devant toi. Jettes un dernier coup d'œil avant de refermer. « Tripot pourri ! » te dis-tu, et sors à ton tour.

Sur le trottoir, Pat te regarde en souriant.

— Et le type, la gueule défoncée ? demandes-tu.

— Défoncée, comme tu dis, mais il avait déjà une sale gueule, tu ne trouves pas ?

— Tu penses qu'il aurait fallu un médecin ?

— J'crois pas ! Ils s'en occuperont.

Tu lui fais confiance. Hausses les épaules. Te rappelles une intervention au cours de laquelle un ivrogne s'était fait ouvrir le crâne. Au commissariat, le médecin de service a demandé de l'aide, fallait qu'il recouse sur place et rapidement. Pat s'est proposé. Après avoir enfilé des gants de plastique, il a posé son pouce sur la plaie et le médecin a suturé. Depuis ce jour, Pat est préposé aux urgences médicales. N'est nullement impressionné par les blessures… quelles qu'elles soient.

Tu souris à la pensée de ces situations invraisemblables et à ton métier pas comme les autres. Prends une grande inspiration et proposes de faire quelques pas.

— J'en ai assez de la voiture, dis-tu.

— Pourquoi pas, répond Pat en levant les sourcils.

La casquette sur la tête, col relevé, tu ouvres légèrement ta veste, et sens l'air frais qui pénètre à l'intérieur. Tu te sens bien.

Une cinquantaine de mètres, à droite, une vingtaine, à gauche, au passage tu regardes les vitrines des commerces. Une épicerie africaine, une boulangerie française, un cordonnier italien, un bijoutier grec, un magasin d'habits, mode américaine, et une kyrielle de cafés-restaurants. Sur les trottoirs, des panneaux noirs aux inscriptions à la craie blanche, détaillant les plats du jour : viande ou poisson, petits légumes ou riz, accompagnés de salades et de fromages.

Une trentaine de mètres, et tu aperçois T'schou, le Chinois. Comme à son habitude, il se tient debout à la porte de son établissement.

— Salut, messieurs, dit-il.

— Salut, T'schou, comment vas-tu ?

— Bien, prenez un café ?

Tu regardes Pat. Il acquiesce.

— Ouais !

Peu de clients se trouvent à l'intérieur. Deux types accoudés au comptoir, un troisième assis à une table, un quotidien local entre les mains, et une serveuse, chinoise. Jupe noire, chemisier blanc, chaussettes blanches, elle astique énergiquement l'immense miroir accroché derrière le bar.

— Yu Fei, s'il te plaît ! sers deux cafés à ces messieurs, demande T'schou.

La jeune fille pose son torchon et s'approche de la machine à café.

Tu choisis une table, t'assois face à l'entrée, habitude des flics de quartier pour éviter de recevoir un mauvais coup dans le dos. Pat s'assoit à ta gauche. Non fumeur, tu repousses le cendrier en verre bleu, publicité Gauloises, et poses les coudes sur la table. T'schou reste debout, dit quelques mots à propos des dégâts occasionnés quand Jean-Pierre s'était frictionné avec José. Il ne lui en veut pas, ajoute qu'il doit passer d'une minute à l'autre livrer des bouteilles. « Tiens, Jean-Pierre travaille maintenant, penses-tu, content pour lui. » T'schou explique que les affaires vont mal, que ces derniers temps il a perdu passablement d'argent et ajoute que de la famille est arrivée de Chine, ces jours-ci et loge chez lui. Tu jettes un regard amusé à Pat.

— Attention, T'schou ! tu sais que ça coûte cher de loger des clandestins, dis-tu en regardant Yu Fei.

— Pas de trafic, répond-t-il, étonné. Ce sont des cousins !

Il parle d'autre chose, de la pluie et du beau temps.

Tu connais T'schou depuis de nombreuses années, et s'il te parle de sa prétendue famille, tu sais qu'il te passe un message, t'avertit en quelque sorte. S'il devait avoir des problèmes avec les services d'immigration, il pourra toujours se défendre en jurant qu'il en avait parlé à un flic de son quartier.

Les cafés sont servis. Tu observes le visage de Yu Fei. Rond, teint pâle, nez large, yeux en forme d'amandes, noirs. Bouche ronde, lèvres roses, légèrement entrouvertes. Dents blanches. La peau lisse, pas une seule ride. Les cheveux noirs, tirés en arrière, queue de cheval. Yu Fei ignore ton regard, toutefois rougit et retourne derrière le comptoir. Tu as constaté que ses mains étaient lisses comme son visage, doigts fins, blancs, ongles courts, sans vernis.

La porte d'entrée s'ouvre. Jean-Pierre entre. Pousse devant lui un diable à six roues sur lequel sont empilées cinq caisses en plastique, estampillées de différentes marques de bière.

— Bonjour tout le monde !

Il s'arrête, jette un coup d'œil rapide sur la clientèle et t'aperçoit, ainsi que Pat. Il fait un signe et vient à ta rencontre.

— Salut, les gars.

— Salut, Jean-Pierre.

— Voyez, je bosse.

— Ça fait plaisir, tu peux le croire.

— Et… et T'schou ne m'en veut pas pour l'autre soir.

— J'ai appris, c'est tant mieux. Et la Ginette ? Je l'ai trouvée pâlotte l'autre jour.

— Ginette ! T'es pas au courant ?

— Au courant de quoi ?

— Ben, elle est… morte.

Surpris, ton regard passe de Pat à Jean-Pierre, de Jean-Pierre à Pat. À voir le visage de ce dernier, tu comprends qu'il apprend la nouvelle en même temps que toi.

— Morte ! La Ginette ! Comment est-ce possible ? Excuse-moi, je n'en savais rien. Mais comment ?

— T'excuse pas, tu ne pouvais pas savoir.

— Mais comment ?

— Hier après-midi elle s'est allongée, se sentait fatiguée. Elle ne s'est pas réveillée. Voilà tout ! simple, tout con, elle s'est endormie et, au revoir les amis !

— … et au revoir les amis ! répètes-tu.

— Je suis content, j'étais là. Tu sais, elle n'avait plus grand monde autour d'elle.

Jean-Pierre se tait quelques instants, cherche les mots, avale plusieurs fois sa salive.

— C'est con, mais j'étais vraiment content. Trop souvent les filles, dans le quartier, crèvent comme des chiennes… seules. Après tout ce qu'elles ont donné.

Il se tait un instant, te regarde dans les yeux.

— J'étais là !

Silence. Un ange passe. Yu Fei et T'schou semblent s'être arrêtés de respirer. Pas un bruit. Pas un souffle. Arrêt sur image. « C'est incroyable » penses-tu, et lentement, très lentement, portes la tasse de café à tes lèvres. « Putain, c'est dans un bistrot que j'apprends la nouvelle, et par Jean-Pierre, comment est-ce possible ? »

— Et sa dépouille ? demandes-tu en te raclant la gorge.

— Une équipe de filles s'en est occupée. Tu sais, elles cotisent. Ginette sera ensevelie à Saint-François, lundi, sans cérémonie. Il y a aussi quelques commerçants qui ont réuni une petite somme, T'schou par exemple.

Un client pousse la porte d'entrée, jettes un coup d'œil à l'intérieur et entre. La porte grince et les affaires reprennent.

—Jean-Pierre, dis-tu, je ne sais pas tellement quoi te dire, content pour ton boulot et merci pour l'info.

Il fait un clin d'œil et te passe la main par-dessus la tête.

— À bientôt ! dit-il

Jean-Pierre se retourne et file au fond de la salle, y dépose les caisses. Tu vois qu'il a les yeux bien humides, qu'il doit foutrement se retenir de ne pas pleurer. Tu penses alors que Jean-Pierre, Ginette, et tous les autres exclus, pauvres et chiffonniers, t'ont bien plus remué que n'importe quel autre bonhomme, que n'importe quelle autre bonne femme. Tu penses que Jasmine, Ginette et bien d'autres, ombres spectrales, ont envahi tes sens ; aujourd'hui ils t'habitent et te guident. Compassion. Tu ressens une immense énergie dans la poitrine, des larmes te montent aux yeux.

— Combien on te doit, T'schou ? dit Pat en levant la main.

— Rien, passez plus souvent, ça fait toujours plaisir.

Tu profites de la diversion ainsi faite pour te lever. D'un hochement de tête, tu salues T'schou, Yu Fei et les clients. Tu emboîtes le pas à Pat. Avant de sortir, te retournes. Le café est sombre, les lumières de l'extérieur pénètrent difficilement la pièce, la poussière reste en suspension. Chacun a repris sa place. Scénario impeccable. Yu Fei astique son miroir, Jean-Pierre et T'schou discutent dans le fond, les deux types sont accoudés au comptoir, le lecteur du quotidien est toujours assis et le dernier client entré s'est installé près de la vitrine sale. L'établissement sent la fumée, le bois, l'alcool et les peines. Un rayon de soleil se fraye un passage entre les salissures collées contre les vitres et les poussières. Traverse la pièce et dessine une auréole contre l'un des murs.

« La Ginette ! » penses-tu.

Lumière. Air. Tu tombes nez à nez avec Roger, l'astiqueur des trottoirs.

— Salut, les poulets.

— Salut, Roger, matinal…

— Faut bien !

— Tu attaques les trottoirs à cette heure-ci ?

— Eh ! Eh ! Pas tout de suite, mais j'ai ma brosse à dents. D'abord un p'tit café.

— Bonne journée, et que ça reluise.

— T'en fais pas.

Tu souris, rattrapes Pat qui s'était éloigné.

— Vraiment barjot, ce mec, te dit-il.

Tu réfléchis un instant avant de répondre.

— Il vit son rêve, est à côté de la plaque, mais vit son rêve.

Pat ne dit rien, marche les mains dans les poches.

— Dis-moi, mon pote, t'as jamais eu le sentiment d'être inutile ?

Il prend son temps pour répondre.

— Fous-toi pas des trucs pareils en tête ! Utile ou inutile, tu ne le seras qu'à la fin. À… la… fin, répète-t-il. C'est comme une médaille, pile ou face, à toi de te sentir bien dans tes baskets.

Tu l'écoutes attentivement, regardes au loin la rue et les hommes.

— Tu sais, j'ai parfois l'impression de pas en faire assez. Depuis plus de dix ans je suis flic et… et qu'est-ce que ça m'a apporté ? Je dors mal, je mange mal, je rencontre des gens tristes, ne gère que des problèmes, et tu sais comme moi que l'on enferme toujours les mêmes, de pauvres types. Les vrais escrocs, ceux qui tiennent par les couilles nos patrons, eh bien ! ils semblent être touchés par la grâce... présidentielle.

— Arrête ! Tu vas péter une durite. Tu vois, je besogne quelques jours, je fais ce que l'on me dit et... m'en fous de ces conneries. À longueur de journée je prends des plaintes à la con, je les prends sans rien dire. On me demande de respecter un quota pour étiqueter les pare-brise, alors j'étiquette. J'interviens auprès de hauts fonctionnaires mal pris avec des filles, ou complètement bourrés, et j'interviens... Je ferme ma gueule. Tu sais le monde tourne comme ça depuis trop longtemps pour que je puisse y changer quelque chose. Alors pourquoi se prendre la tête avec des idées existentielles ? Profitons de la vie ! En congé, je pousse de la fonte, travaille ma musculature, me nettoie l'esprit, je ne demande rien... jamais rien.

Silence. Tu apprécies Pat pour son pragmatisme. Cependant te répètes en silence : « Qu'est-ce ce que ça m'a apporté ? Qu'est-ce que ça m'a apporté ? » et t'interroges sur l'égoïsme avec lequel tu appréhendes la vie. Te dis que ce rayon de lumière, contre le mur, contre la pierre, de ce bistrot de quartier, troquet pourri, eh bien ce rayon de lumière n'est autre que Ginette, partie dans la solitude absolue, n'est autre que Jasmine, partie dans la peine. N'est autre que Jean-Pierre, la gueule fracassée contre la tuyauterie. Et Angélica, qui s'effondre à tes pieds. Et ce Maghrébin bousculé par le véhicule de service. Et le concierge d'hôtel que tu as méprisé. Toutes ces personnes que tu ne vois pas, que tu regardes, certes, mais que tu ne vois pas. « Et pourtant, te dis-tu, je suis là, auprès d'eux ! »

— Pat !

— Ouais.

— Excuse-moi, je te laisse, j'ai quelqu'un à rencontrer. Je te contacte quand j'ai terminé. En cas d'urgence appelle-moi sur les ondes, dis-tu en lui remettant les clefs de la voiture.

Il t'observe du coin de l'œil, l'air mauvais, vieil ours, mais ne dis rien. Tu souris, fais quelques pas rapides, accélères, et cours à travers la rue. Cours sur ces trottoirs, entre ces personnes perplexes de voir un flic de quartier si pressé, entre les voitures stationnées et les véhicules de livraison. Tu sens l'air frais sur le visage et tu sembles d'une légèreté infinie. Cours sans même t'essouffler. Contournes un bâtiment, puis un deuxième et un troisième. Bouscules un groupe de touristes agglutinés devant la porte de leur autocar. Cours, enjambes plusieurs sacs à ordures, déposés en travers du trottoir. Cours, traverses la chaussée, plusieurs véhicules freinent brusquement. Cours, sautes par-dessus la chaîne qui délimite la zone piétonne. Cours, cours et enfin ralentis à la hauteur des colonnes cannelées et du couloir, sol pavé. Au bout… le puits et l'auberge des Francs Pèlerins.

Tu t'arrêtes un instant, observes attentivement la structure du bâtiment. «Je ne suis jamais venu dans la cour», te dis-tu. Pierres taillées, petites fenêtres à carreaux, cadres en chêne massif. Poutres apparentes en bois foncé, qui s'entrecroisent dans les murs, de part en part. Au premier étage, dans l'angle de la maison, une poutre sculptée. Représente un pèlerin, en habit d'époque, couleurs rouges, bleues, marron et jaunes. L'homme porte un haut chapeau, tient un bâton et une besace. Tu distingues une inscription, t'approches: 1602.

Le cœur battant la chamade, tu fais quelques pas. Montes trois marches et pousses énergiquement la lourde porte en chêne. Au centre, un vitrail de couleur jaune laisse entrevoir des ombres.

L'homme est au comptoir, se retourne.

— Bonjour, mon jeune ami, dit-il sans surprise, justement j'ai à vous parler.

Désorienté, tu l'observes sans dire un mot, le souffle coupé.

— J'allais partir, prenons un café, dit-il en te faisant signe de t'asseoir.

Il passe auprès de toi, te touche l'épaule et s'assoit dans un fauteuil confortable. Pieds larges, bois massif, revêtement de tissu au dessin représentant une chasse à courre, chevaux et cavaliers… gros gibier à l'agonie, horde de chiens impitoyables. Tissu vert foncé, brun marron, bleu royal, fixé par des rivets en métal doré. Tu foules une moquette épaisse, bleue, imprimée de fleurs de lys, blanches. Tu t'assois face au pèlerin. Entre vous deux, une table en verre, un napperon blanc. Quelques prospectus publicitaires, des cartes de visite, un plan de la ville et un guide des *Relais et Châteaux d'Europe.* À ta droite, une fenêtre à huit carreaux, rideaux blancs, léger voilage, et en dessous, un ancien radiateur en fonte, vert bouteille. Au-dehors, il y a les hommes.

Silence. Le pèlerin t'observe, tu soutiens son regard. Il s'adosse confortablement, pose ses coudes sur les deux accoudoirs en bois massif, croise les doigts et… ne dis rien. Plusieurs minutes s'écoulent ainsi, lentement. Gêné par le silence, tu hésites, te hasardes, te reprends, et finalement te jettes à l'eau.

— Écoutez, j'ai l'air un peu bête, mais au commissariat vous m'avez parlé d'un souffle, comme la vie… et c'est la fin ! Quelle fin ? Quel souffle ? Il y a ces gens, il y a ce quartier, il y a cette détresse que je sens au fond de moi. Il y a ce rêve, je suis un souffle, je suis un flic… je ne sais plus trop bien, et il y a l'Afrique, cette femme noire, ce message, et, et vous débarquez dans mon commissariat, vous me parlez d'un souffle, de Compostelle…

— En effet… mon jeune ami.

— Et hier après-midi, votre regard, alors que j'embarquais le gamin.

— Je vais vous expliquer… Écoutez-moi.

Tu te tais, baisses les yeux et fixes la table de verre. L'homme prend alors une légère inspiration, s'avance légèrement et pose ses coudes sur ses genoux. Vous avez une profession exigeante, commence-t-il par dire.

Hésite un instant et reprend.

— Je sais de quoi je parle, j'ai été policier. Un flic, quoi.

Tu hausses les sourcils. Regard surpris.

— Oh oui ! je sais bien, j'en ai plus l'air. Mais j'ai aussi porté les cheveux courts, et une arme à la ceinture, et dans une grande ville. Mais c'est une autre histoire. Cependant voilà pourquoi je n'hésite jamais à entrer dans un commissariat pour demander ma route... mais passons.

D'une main, il fait mine de chasser une mouche.

— Alors j'ai tiré vingt ans, quinze ans dans les stups et la misère, me suis pris pour un héros. Le flingue à la ceinture, et la loi pour moi. Pas d'horaires, une véritable passion pour mon métier. Je courais après de petits vauriens... des grands quelquefois, jouais au chat et à la souris.

Il reprend sa respiration, jette un coup d'œil entre les carreaux de la fenêtre.

— Et ça été la fin ! la fin de ma vie de famille. La fin de mes rêves, la fin de tous les espoirs du jeune gars que j'étais auparavant. Je me suis perdu, et je ne me suis rendu compte de rien. Jusqu'au jour... jusqu'au jour où j'ai planté des pruneaux dans le dos d'un type qui se faisait la malle. Deux pruneaux, mon jeune ami... et l'enfer. Je passe les détails de l'instruction. Ça a été cinq ans de galère. Et là il n'y a plus eu personne. J'avais donné les plus belles années de ma vie pour la grande maison, et plus personne.

Silence. Tu observes ses cheveux argentés, étincelants sous l'effet d'un rayon de lumière.

— Ma femme est partie, et tu sais quoi ? Eh bien je la comprends aujourd'hui. Mes enfants étaient adultes et pas trop fiers de savoir que leur père était un meurtrier. Et moi seul, seul dans une chambre meublée, louée chez l'habitant. Quarante-deux balais et seul, voilà le destin d'un bon flic de quartier. Quarante-deux ans et seul ! Alors j'ai sombré, pas mal picolé, me suis rendu compte de rien.

Il s'approche de quelques centimètres.

— Jusqu'au jour où j'ai compris, dit-il doucement.

Un silence pesant fait place aux mots. Absorbé par son récit, tu avales ta salive, ne quittes pas le pèlerin des yeux. Il recule dans son fauteuil, pose à nouveau ses bras sur les accoudoirs et inspire profondément.

— J'ai compris que j'étais resté dans une forme de léthargie, de sommeil éveillé si tu préfères. J'avais tout accepté, j'ai compris qu'à l'école déjà, je ne m'étais jamais révolté, je n'avais jamais douté. Et ça été l'armée, j'étais un excellent soldat, toujours prêt à répondre présent... toujours présent. Alors je ne pouvais qu'être un bon flic, et j'ai été bon, je te l'assure.

Il se tait, baisse les yeux à son tour.

— Et alors ?

— Je me suis secoué, me suis mis un pied aux fesses. J'ai pris un bâton et suis parti sur les routes de France et de Navarre, aujourd'hui je file à Jérusalem. Je me suis arrêté, je suis reparti, et me suis arrêté encore. Aujourd'hui j'écris, je témoigne de l'aventure et rédige à l'intention de ceux qui, comme moi, ont attendu, ou attendent encore, et n'osent pas se rebeller, n'osent pas vivre ce qu'ils ont au fond du bide. Tu comprends, jeune ami, vivre ce que tu as au fond de toi. Sache que la vie est courte ! et demain, écoute-moi bien, demain, t'as rendez-vous à Samarkand, jeune ami, Samarkand !

Tu l'observes sans dire quoi que ce soit. La tête en feu. Les propos de cet homme te bouleversent. Tu as le sentiment que les pièces d'un mystérieux puzzle trouvent leur juste place. Samarkand ! Le périple au bout du royaume, l'invitation au voyage, les espaces à l'infini.

— Bien, jeune ami ! revenons à toi.

— Revenir à moi ! c'est exactement cela mon problème, je reviens toujours à moi.

— Tu vois, j'ai fui. J'ai su rebondir certes, mais j'ai fui. Flic de quartier, j'aurai aussi pu comprendre les gens et leur porter secours. Prêter plus d'attention à ma famille, à mes proches. Ne fais pas ce genre de conneries, bats-toi, n'accepte rien sans douter, sans tout remettre en cause. Flic, tu es si proche des hommes, apporte ton aide, quelquefois un sourire suffit. Tu es fort, alors protège, ne condamne jamais. Écoute-moi bien : ne condamne jamais !

La dernière phrase est dite avec force et caractère. Tu restes silencieux. Réfléchis un instant.

— Vous avez dit que vous étiez seul ?

— Seul, en effet. J'ai longtemps cru faire partie d'une famille, mais quand j'ai flingué… personne n'a retroussé ses manches pour me venir en aide. J'ai appris ce jour-là que je faisais un métier d'homme de peine. Et rappelle-toi ! pour la plupart, ils sont endormis.

— Qui ça, ils ?

— En haut ! dit-il en pointant l'index en direction du ciel. Technocrates, carriéristes, ambitieux, des aveugles. Les ressources humaines sont confondues avec la productivité ! Ils parlent de mathématiques, vomissent des statistiques, alors qu'en tant que flic de quartier t'es dans la rue. D'homme à homme ! Ils ne peuvent pas comprendre, mais c'est sans importance.

— Sans importance ?

— Sans importance aucune… crois-moi. Garde la route et rappelle-toi ta mission, protéger et servir, servir la société, jeune ami… la société et non quelques leaders politiques, ou encore des cadres supérieurs en mal de reconnaissance.

— Mais comment faire si je me mets en porte-à-faux avec ma hiérarchie ?

— Les chemins d'une vie sont parcourus de pierres qu'il faut savoir enjamber. Si elles sont trop grosses, si ce sont des rochers infranchissables, alors c'est qu'il faut prendre un autre chemin jeune ami… un autre chemin.

Silence. Tout à coup le pèlerin s'avance, regarde en coin, de tous côtés.

— Tu m'as parlé d'Afrique ? d'une femme noire ? dit-il doucement en fronçant ces sourcils argentés.

— Oui ! une femme merveilleuse, réponds-tu. Je ne suis sûr de rien, mais j'ai fait l'amour avec elle. Enfin, je crois ! L'amour comme jamais je ne l'avais fait auparavant. Et ces paroles... c'est étrange.

— Et en Afrique ?

— En Afrique, en Afrique du Sud exactement, dans la région du Natal. Dans une grotte, un chaman m'y avait fait entrer.

Il réfléchit un instant avant de répondre. Regarde par la fenêtre.

— Et tu n'as pas compris ?

— Pas compris ?

— Une passeuse ! dit-il d'une voix rauque. Une passeuse, jeune ami.

Tu le regardes, perplexe, sans vraiment comprendre.

— Qu'a-t-elle dit ? demande-t-il encore.

— M'a parlé d'Afrique, de don, de souvenirs. Elle m'a aussi demandé de sentir, toucher et caresser...

— Une passeuse ! il n'y a pas de doutes.

— Qu'entendez-vous par « une passeuse » ?

— T'as eu de la veine, petit, elle aurait aussi pu te garder.

— Me garder ?

— Oui, c'est comme la faucheuse.

Tu lui jettes en regard suspicieux.

— La mort, quoi ! s'exclame-t-il, dis voir ! t'es lent à comprendre. Elle t'a approché et t'a... on peut le dire, initié, en quelque sorte.

— Initié ?

— Oui, si t'es ici aujourd'hui pour en parler, c'est qu'elle a apprécié ta présence. Sache que la passeuse est femme, nécessairement femme. Car, vois-tu, les femmes sont des passeuses, elles remettent la vie en jeu, et passent, à leur tour.

Silence. Le pèlerin tend son bras droit et pose sa main sur ton épaule, te sourit. Tu sens une certaine force, de la chaleur et comprends que ce type est inspiré. Tu baisses les yeux et fixes la table en verre, sans rien dire. Silence. Il t'abandonne dans tes pensées.

— Au revoir, cher ami, n'abandonne pas. La vie s'écoule. Crois en l'homme.

— Mais qu'est-ce que j'en fais, de ma passeuse ?

— Rien, il n'y a qu'elle qui sache pourquoi elle t'a épargné. Et peut-être toi, mais visiblement tu n'es pas encore prêt. Ça viendra un jour, ou jamais, dit-il en posant son chapeau brun en cuir sur la tête.

Tu l'observes bouger, lentement, gestes sûrs. Il t'impressionne par sa stature. Te fait penser aux compagnons du devoir, ces hommes francs et loyaux qui parcourent les routes d'Europe pour apprendre leur métier.

— Il me semble que tu trouveras des réponses en voyageant, jeune ami, peut-être… peut-être. C'est une femme africaine qui t'est apparue, ne l'oublie pas.

Échange d'une franche poignée de mains.

— Bonne route, jeune ami.

— À vous aussi.

Avant de te quitter, l'homme te tend un médaillon.

— Tiens, il est pour toi, je n'en ai plus besoin.

L'objet te tombe dans la main. Alors le pèlerin se baisse, ramasse son sac déposé à ses pieds, prend son bâton appuyé contre une paroi et quitte l'auberge. Tu le vois qui s'éloigne, il emprunte le passage, il disparaît. Il ne s'est pas retourné.

Tu ne sais pas que penser. Jettes un regard sur le médaillon. Petite boule en métal doré, accrochée à un lacet en cuir. Tu la fais tourner dans la paume de ta main, découvres un minuscule interstice. Le grattes avec l'ongle et le bijou s'ouvre, se déploie en croix chrétienne. Alors six petites pyramides minutieusement gravées s'offrent au regard. Sur chacune d'elle des formes géométriques, des symboles à découvrir.

Époustouflé par la beauté de l'objet, plein d'espoir et de gratitude, tu ne retiens pas l'émotion que tu sens monter en toi. « Le voyage se nourrit du voyage, le voyageur chemine vers son perfectionnement », te dis-tu simplement. Pour la première fois depuis bien des années, tes yeux se brouillent de larmes. Sur l'affiche de *La Flûte enchantée*, fixée contre le mur au-dessus de ton fauteuil, encadrement en bois, dorures peintes à la main, un mystérieux personnage, paré de plumes vertes et d'un bec rouge, t'observe. Papageno te fait un clin d'œil.

Tu traverses le hall, ouvres la lourde porte, descends les trois marches et traverses la cour. Tu sens sur ta nuque un souffle de vie, de vent et d'orage, souffle qui ne te quitte pas depuis plusieurs jours. T'arrêtes. Te penches et observes le fond du puits, profond. Vois le noir, sans fin. Lève la tête, cherches des yeux une ombre, un voile, un souffle. Ne vois rien. Si ! Perçois une lueur…

— Merci ! Merci ! s'échappent d'entre tes lèvres.

Tu franchis les colonnes, hésites un instant et t'engages dans la rue. À la quête.

Tu déambules, perdu dans tes pensées et sans objectif immédiat. À l'angle d'une rue, tu débouches sur une petite place de marché ; arbres bourgeonnants, babillages et roucoulements, les moineaux côtoient les pigeons. Il s'y trouve des bancs publics, le sol est recouvert de pavés de pierre grise. Deux types, enveloppés dans d'épaisses vestes de laine, sont assis sur des chaises, près d'un cabanon, devant lequel est garée une vingtaine de vélos. Tu avances dans leur direction, les sens en garde. Nonchalamment, tu t'approches.

— Bonjour, messieurs.

— M'sieur l'agent, dit celui à ta droite.

Vingt ans, guère plus. Celui de gauche ne dit rien, juste un petit signe de la tête.

— Location de vélos ?

— Oui.

— Il fait encore bien froid pour visiter la ville.

— C'est vrai, d'ailleurs on a ouvert qu'aujourd'hui.

— Combien pour la location ?

— Rien, nous demandons une carte d'identité et la personne peut partir avec le vélo, pour une heure, pour deux heures ou plus.

— Intelligent ! Vous travaillez pour qui ?

— La Croix-Rouge.

— Et pour les vols ?

— Ça s'est pas trop mal passé l'année dernière. Faut savoir que nous disposons de plusieurs points de location, pour ramener le vélo et, au cas où, on a leur adresse.

— Vous êtes requérants d'asile ?

— Exact.

— Vous venez d'où ?

C'est alors que le type de gauche réagit, prend la parole. Plus jeune, celui à ta droite se tait.

— Nous sommes tchadiens.

— De la capitale ?

— Oui, D'Njamena.

— Vous parlez très bien le français.

— Eh ! colonie française, nous parlons aussi l'arabe.

— Je ne connais pas du tout le Tchad, c'est bien dommage.

Les visages s'éclairent. Les deux types partent dans de grandes explications, décrivent leur terre, du massif du Tibesti, de la bande d'Aozou aux plateaux de l'Ennedi et du Ouaddaï. Expliquent avec fierté que s'ils parlent l'arabe et le français, ils s'expriment entre eux en haoussa, langue qui véhicule toute une civilisation, une histoire… leur histoire. L'un explique qu'avant la fuite, il vivait de l'élevage de chèvres. L'autre, quant à lui, de l'agriculture, millet, riz et coton.

Et toi, tu les écoutes attentivement. Te dis qu'il y a quelques minutes ces deux bonshommes te regardaient dédaigneusement, qu'il a suffit de quelques mots pour lier connaissance et faire de cette rencontre un message. À ton tour, tu leur expliques tes origines, d'Europe. Ton histoire. Pour terminer, la discussion glisse sur les actes terroristes, les peurs primitives, la mondialisation galopante. Chacun y trouve une anecdote, drôle ou morose.

Après plusieurs minutes de bavardage, tu penses à Pat, et te dis qu'à l'heure qu'il est, il doit très certainement s'impatienter.

— Bien, messieurs, je vais vous laisser. Bonne journée !

— Au revoir et bonne journée à vous.

Poignée de main. Regards. Yeux bleus. Yeux marron. Tu t'éloignes. Allumes le talkie-walkie. Crépitements.

— Pat ! Pat ! Tu m'entends ?

— À l'écoute.

— Ta position ?

— Assis.

— Enfoiré, ta position ?

— Près de chez T'schou.

— On se voit sur place ?

— Devant, dans dix minutes.

— Bien compris.

Tu salues les Tchadiens. En marchant, penses aux requérants d'asile, te dis que le flic de quartier ne doit pas hésiter un seul instant à approcher ces hommes, ces femmes et ces enfants. Une plus grande proximité permet une meilleure compréhension des us et coutumes de chacun. Et présente l'avantage d'expliquer à ces communautés le rôle tenu par la police de quartier, en pays démocratique. Tu as compris depuis longtemps que la plupart d'entre eux n'ont connu que guerre, famine et oppression. Régime autoritaire. Tu comprends la méfiance, les regards fuyants et les mensonges des personnes interpellées; depuis longtemps, depuis toujours, ils ont perdu confiance en la nation. En tant que flic de quartier, tu peux guider… montrer la voie.

Fais encore quelques pas. T'arrêtes devant un passage de sécurité. Rouge. Un gosse te rejoint. Tu l'observes d'en haut, il t'observe d'en bas. Tu lui souris. Feu vert. L'accompagnes de l'autre côté. Passage.

Le cœur léger, tu t'approches petit à petit de chez T'schou. Devant les étals, les commerçants te saluent, échangent quelques mots. Tu t'arrêtes et claques des talons devant le postier, que tout le monde appelle « El commandante ». Il se prête au jeu, se met au garde-à-vous et claque, à son tour, les talons. Se marre et reprend son service. Devant une allée, deux jeunes hommes sont enlacés. Corpulence fine, cheveux châtains, ils sont vêtus de complets anthracites et chaussures de ville en cuir noir. L'un porte à la main un attaché-case. S'embrassent passionnément. Au passage tu les salues. Ils se retournent et te sourient, visiblement heureux.

Neuf heures quinze. Tu arrives enfin sur place. Vois Pat en grande conversation avec plusieurs trognes du quartier. Il te fait de grands signes.

— Dépêche ! un frappadingue balance tout par la fenêtre… du onzième étage, dit-il en montant à bord du véhicule de service.

Démarrage sur les chapeaux de roue. Sirène. Feux scintillants. Bleus. Rouges. Bleus. Rouges. Braquages et contre-braquages. Dépassement à gauche, dépassement à droite. Voie d'autobus. Frein à main. Crissements de pneus. Tête à queue. Et piétons affolés.

— On est arrivé, dit-il en souriant, la main sur le frein à main.

— T'avais vraiment besoin de rouler pareillement ?

— J'avais envie de me défouler.

Étourdi, le cœur au bord des lèvres, tu sors du véhicule et sens l'odeur du caoutchouc.

— Les pneus ont morflé, dis-tu en donnant un coup de pied sur un des pneumatiques.

Pat se marre. Tu lèves les yeux sur le bâtiment, entraperçois une tête ébouriffée.

— J'y crois pas, Tépé !

— Eh oui.

Cet énergumène est iranien, a fui Téhéran depuis plusieurs années. Mariage bidon en Europe. Il est père d'une petite fille. Fille qu'il ne voit plus, depuis que la mère s'est enfuie avec la gamine sous le bras ; en avait eu marre de la violence. Aujourd'hui sous protection judiciaire, elles sont toutes deux hors de danger. C'est le quartier qui paye les soubresauts d'humeur de cet illuminé. Quand il est calme, rarement, il passe ses jours à prononcer le *dhikr*, cette invocation soufie. Un jour, Tépé s'est livré et t'a expliqué que le *dhikr* est une forme de souvenir, de mention, de rappel. Qu'il lui fallait répéter sans cesse le nom de Dieu pour qu'il prenne possession de son âme. « Tu vois petit flic, te disait Tépé, le *dhikr* commence avec la langue, finit avec le cœur », et il s'était mis à réciter quelques vers de son pays : « Je voudrais l'invoquer sans cesse, tellement mon amour pour Lui est intense, mais chose étonnante, l'invocation disparaît dans l'extase. Chose plus étonnante encore, parfois c'est l'extase qui disparaît, parfois c'est l'invocation elle-même, dans la proximité et dans l'éloignement. »

— BANDE DE CONS ! crie-t-il depuis la fenêtre.

Sur le trottoir, au pied du bâtiment, des débris jonchent le sol. Chaises et table en morceaux. Coussins éventrés, disques brisés, livres déchirés. Quatre types du service de la voirie ont délimité un périmètre de sécurité. Se sont disposés aux extrémités du trottoir pour empêcher les piétons de passer sous les fenêtres.

— Faut faire gaffe, il a vraiment pété les plombs, dis-tu en regardant en direction de la fenêtre.

Tu t'approches de deux des employés de la voirie.

— Merci, les gars, vraiment sympa.

— C'est rien, fallait bien qu'on fasse quelque chose. À vous maintenant.

— Merci, mais pouvez-vous encore rester un moment, on va monter le chercher.

Les deux types acquiescent en faisant un léger signe de tête.

— Ne vous en faites pas, ça nous change du balai.

— Merci.

— Prêts ! dis-tu en regardant Pat.

— Attends, l'un d'entre vous a-t-il des gants ? demande-t-il.

— Des gants ? On doit avoir ça ! Pourquoi ?

— On connaît le bonhomme, est malade, vaut mieux pas se faire mordre.

— Ouais, méchant comme tout, ajoutes-tu.

L'un des gars s'approche d'un véhicule de nettoyage stationné à quelques mètres de là. Ouvre la portière, fouille dans une caisse métallique et revient avec une paire de gants. Gants en cuir, épais, beiges, prévus pour le montage des barrières en fil barbelé.

— Ça ira ?

Tu dévisages ton coéquipier. Souris. Te dis qu'il ne va pas

oser. Et Pat ose. Les gants sont longs, montent par-dessus le coude. Pat sourit, prêt à intervenir. Tu observes son accoutrement et te dis que ce mec, ton pote, est véritablement cinglé. Tu ne doutes pas un instant de l'effet qu'il va produire. Tépé n'a qu'à bien se tenir.

— Allons-y !

Ascenseur. Par sécurité, tu montes un étage au-dessus de l'objectif. L'adversaire pourrait attendre sur le palier, et à l'ouverture de la porte de l'ascenseur, tu serais surpris et les coups pourraient être mortels.

Douzième étage. Ouverture. Rien. Calme. Tu descends quelques marches, ne perçois aucun bruit. Pat sur la droite de l'escalier, toi sur la gauche. Deux marches. Rien. Coups d'œil, le palier semble désert. Deux marches. Rien. Tu te retrouves devant la porte de l'appartement. Main sur la crosse de l'arme qui reste à l'étui ; tu sens le métal froid. Pat se positionne à ta droite, les deux mains gantées avancées devant lui et prêt à en découdre. La porte est entrouverte. Tu entends des bruits de pas. Le plancher grince. Un meuble est traîné sur le sol. On hurle ! On cogne ! Tu contrôles ton rythme cardiaque. Tu es prêt à bondir. Il est possible que Tépé soit armé… bâton, couteau. Il est peu probable qu'il détienne une arme à feu, toutefois tu te tiens sur tes gardes, et doucement passes le seuil. Tes pieds glissent sur le sol, tu as appris à te déplacer de la sorte sur les tatamis, quand ton adversaire saisit ton kimono et qu'il cherche à te déséquilibrer ; attaque, contre-attaque et balayage. Ton regard se porte sur ta gauche. Rien. Pat vient à ta hauteur. Tu sais qu'il observe à sa droite. Des années à patrouiller ensemble, pas un mot n'est échangé. Chacun sait ce qu'il doit faire. Un geste de la main, un regard en coin, un sifflement, et l'information circule ; la vie dépend de si peu de chose ! Tu observes attentivement ta zone. L'encadrement d'une porte. Une pièce. « Le salon », te dis-tu. Fais un pas. Perçois un bruit. Attentif. Accélération cardiaque. Tu te dis que

Tépé doit se trouver dans le fond, hors de ta vue. Sans tourner la tête, tu touches l'épaule de ton compagnon. Jettes un rapide coup d'œil dans sa direction. Il te regarde. Fronce les sourcils. Tu lui fais comprendre que le bruit vient de la pièce d'à côté. Clin d'œil. Pat hoche la tête, a compris. Pas un mot. Un pas après l'autre. Doucement. Doucement. Avancée progressive. Bruit. Un meuble lourd est traîné sur le sol. Tu scrutes l'intérieur de la pièce. Vide. Une porte ouverte, au fond, à droite. « La cuisine, te dis-tu, pas de chance », et penses qu'il te faudra prendre garde aux ustensiles qui pourraient traîner, aux couteaux, aux fourchettes ou aux tessons. Tu avances doucement. Pas feutrés. Les murs sont sales, papiers peints délavés. Parquet patiné. Un vieux Chesterfield, cuir froissé, brun, et une table d'appoint, verre fissuré, abandonnés dans le coin de la pièce. Détritus sur le sol, émanations délétères. Tu avances. Le bruit se fait précis. Tu avances encore un pas, et sursautes, Tépé apparaît sur le seuil de la cuisine. Surpris, il fait un geste de recul.

— PUTAIN ! hurle-t-il.

— RESTE CALME ! dis-tu sèchement.

— TÉPÉ, C'EST NOUS ! ajoute Pat.

— ALLEZ-VOUS FAIRE FOUTRE ! répond-il.

Tépé ne bouge pas. Un rapide coup d'œil, tu aperçois une lame dans sa main droite ; trente centimètres.

— Tépé, dis doucement Pat, pose ta lame.

Il ne réagit pas. Les yeux grands ouverts, souffle comme un bœuf. Tu ne le quittes pas des yeux. Corpulence moyenne, épaules larges. Très excité. Dangereux. Il se crispe, souffle une fois encore bruyamment. Serre les lèvres. Serre les poings.

— T'as vu ton look, mon pote ! dit-il, en pointant l'index vers le visage de Pat. Un gorille, t'es un gorille, et je n'ai rien à foutre des flics qui se prennent pour des gorilles.

Tu bondis. Saisis le bras armé. Places un gigantesque coup de genou. Atteins le ventre. Tépé se plie en deux. Résiste. Tu te concentres sur l'arme. Pat, quant à lui, l'a enlacé. Technique de lutte. Il le soulève d'un puissant coup de rein et l'entraîne au sol. Tu accompagnes la chute, les mains serrées sur son poignet. Craquement. Impact des trois corps. Mêlée. Coups secs. Tu restes concentré sur l'arme. Coups de tête. Sens l'os de son nez céder sous le choc. Tépé suffoque. Râle. Pat l'étouffe en serrant de toutes ses forces, lui écrasant ainsi les poumons, lui broyant les côtes dont plusieurs cèdent. Tu te dégages. Lui immobilises le poignet. La lame est à présent maîtrisée. Te redresses, fais imprimer à son bras un demi-tour, sec. Ta main gauche glisse sous son coude, la main droite serre fortement son poignet. Bras de levier, sec. Tu frappes à plusieurs reprises sur l'articulation. Tépé hurle. Lâche prise. L'arme tombe sur le sol.

— J'AI LA LAME ! t'exclames-tu.

Te recules. Tépé se débat. Pat serre de plus en plus fort. Et Tépé s'affaisse, tourne de l'œil.

— C'est bon, il est dans les choux.

Alors Pat relâche la pression. Fait rouler le corps, amorphe, sur le côté. Se redresse. Tu t'approches. Tépé respire à un rythme régulier, est hors de danger. Tu jettes un coup d'œil à ton pote. Il ôte ses gants, se passe la main dans les cheveux, puis époussette ses pantalons. Tu refermes le couteau à cran d'arrêt et le glisses dans une de tes poches. Uniforme froissé. Uniforme de flic de quartier. Tu prends ton talkie-walkie accroché à ta ceinture et annonces à la Centrale que l'intervention a nécessité l'usage de la force et que tu regagnes le commissariat avec le bonhomme interpellé. Tu ajoutes que personne n'est blessé, juste quelques côtes froissées.

Pat a menotté Tépé. Il le secoue, et lui met deux gifles au visage. Tépé reprend ses esprits, ronchonne, éructe quelques imbécillités, saute du coq à l'âne. Il ne réagit pas quand tu lui expliques qu'il te faut l'emmener au commissariat. Qu'il est impossible de le laisser dans cet état, seul qui plus est.

Alors tu l'aides à se redresser et Pat lui tient un bras, le pousse devant lui.

Avant de quitter les lieux, tu effectues un rapide tour de l'appartement. Désordre. Tu refermes les fenêtres et tires les rideaux déchirés. Les moulures, aux jointures des murs et du plafond, attirent ton regard. Dans cet ancien immeuble, elles sont décorées d'ornements linéaires en relief et en creux, en plâtre blanc. Dans les pièces vides, tes pas résonnent sur le parquet. Des habits sont entassés dans un coin. Rien de particulier. Tu refermes la porte d'entrée et glisses les clefs à l'intérieur d'une poche de la veste en cuir noir que porte Tépé.

— On y va ! dis-tu en t'engageant dans les escaliers.

Au cas où ton allumé viendrait à s'exciter, tu préfères l'escalier plutôt que de te retrouver coincé dans l'ascenseur. Sur les paliers, les voisins entrouvrent les portes, jettent des regards suspicieux, et referment aussitôt. Au rez-de-chaussée, tu traverses l'allée et te retrouves sur le trottoir. La circulation est permise de nouveau pour les piétons et tu aperçois les types de la voirie qui débarrassent les objets et les débris, les amoncèlent dans l'angle du bâtiment. Tu traverses la chaussée et t'approches de la voiture, Tépé toujours fortement maintenu par Pat. Tu ouvres la portière arrière et l'aides à s'installer sur la banquette, derrière le copilote. Il te jette un rapide coup d'œil et se laisse tomber sur le côté, s'endort profondément.

— Eh bien, merci pour votre aide précieuse, dis-tu aux employés de la voirie qui se sont approchés du véhicule.

— Ce n'est rien, on a plutôt l'habitude dans le quartier.

Les gants sont rangés dans la caisse métallique. Les piétons circulent et l'affaire peut enfin être oubliée.

— On prend un café ? demandes-tu aux gars. J'offre la tournée, ajoutes-tu.

Ils acceptent l'invitation. Le véhicule est fermé à clef. Tu frappes contre la vitre, contrôles si Tépé dort bien de tout son soûl, et te diriges vers une pizzeria qui se trouve à quelques dizaines de mètres de là. Y entres, salues la clientèle et t'installes à une table près de la vitre. Gardes un œil sur la voiture. Tu prends un café et un verre d'eau, Pat demande un espresso et les types commandent quatre bières.

— On est debout depuis trois heures du matin, disent-ils, cherchant à s'excuser.

— Sans problème, les gars, merci encore.

— Santé !

Alors, ce sont des échanges de banalités et de quelques plaisanteries. Le patron de l'établissement rejoint le groupe. Plaisante à son tour. Invite chacun à venir l'un de ces soirs déguster une pizza maison. Invitation acceptée.

Avant de repartir, Pat t'observes, intrigué.

— T'étais où tout à l'heure ?

— Rien de spécial, te raconterai !

Tu évites son regard.

Commissariat. Tépé est fouillé, ses affaires personnelles mises en dépôt dans une caisse numérotée. Il est prié de s'allonger à l'intérieur d'un violon, lit bétonné. Deux couvertures lui sont remises. Il entre dans la cellule sans faire d'histoires, se laisse tomber sur la couche. La porte est refermée et tu scotches un mot sur la lucarne, indiquant le nom, le prénom et l'heure à laquelle il doit être relaxé. Vu les troubles psychiques constatés, un rapport sera envoyé à un service social qui prendra contact avec l'intéressé.

Avant de sortir, tu aperçois plusieurs personnes à l'avant-poste qui portent plainte. Deux jeunes collègues sont submergés, les plus anciens, assis à la cuisine, finissent les cafés et la lecture des quotidiens. La patrouille reprend. Tu navigues entre les bâtiments du quartier. Rien n'est dit, si ce n'est quelques remarques sur l'intervention précédente. La sécurité a été assurée, le déplacement en tandem a parfaitement fonctionné. Tu es ravi, te sens plutôt bien.

— Tu sais, Pat, j'ai rencontré un mec extraordinaire, tout à l'heure.

— J'en doute pas.

— Ah bon, comment ça?

— On tourne ensemble depuis trop longtemps pour que je ne voie pas que ces derniers temps t'es sur une autre planète.

Tu ne dis rien. N'imaginais pas qu'il puisse avoir des intuitions de cet ordre. «Il est incroyable, ce type», te dis-tu. Tu te souviens qu'il a été le seul à te soutenir quand, il y a quelques années, tu vivais une passe difficile avec Isabelle. Pat t'avait pris à part, façon boxeur, poids lourd. «T'es qu'un connard! Tu restes avec ta femme, elle est merveilleuse, et si tu ne vois pas qu'elle t'aime... alors là, pauvre cloche, j'te fissure la gueule.» Pat t'aime quand il te parle de cette manière.

— Et alors? questionnes-tu.

— Alors rien, c'est ta vie. Va là où elle te mène, mon pote.

Tu tournes la tête, n'oses plus le regarder. La gorge nouée, tu fixes la route, le bitume qui défile sous le véhicule.

Et le temps s'écoule, la Centrale t'envoie résoudre des cas: des véhicules qui gênent l'entrée d'un centre commercial. Plusieurs dépanneuses sont requises, les garagistes sont aux anges. Si le flic de quartier travaille correctement, l'affaire tourne plutôt bien. Et le dépanneur invite le commissariat pour une bringue en fin d'année. Repas copieux.

L'affaire est réglée, la Centrale t'envoie arranger un dégât matériel. Une femme tremble devant la stature imposante d'un chauffeur-livreur, surexcité, qui a embouti sa voiture avec sa camionnette de livraison. Constat à l'amiable.

Tu te rends dans une école, le concierge a trouvé un sac à main dans une corbeille. Porte-monnaie vidé. Objet trouvé.

Pour terminer, tu es envoyé pour régler une affaire de camion bloqué dans un virage. Ruelle de quartier. Sur place, le chauffeur en rogne gesticule et s'énerve contre les badauds qui lui donnent des conseils. Police ! Les piétons s'écartent. Tu apprends que la remorque s'est grippée contre le trottoir et que les roues se sont bloquées. Alors Pat et le chauffeur, deux hommes robustes donc, se placent derrière la remorque. Tu les observes. Histoire de muscles. Ils saisissent l'essieu arrière et secouent le véhicule, le déplacent de plusieurs centimètres ; suffisamment pour débloquer les roues. Le chauffeur reprend la route, stupéfait par la poigne de ce flic de quartier. Les badauds sifflent… Sans commentaire.

Tu circules dans ces rues animées, observes les visages, les comportements. Scrutes les yeux qui évitent ton regard et ceux cachés derrière des verres teintés. Salues quelques commerçants, quelques trognes à goutte, des filles et leurs clients ; ceux-ci, gênés, attendent patiemment leur tour, font mine d'observer les vitrines. Tu souris en voyant leur allure embarrassée : ils se tiennent les épaules relevées et les deux mains dans les poches avant de leur jeans ou de leur pantalon à pince. Tu aperçois ces hommes qui sortent d'une allée, cinq ou six minutes après qu'ils y sont entrés.

Lentement tu débouches sur un rond-point, aperçois plusieurs types sur la place centrale. Jolie esplanade aménagée de bancs, bois vert, et d'une magnifique fontaine, pierre taillée. Deux escaliers s'enfoncent sous terre, toilettes publiques. Un gigantesque saule pleureur coiffe la place et la protège des regards indiscrets.

— Jette un œil par-là ! dis-tu à Pat, occupé à lorgner une secrétaire assise derrière la vitrine d'une agence de voyages. Jambes croisées, gainées.

— On y va, ça ne coûte rien.

Tu t'approches lentement, gares la voiture à proximité, discrètement. Pat sort du véhicule, s'éloigne. Tu sors à ton tour et enclenches la fermeture des portières. Traverses la route. Vingt mètres. Tu remarques deux hommes assis sur l'un des bancs. Trois autres viennent de disparaître sous terre. Quinze mètres. Les deux types discutent. Dix mètres. Tu t'approches. Cinq mètres. Pat s'avance. Deux mètres.

— Messieurs, bonjour !

Ils sursautent. L'un fait mine de se lever.

— Restez assis, contrôle d'identité, merci.

Pat te rejoint. Assure la sécurité, te couvre et bloque la sortie des toilettes.

— Oui, voilà, monsieur l'agent, disent-ils en présentant leurs documents.

Passeports. Tu tournes chacune des pages, scrutes les éventuelles anomalies. En ordre. D'un œil, observes les deux hommes. L'un dans la trentaine, l'autre un peu plus jeune. Bien mis, bon genre.

— Bien, en ordre, vous savez pourquoi on est là ? demandes-tu.

— Pas vraiment, vous faites votre boulot.

— En effet ! et c'est parce que je fais mon boulot, comme vous dites, que je vous demande de quitter les lieux... messieurs.

— Pas de problèmes, monsieur l'agent, on s'en allait de toute façon. Au revoir.

— Au revoir.

Ils connaissent, comme toi, les raisons pour lesquelles ils ne discutent pas plus longtemps. Souhaitent rester discrets. Pat passe devant toi et s'enfonce vers le sous-sol. Les marches de l'escalier forment un demi-cercle, elles sont en pierre de taille. Tu descends, sembles plonger dans les souterrains de la ville.

— Messieurs !

Trois hommes se retournent, ils allaient s'engouffrer dans une cabine. Se séparent. L'un s'approche d'un pissoir, les deux autres des lavabos. Tu les entends qui bougonnent, crois comprendre qu'ils te répondent. Pat s'approche de l'homme près de l'urinoir.

— Contrôle d'identité !

Ils font mine d'être surpris, s'interrogent du regard.

— Pourquoi ? demande l'un d'eux

— Juste par sécurité, ne vous inquiétez pas. Comprenez, il y a parfois des agressions par ici.

Mensonge. Chacun sait parfaitement les raisons de ce contrôle inopiné. Les cartes de légitimation sont examinées… une à une.

— C'est en ordre, merci, messieurs.

Celui près des pissoirs est le premier à s'en aller.

— Plus besoin ? demande Pat.

L'homme ne répond pas. Semble gêné et presse le pas. « Doit pas être habitué », penses-tu, et tu souris. Le deuxième s'en va tranquillement. « Plus habitué », te dis-tu en l'observant qui monte les escaliers.

— À bientôt ! lâches-tu sur un ton quelque peu provocant.

Il ne répond pas. Quant au troisième, il prend son temps. S'approche d'un rouleau de papier-toilette déposé sur le bord d'un radiateur, le prend, déroule plusieurs feuilles et s'essuie les mains.

— Vous savez parfaitement que ça nous excite de nous rencontrer ici, dit-il sans gêne, pourquoi nous harceler ?

— Harceler ! Vous plaisantez ? Juste une présence, de temps à autre, pour vous rappeler que c'est un endroit public.

— Je suis certain que ça vous fait plaisir. Qui plus est, vous n'avez aucun droit de nous demander de quitter les lieux.

— C'est bien vrai, restez si vous le souhaitez.

En prononçant ces mots, tu t'approches du bonhomme.

— Mais si je devais recevoir une seule plainte d'un jeune, quel qu'il soit, alors je vous rappellerai les règles. Et si ce n'est pas moi… peut-être un père de famille du quartier.

Tu ne le quittes pas des yeux. Vois une goutte de transpiration suinter et couler le long de sa tempe. L'homme avoisine la soixantaine, est plus âgé que ceux qui sont déjà remontés. Cheveux blancs, visage un peu bouffi, yeux bleus. La peau du visage tirée, bronzée, les lèvres fines et le nez arrondi. Tu remarques qu'il est élégant, semble fortuné, bagues et montre de grande valeur. Il te sourit, crispé, et recule d'un pas. Dépose le rouleau et jette les feuilles utilisées dans une corbeille en inox ; te contourne et monte les marches, deux par deux.

Tu ne prends pas la peine de lui dire au revoir. T'approches des portes des toilettes, les ouvres l'une après l'autre. Les murs sont en céramique blanche, couverts de graffitis. Dessins d'organes génitaux, textes pornographiques. Saletés repoussantes, odeurs pestilentielles, traces de matière fécale. Dans l'une, tache de sang et seringues. Les plafonds défoncés permettent aussi la planque de poudre blanche. Tu te retournes, vois les lavabos dans le même état, défoncés. Au-dessous, traînent plusieurs sachets de préservatif, des mégots et toutes sortes de détritus. Le sol est trempé. Conduites bouchées.

Tu rejoins Pat. Rien n'est dit. Toutefois, tu te demandes comment il possible de trouver du plaisir à se caresser dans un endroit pareil. Masturbation collective.

En arrivant en haut des escaliers, tu observes la place, vide.

De retour dans le véhicule, tu ressens une immense fatigue. Bâilles et étires tes jambes. Tu regardes ta montre. Dix heures trente, passé. Ces matins de service, quand tu te lèves à cinq heures, c'est avec plaisir que tu vois arriver midi. Heure à laquelle la relève arrive. Après quoi, tu as l'après-midi pour te reposer, et après tu reprends onze heures de service continu, de nuit. Service d'urgence.

— 657, de Centrale !

Tu sursautes. Pat répond. Tu l'écoutes parler, regardes ses lèvres articuler des sons, réalises que tu ne l'avais pas entendu entrer dans la voiture. Brume. Tu te dis qu'il est temps de retourner au commissariat, se changer et rentrer à la maison. En outre, les mots du pèlerin ne t'ont pas laissé intact.

— Square Rousseau, te dit Pat.

— Pardon ?

— Square Rousseau, Jean-Jacques Rousseau, allez secoue-toi mon vieux… Une overdose.

Tu allumes le moteur. Démarres brusquement et effectues un demi-tour sur la route. Pat enclenches la sirène et les feux. Accélérations, freinages, braquages, contre-braquages… routine. « Rousseau ! Un promeneur solitaire… encore un pèlerin ! » te dis-tu en talonnant un véhicule qui hésite plusieurs fois avant de se rabattre sur le côté et te laisser la place. Entends Pat lui hurler une insanité.

Le square Rousseau est un carré de verdure au milieu de bâtiments d'habitation. Bancs publics, une fontaine, allée de petits cailloux ; il fait bon s'y balader. Tu gares ta voiture devant les chaînes interdisant l'entrée aux véhicules, te retournes, tends le bras et prends ta casquette sur la banquette arrière. Sors et refermes les portières. Pat te devance de quelques mètres. Tu aperçois trois personnes debout auprès d'une quatrième couchée en travers des deux marches d'escalier qui mène à la fontaine. En t'approchant, tu distingues le corps d'une femme.

— Gagné, c'est une overdose, marmonne Pat.

Tu t'approches encore, salues les personnes et les remercies de leur appel. Elles se reculent, te laissent la responsabilité de l'intervention. « FRANCINE ! »

— Putain, Pat, c'est Francine !

— Nom de Dieu !

Maigre, blême, les cheveux courts, noirs. Elle porte un

blue-jeans noir, un pull à col roulé, tissu côtelé, beige. Les yeux sont fermés, de l'écume s'écoule de la bouche, lèvres bleuies. Tu te penches sur le corps, elle respire doucement. Coma. Secours inutiles sans l'intervention urgente d'un médecin. « Francine », penses-tu. Ressens une douleur dans la poitrine. Le souffle coupé, tu tombes à genou. Sans attendre, prends le poignet et palpes le pouls, faible. Tu réfléchis un instant, déboutonnes la poche de ta chemise et en ressors un stylo à bille. Alors tu saisis fermement la main froide. Poses la pointe du stylo sur l'ongle du pouce, et appuies, appuies de toutes tes forces, sans lâcher des yeux le visage de la jeune femme. Tu attends une réaction. Rien. T'énerves. Transpires. « Francine, nom de Dieu ! » te dis-tu. Pat te regarde agir, ne dit rien. Tu appuies, appuies encore. Brusquement Francine sursaute, s'agite, entrouvre des yeux vitreux. Laisse échapper un son, un borborygme. Elle cherche à se redresser. Tu l'empêches de bouger en plaçant ta main sur sa poitrine. Les paupières se referment doucement.

— Reste avec nous, Francine ! Reste avec nous ! dis-tu en lui giflant les joues.

Tu distingues des bruits de pas sur le gravier, relèves la tête et aperçois deux ambulanciers. Leur cèdes la place. Te recules, les yeux grands ouverts. Choqué. Et une seule image, dernière image : Francine assise sur le lit, ses cheveux coagulés, noirs. Son cou fin, long, blanc. Son corps svelte, musclé, sauvage. Ses jambes longues. Tu vois encore ses bottes montantes en cuir noir. La couverture beige posée sur ses épaules. Son ventre plat, blanc. Dans ton souvenir, elle gémit, elle a froid, elle s'approche, sans te quitter des yeux, décroche un blouson, cuir fuchsia. « Je crèverai de toute façon, personne n'est ressorti vivant de cette aventure. Alors, si je peux me faire un maximum de fric ! » articule-t-elle lentement.

La tête en feu, tu regardes les ambulanciers sangler le corps sur la civière. Ils soulèvent le brancard d'un seul élan, te bousculent et s'éloignent. Tu aperçois une fois encore le visage, blême. « Un ange, c'est un ange », penses-tu.

Tu restes un instant les bras ballants, avant de sentir ton portable vibrer dans ta veste. Tu attends. Et, gestes lents, le sors de la poche, le portes à ton oreille.

— Allô !

— C'est Dom, t'as fini de t'amuser, j'ai besoin que tu ailles faire quelques courses pour ce soir. Je m'organise pour la ripaille.

— Écoute, t'es gentil, mais je suis sur une overdose.

— M'en fous ! si tu veux becqueter.

— C'est Francine.

— Quoi, Francine ?

— Francine s'est foutue en l'air.

— Nom de Dieu !

Silence.

— Dans quel état ?

— Pas beau, mais je n'en sais pas plus. Elle est en route pour l'hosto.

— Merde, je suis désolé, mon pote.

— C'est comme ça, dis-moi ce que tu as besoin pour ce soir.

— Ouais, mais j'ai l'air con maintenant... Enfin voilà. Trouve-moi de la marjolaine, de la cannelle, de la maïzena et six décilitres de crème. Il me faut aussi du raisin, deux cents grammes.

— C'est tout ? T'es marrant, pour le raisin tu vois ce que je veux dire... au printemps.

— Je te fais confiance, allez, salut.

Dom raccroche. Tu remets le portable dans la poche de ta veste, soupires et te tournes vers Pat. Le vois les épaules basses, ailleurs. Francine, par sa gentillesse, a su séduire les flics du quartier, ils sont amoureux d'elle, un peu.

— Dom me demande de faire quelques courses pour ce soir. On y va ?

— Ouais, on y va.

Sans dire un seul mot, tu montes à bord du véhicule, déposes ta casquette sur la banquette arrière et allumes le moteur. Jettes un coup d'œil à ton coéquipier. Rien. Vague à l'âme.

Tu t'engages dans la circulation, penses à Francine, te dis que cette fois-ci elle a eu de la chance de s'être effondrée dans un square. Dans son studio, personne ne remarquerait sa disparition avant plusieurs jours. Une nouvelle fois... corps inanimé, froid. Pour le flic de quartier : main courante, routine.

Tu roules une dizaine de minutes et te gares devant un magasin d'alimentation. Machinalement tu coupes le moteur, te recules dans le siège et expires lentement. Un coup d'œil et tu vois Pat, le visage tourné vers l'extérieur, tu comprends qu'il est ailleurs. Tu ouvres la portière, descends, la refermes derrière toi, t'approches de l'épicerie. À travers la vitrine, tu distingues Gabriel, le patron ; est en train de mettre en place des boîtes de conserves et époussette le rayonnage. Tu pousses la porte, une clochette résonne. Gabriel interrompt sa tâche et s'approche de toi, te donne l'accolade et te souhaite la bienvenue. D'un seul regard il comprend que tu n'es pas dans ton assiette, alors parle de la pluie et du beau temps, ne questionne pas ; Gabriel connaît la chanson. Toujours vêtu d'une chemise à carreaux, tantôt rouge, tantôt bleue, retroussée sur les avant-bras, Gabriel aborde fièrement un tablier blanc, qu'il dit avoir reçu de son père, qui lui-même était épicier, dans la même rue. Tu observes les étalages, distingues tous les produits qu'il te faut. Des odeurs épicées te parviennent aux narines, tes yeux se posent sur des sacs en fibres de jute, contenant des produits frais, pommes de terre, betteraves, haricots, pois, fèves ou lentilles. La clochette résonne, une petite vieille, courbée, vient de pousser la porte d'entrée. Tu souris. Tu te dis que l'endroit est fréquenté par les habitants du quartier et par les flics. Gabriel est généreux, glisse souvent plusieurs bouteille de vin dans les sacs à commissions. Le commissariat lui est reconnaissant et ferme les yeux sur quelques magouilles sans importance. Trafic d'huile d'olive, de viande séchée et de quelques autres produits de son pays, la Corse. Et Gabriel te trouve du raisin. « Dom sera content ! » penses-tu en glissant la monnaie dans ses mains calleuses.

Sur le trottoir, tu distingues le visage de Pat à travers les vitres de la voiture, visage durci. Tu ouvres la portière arrière, déposes la marchandise sur la banquette. Fais le tour du véhicule et reprends le volant. Allumes le moteur et t'engages dans le trafic. Direction le commissariat.

Pat ne dit rien. Tourne la tête dans ta direction, t'observe un moment, avant d'avancer le bras et te donner léger coup de poing sur l'épaule.

— Tu sais, t'as raison de te poser des questions. Le monde ne tourne pas rond… pas rond du tout.

— Pourquoi dis-tu ça ?

— Pour rien.

— Ça fiche un coup ! À toi aussi ?

— M'ouais, ça foutrait en l'air d'apprendre que Francine a clamsée.

Un mot, rien qu'un mot, et tu aimes tes camarades flics de quartier. Solides, ils le sont. N'ont pas moyen de baisser la garde. Pat, Dom, Gégé, Al, Seb ou Pierrot, tu te dis qu'auprès d'eux ces moments de vie sont instants de gloire. Gloire aux hommes… à tous les hommes, aussi fous qu'ils soient ; fripouilles, vicieux, sacripants, abjects ou cruels… cependant hommes. Mille facettes. Ton compagnon de route, à tes côtés, sait aussi être tendre et aimant.

Onze trente, commissariat. À l'avant-poste, brouhaha et gueulées. La tête lourde, tu n'écoutes rien et tournes la tête. Passes sans regarder les cinq, six, sept ou dix personnes venues se plaindre. Déposes les clefs sur le tableau de contrôle. Pénètres dans la salle de travail. Les téléphones sonnent, les bureaux sont occupés, ça grouille. Tu poses ta veste, casquette et gilet pare-balles. Remets le talkie-walkie à sa place et vérifies que l'accu s'enclenche, se recharge. Tu soupires. Pat s'occupe de la main courante, inscrit succinctement les différentes interventions. Tout semble fonctionner parfaitement, routine. Tu ouvres l'armoire du groupe et déposes à l'intérieur les courses effectuées chez Gabriel. Dom s'approche de toi.

— Merci ! Ce soir je vous prépare un émincé de poulet à la vigneronne.

— Géant, c'est délicieux. Tu m'as emmerdé avec tes raisins. Je ne sais pas comment fait Gabriel, mais il a tout… toujours.

— Passe-les-moi ! Je les mets avec le poulet au frigo.

— Tiens !

Dom prend les raisins et entre dans une petite pièce, face aux armoires. Pièce dans laquelle se trouve un lavabo en inox, une machine à laver la vaisselle, deux plaques chauffantes et un réfrigérateur.

— Et Francine ? demande Dom, depuis la kitchenette.

— Quoi, Francine ? Rien de plus, à l'hosto, on verra bien.

— Ça fait quand même mal au bide… J'espère qu'elle s'en remettra.

— J'espère aussi.

Tu refermes l'armoire. Traverses la cuisine, et d'un pas rapide te rends dans le bureau du patron. Ouvre la porte vitrée, pièce vide, et t'approches des pelles à courrier fixées contre l'un des murs. Lis les étiquettes : « Maladie – accident – vacances – service spécial – demande de congé, nom de Dieu où elles peuvent être ? Véhicule endommagé – tirs obligatoires… », et tes yeux s'arrêtent sur « demande d'affectation ».

— Et voilà ! murmures-tu en glissant ta main à l'intérieur de la pelle.

En ressors un document de couleur bleu, trois exemplaires. Jettes un rapide coup d'œil dessus. « C'est bon ! C'est ça ! », et tu le plies en deux dans le sens de la longueur. Le glisses à l'intérieur de ta chemise, jettes un coup d'œil dans le bureau. « T'es con, penses-tu, tu ne voles rien, décontracte-toi », toutefois tu ressors rapidement du bureau. Refermes la porte. Empruntes le couloir qui mène à la cuisine, refuses une fois encore le whisky, t'assois à table auprès de tes compagnons. Ne dis rien. Tu croises les bras sur ta poitrine, sens le document collé contre ta peau, près du cœur, et comprends que ce geste changera ta vie.

Tu jettes un coup d'œil à ta montre. Onze cinquante-cinq. L'heure, c'est l'heure, la relève répond au téléphone dès douze heures. Tu écoutes tes collègues raconter des grivoiseries. Onze cinquante-sept, espères qu'il n'y aura pas d'appel. Onze-cinquante-huit. Un bruit ! La porte d'entrée. Onze cinquante-neuf, tu observes le téléphone. Douze heures.

— Bien les gars, à ce soir.

Ceux de ton équipe se lèvent d'un bon, pressés d'aller se coucher. Trois ou quatre heures de sommeil, peut-être cinq pour les chanceux, et le groupe se retrouve à dix-huit heures tapantes. Service de nuit.

Tu gravis les quarante-cinq marches, te rends à ton armoire. Souris bêtement à la fille nue, scotchée contre la porte. Tu cherches des yeux le sac du stagiaire, ne le vois pas, te dis que la gueulée du patron a servi à quelque chose. Tu te changes.

— Bien les gars, à tout à l'heure, et en forme, dis-tu en refermant l'armoire.

— EN FORME DE QUOI ? entends-tu crier derrière toi.

Tu ne réponds pas, traverses le local, le cœur un peu plus

léger. Sens la mauvaise odeur des vestiaires. Enjambes plusieurs sac d'intervention, noirs, déposés par terre, et descends les escaliers.

L'appartement est silencieux. Ces après-midi de service de nuit, ta femme s'organise pour te laisser dans le calme. Les enfants déjeunent chez une amie. Tu te réchauffes un plat cuisiné la veille, l'accompagnes de vin rouge, velouté et capiteux, te couches. Tu dis que chaque heure de sommeil gagné, ce sont plusieurs années de vie récupérées. Et la vie d'un flic de quartier est parfois courte.

Tu enclenches le micro-ondes, te rends à la salle de bains, prends une douche chaude. La chambre à coucher est aérée. Pénombre. Tu secoues le duvet. Les gestes sont ritualisés, tu prépares ainsi ton corps au sommeil.

Alors tu t'installes à la table du salon, déposes ton assiette et ouvres une bouteille de vin, tu as choisi un rouge enivrant, qui assomme quelque peu. Face à toi, les fenêtres sont ouvertes sur le monde. Tu observes. La luminosité est bien plus claire que les jours précédents. Les pluies ont bien cessé. Tu tends l'oreille, ne perçois que les sons de la rue, lointains… et les gazouillis des oiseaux. Jettes un regard circulaire à travers la pièce vide, penses aux mots du pèlerin : « Quarante-deux balais et seul… voilà le destin d'un bon flic, quarante-deux ans et seul, alors j'ai sombré, pas mal picolé, me suis rendu compte de rien. » Tu répètes la phrase et regardes, en coin, ton verre de vin, souris.

Tu te lèves et vas chercher le document dans ton sac de sport, le déposes sur la table et t'assois, stylo en main, encre noire. Consciencieusement, lis chacune des rubriques. En titre il est noté : « AFFECTATION AUX AFFAIRES EX-TERRITORIALES – MISSIONS À L'ÉTRANGER » Tu hésites, fais tourner plusieurs fois le stylo entre tes doigts. Finalement tu inscris ton nom, prénom, date de naissance et matricule. Hésites encore une fois. Signes. Tu te recules dans ton siège, te sens soulagé. Point de non-retour ! À cet instant, tu as la sensation d'avoir enfin pris ta vie en main. Ressens toutefois un trouble, une impression de trahir les exclus de ton quartier ; soupires et avales une dernière gorgée de vin.

Tu t'approches de ton lit, te couches et passes les bras derrière la tête. Observes le plafond. Silence. Solitude. Alors penses que le temps qui s'écoule est un acte d'oubli. Que l'oubli est la nature même de la vie, et sa mémoire. Tu sais qu'en signant ce document, tu as fait un acte d'oubli, oubli d'un passé lourd. De la sorte tu souhaites découvrir, ailleurs, ce qui inspire les hommes. Découvrir l'être et déconstruire à ton tour le personnage que tu as été. C'est l'oubli des apprentissages foireux, des prétentions boiteuses, des illusions perdues, des maladresses enseignées et du personnage ainsi construit. Bas les masques !

Tu observes le plafond, océan blanc dans lequel tu te jettes. Navigues, les paupières lourdes. Tu es debout, marcheur, et sac au dos. La route est grise et bétonnée, droite et vallonnée jusqu'à l'horizon. Tu marches en suivant strictement la ligne de sécurité. Pas un son. La chaleur qui s'élève de l'asphalte brouille quelque peu le paysage. Sur chaque côté, à droite, à gauche, d'immenses champs de blé. Au loin, le ciel bleu rejoint les champs jaunes. Tu marches, sens un air chaud sur la nuque. Il t'entraîne, te pousse dans le dos. Tu presses le pas. La pression se fait plus forte. Tu cours, cours en prenant garde de ne pas quitter la ligne de sécurité. La force du souffle fléchit les blés sur les côtés de la route. Tu cours. L'horizon s'éloigne. Tu cours. Lèves les bras et accélères encore, hurles à pleins poumons et cours, cours les bras tendus, cherches l'envol. Tu risques un pas de côté et quittes la ligne de sécurité, le souffle t'entraîne. Pris de peur, tu regagnes la ligne. Tu cours, cours et oses une nouvelle fois t'échapper. Alors le souffle t'emmène. Tu traverses sans plus hésiter la route et pénètres dans les champs, et cours à travers le blé qui s'écarte devant toi. Haie d'honneur. Tu t'envoles. Prends de la hauteur, tends les bras, sens le parfum de la liberté sur ton visage. Pas un son. Immensité… et tu vois l'homme, en bas, courir à travers des champs jaunes à perte de vue. Compassion pour cet homme, compagnon d'infortune, qui court à travers ces champs de blé. Tu hurles de bonheur, plonges la tête en avant, pars en piqué, te redresses et replonges, à droite, à gauche. Tu hurles, te redresses et cambres les reins ; tu remontes aussi sec et dessines dans le ciel un immense cercle. Tu tends les bras et accélères ; vertige… et champs jaunes.

Tu ris… ris comme un fou.

V

Nuit du troisième jour

Isabelle entrouvre la porte de la chambre à coucher et s'éloigne. Un fil de lumière chaude caresse ton visage. Doucement tu émerges, soulèves une paupière, puis la deuxième ; étires ton corps et tournes la tête. Tu jettes un coup d'œil sur le réveil électronique : « cinq heures... trois heures de sommeil ! et c'est parti ! » Tu restes encore un instant sous la couverture, le corps enfoncé dans le matelas, et te remémores le rêve, « entre réalité et fiction ? » te demandes-tu. Tu repenses à ces champs de blé, jaunes, au ciel, bleu, à la route, grise, et à l'envol.

Tu fixes le plafond, blanc, strié par les persiennes, ombres noires. Bâilles et te dis que ces dernières semaines, tu fais des rêves, de véritables tableaux vivants. Et tu étires les jambes, tes orteils craquent, tu ressens une onde de chaleur le long de l'épine dorsale ; portes ta main à la bouche et bâilles encore une fois. Tu te souviens qu'il y a quelques jours, au réveil, une voix ne quittait pas tes oreilles : « Je souffle depuis une éternité. Au cours des âges, les hommes ont porté sur moi maints regards. Pour certains, je suis l'intuition, et dès lors j'inspire une création ; pour d'autres, je suis un songe… qu'ils écoutent de temps à autre ; et pour d'autres encore, je suis ange ou démon. Pour beaucoup, je ne suis rien, un souffle, voilà tout ! » Cette après-midi, quand tu étais encore tout ensommeillé, cela a été des champs de blé, à perte de vue, et une route, goudronnée, qui menait très certainement à une ville… inconnue. Tu as osé bifurquer, te perdre dans les champs. « Le blé, penses-tu. La vie en jaune. Du soleil, de la terre, de la farine, de l'eau, des mains d'hommes et c'est le pain ; le feu aussi, ajoutes-tu, Lucifer n'est jamais très éloigné… »

Tu repenses à la signature du document, « sais-tu seulement où cela t'entraînera ? » te demandes-tu, soucieux, et pourtant plein d'espérance. Penses aussi qu'il va falloir en parler à ta femme et à tes enfants… Ne pas attendre trop longtemps.

Tu te décides, te redresses, t'assois sur le bord du lit. Isabelle passe la tête dans l'entrebâillement de la porte.

— T'es réveillé ?

— Oui.

Elle marque un temps d'arrêt et fronce les sourcils. Oh, elle te connaît trop bien pour ne pas comprendre qu'il se passe quelque chose, quelque chose de sérieux. Elle pousse alors la porte, s'approche et te caresse l'épaule. Reste debout.

— Dis-moi ce qui ne tourne pas rond ? Tu me fais peur quand tu fais cette tête !

— T'inquiète pas ! réponds-tu en la saisissant aux hanches.

Tu la tires vers toi et presses ta tête contre son ventre.

— Je t'aime ! susurres-tu.

— Vas-y, dis-moi !

Tu hésites un instant, gonfles les poumons, redresses la tête.

— Francine… Francine s'est foutue en l'air !

Silence. Tu sens qu'elle t'observe. Elle ne dit rien, mais caresse doucement tes cheveux.

— Et? dit-elle.

— Et rien! tu sais bien que c'est une chouette fille...

Pour toute réponse, Isabelle te repousse légèrement, elle fait un pas en arrière, glisse de tes mains. Tu remarques que les traits de son visage sont tendus.

— T'en fais pas! si elle s'en sort, je te la présenterai... crois-moi.

— Tu plaisantes? Tu te fous de moi?

— Pourquoi dis-tu une chose pareille?

— On en a déjà discuté plusieurs fois, ces putes... ces putes ne sont pas mon problème... t'as compris? Pas mon problème, dit-elle en reculant encore d'un pas.

Tu te lèves, veux l'approcher.

— Reste où t'es! ajoute-t-elle sèchement.

Tu ne dis rien. Malgré la pénombre, tu vois ses yeux qui rougissent, sa bouche qui tremble. Tu attends. Rien. Elle hésite.

— Tu sais! dit-elle après un long silence. La vie d'une femme de flic... c'est vraiment merdique. Tu me racontes tes trucs... tes nuits... tes rencontres. C'est parfait! mais as-tu seulement pensé à ce que je pouvais ressentir?

— Oui! très souvent! Voilà pourquoi par moments, je me renferme et ne pipe mot pendant plusieurs heures.

— Ah oui! dit-elle.

Tu observes son visage, y lis les doutes, les craintes, les questionnements... nombreux. Doucement, tu fais un pas et lui essuies une, deux, trois larmes, apparues au coin des yeux.

— Je t'aime! dis-tu.

La chambre est plongée dans le noir. Du corridor, un rayon de lumière file à travers la pièce, caresse son visage, l'éclaire. Les cheveux noirs, en cascade, dessinent des ombres sur ses joues. Les yeux, humides, rouges, brillent comme des étoiles. Tu penses qu'elle est éblouissante. Alors tu respires à son rythme; harmonie du souffle, les corps ne font qu'un.

— Tu lui as fait l'amour ?
— Pardon ?
— Tu lui as fait l'amour ?
— De qui tu parles ?
— Ta Francine !
— Arrête… tu déconnes.
— Tu l'aimes ?
— Mais t'es dingue… arrête.
Lentement, elle recule la tête, cherche tes yeux.
— Non ! mais non, je ne l'aime pas… enfin…
— Enfin quoi ? Allez dis-moi… t'as couché ?
— Mais enfin… t'es folle !
— J'suis folle… C'est ça, je suis folle.
Elle se tait. T'observe, yeux grands ouverts, bruns, ronds. Une larme. Les épaules hautes, elle retient sa respiration. Puis sanglote.
— Tu sais, dit-elle, tu sais, ton foutu boulot, eh bien, c'est de la merde ! De la merde ! Pas facile pour ceux qui t'attendent…
— Calme-toi, s'il te plaît, calme-toi, dis-tu en l'enlaçant.
Elle pose sa tête contre ton épaule. Tu passes la main dans sa chevelure, sens une odeur de parfum vanillé.
— Je t'aime !
— Je ne supporterai pas que tu me trompes… n'ai jamais posé de questions, mais tu vois, je ne veux plus t'attendre pendant des nuits, à ne rien savoir, attendre, et attendre encore… toujours attendre. Que t'aies des sentiments pour une autre fille, je peux l'admettre, et pourrai certainement comprendre qu'une fois ou l'autre tu tombes amoureux… et le sexe je m'en fous, c'est idiot ! mais c'est comme ça ! Même si tu devais coucher… Du moment que tu m'aimes et me respectes. Mais tromper, tromper, c'est répugnant… c'est trahir. Je veux rester celle que tu admires…
— Arrête, je te dis que tu n'as pas de soucis à te faire.

Écoute-moi, il ne s'est rien passé entre Francine et moi. Je l'aime comme... comme une amie. C'est une femme que beaucoup d'hommes aiment.

Tu attends un instant avant de reprendre.

— Je te le promets, et je comprends tes doutes... Oui, je peux comprendre. Je ne te salirai jamais, m'entends-tu bien... jamais.

Tu laisses s'écouler quelques secondes, ressens une légère crispation dans le ventre, une douleur, de la peine aussi, « et toi qui t'étais juré d'être un amant merveilleux ! » te dis-tu. Tu te rends compte qu'Isabelle t'aime au-delà de tout ; qu'elle a peur aussi et n'hésite pas à en parler, à livrer ses émotions. « Pourquoi les mecs font-ils preuve de tant de retenue ? te demandes-tu. Hein ! vas-y, trouve une réponse à ça ! Pourquoi ne fais-tu pas le premier pas ? Pourquoi retiens-tu tes émotions ? » et tu repenses à toutes ces femmes trompées que tu rencontres au quotidien et à tous ces hommes lâches. Te dis que ces femmes ont en commun des cris d'amour et de tendresse. Une femme aime. Une femme respecte. Une femme... C'est courageux, une femme. Ose s'offrir, se mettre en danger, danger d'amour. Mais un homme... Ah ! un homme.

Tu te laisses tomber sur le bord du lit. Te prends la tête entre les mains, tu soupires.

Silence. Courant d'air. Les rideaux volettent. La porte se referme lentement. Il fait nuit. Le filet de lumière disparaît. Tu tends le bras et appuies sur un bouton de plastique. La lampe de chevet s'allume, la pièce s'illumine ; l'abat-jour filtre la lumière, orangée. Les ombres sur le sol, contre les murs, donnent le ton... Romance.

Tu observes le parquet, lattes croisées. Relèves la tête, vois un reflet dans le miroir : un gars, un mec, un mari qui, durant des années, flic de quartier, ne voit rien, ne sait rien des angoisses de sa femme ; ne voit pas les désirs de celle qu'il aime.

Isabelle s'approche de toi, s'assoit à son tour sur le bord du lit. Le reflet du miroir renvoie son désarroi et ses larmes. Tu joins les mains, croises les doigts. Laisses s'écouler un peu de temps, puis passes ton bras autour de ses épaules.

— On en reparlera, t'inquiète pas... Mais je dois y aller, désolé, dis-tu le plus tendrement possible. Je t'aime ! ajoutes-tu en te redressant.

Isabelle lève les yeux, sourit.

— Je t'aime encore plus... Allez, fous le camp... mon amour.

Il fait bon. Tu pousses la porte du commissariat. Brouhaha. Jacqueline, une trogne du quartier, braille. Tu portes les mains à tes oreilles. Elle vient de temps à autre vous rendre visite, elle souhaite rencontrer des hommes, explique-t-elle, de vrais hommes ! Dans le quartier, tous se souviennent quand elle tenait un débit de tabac et journaux... Elle avait encore toute sa tête. Il est vrai qu'elle effrayait quelquefois des gamins qui chapardaient des bonbons. Fraises rouges ou vertes, sucrées. Serpents jaunes ou bleus. Boules de toutes les couleurs, toutes les saveurs. Chewing-gum. Jacqueline leur mettait un pied aux fesses quand, bien souvent par hasard, elle en attrapait un. Aujourd'hui, Jacqueline hante les bistrots et se défoule chez les flics du quartier. « Ils sont là pour ça, nom de Dieu ! » hurle-t-elle avant de s'étendre sur le lit en béton d'un violon.

Tu hésites à rentrer, restes sur le pas de la porte et observes la mine du jeune collègue au comptoir. Il secoue la tête, paraît se demander ce qu'il fait dans ce merdier. Tu penses à ton document, en trois exemplaires, signé. Alors tu prends ton courage à deux mains et fais un pas. Plusieurs personnes attendent impatiemment leur tour : vol à l'astuce, ou vol d'usage, violation de domicile ou cambriolage, abus de confiance ou escroquerie, voie de fait ou lésion corporelle, tout est dénoncé. Tu marques un temps d'arrêt, étudies ces gens qui te tournent le dos, vois ces nuques, ces chevelures. Tu soupires. N'arrives pas à fixer ton esprit sur une pensée précise. Les événements des derniers jours, les paroles du pèlerin, la résolution de prendre le large et de vivre de nouvelles aventures, te mettent dans un drôle d'état, comme en apesanteur.

Il te semble discerner le monde, et les soucis des hommes, d'un peu plus haut. Alors tu respires un grand coup, fais un pas, puis un deuxième, et avances entre les plaignants.

— Excusez-moi ! Merci ! Excusez ! Merci !

Tu entends grogner. Un homme demande à haute voix les raisons pour lesquelles un type passe devant tout le monde. Tu pousses la porte battante. Aucune envie de discuter.

— Salut, les gars !

Personne ne répond. Ambiance de commissariat de quartier. Tu traverses le couloir qui mène à la cuisine. Pas un collègue autour de la table, par conséquent ni bière ni whisky. Toutefois, il traîne des miettes de pain, des traces de beurre et de la peau de salami abandonné sur le plateau, en formica vert. Tu observes le local, éprouves un léger pincement au cœur quand tu te rappelles les nombreuses agapes qui ont eu lieu ici ; les nuits passées, à cette même table, en compagnie de commerçants du quartier ; les repas copieux préparés par les meilleurs cuisiniers du secteur ; les anniversaires des filles qui, entre deux clients, ont été traînées de force par les copines, les bouteilles de champagne déjà ouvertes et ton équipe qui les attendait pour la fête.

Tu jettes un regard nostalgique sur la kitchenette, te demandes comment il a été possible de préparer tant de bonnes choses dans un espace aussi réduit. Te dis que les hommes ont, au fond d'eux-mêmes, un besoin de proximité et qu'ils trouvent refuge et chaleur auprès de leurs semblables. Il te revient à la mémoire l'école militaire, quand tu avais dix-neuf ans, et les nuits passées autour d'un feu, dans une forêt, sous des sapins aux branches recouvertes de neige; l'homme, le groupe, la fraternité. Pourtant, tu choisis aujourd'hui de tirer un trait sur ces années, de partir à la recherche de toi-même, sous d'autres horizons. Ressens encore ce picotement dans le ventre, une impression d'abandonner tes frères... frères d'arme.

Tu prends conscience de ce qui t'entoure, fais attention à l'escalier, aux quarante-cinq marches que tu comptes aujourd'hui, une à une, à ces murs décrépits, à ce sol qui grince sous tes pas, aux miasmes et aux odeurs de mâle, aux fenêtres fermées, aux encadrements fissurés, aux sacs d'intervention déposés dans les coins. Armoires, métal gris. Portes défoncées. Tu poses ton regard sur les affiches de filles nues. Tu observes ces posters, l'un après l'autre, et souris stupidement à ces dames.

— Vous habitez chez vos parents? demandes-tu en avançant vers ton vestiaire.

Te dis que depuis le temps qu'elles réchauffent le cœur des flics qui ont passé dans ces locaux, elles ont bien dû prendre quelques rides, quelques kilos et des cheveux gris. Tu fais alors ces gestes maintes fois répétés, geste de déposer tes habits civils et de revêtir l'uniforme de l'autorité d'État.

Dix-neuf heures, service. Urgence. Tu n'es pas même surpris. Dom saisit les clefs de la 657. Tu ramasses tes affaires, ajustes ta casquette.

En poussant la porte battante, tu tombes sur Gaby. Comme Jean-Pierre, Gaby est une gueule dans le quartier. Comme s'il était taillé à la machette, son corps paraît un bloc de granit, et pourtant Gaby a plus de soixante ans. Dans ces belles années, il a participé à quelques braquages, à de nombreuses bagarres et a placé un certain nombre de filles, plus ou moins amoureuses de lui, sur le trottoir. Aujourd'hui Gaby s'est rangé. Une seule tapine, sa femme, il échappe ainsi aux accusations de proxénétisme. Il fait partie de ces anciens casseurs qui respectent les flics de quartier, et plus d'une fois, il est venu en aide à des collègues en difficulté. Tout dernièrement, un stagiaire s'est fait surprendre par un robuste qui l'a allongé aussi sec. Gaby est intervenu, a asséné un magistral coup de bouteille dans la face du type. Après quoi, il a tendu le bras au jeune collègue, l'a aidé à se relever : « Bienvenu ! t'es nouveau dans le quartier… fallait taper avant lui », et s'est marré.

— Tiens, salut, Gaby.

— Eh… salut, mon ami.

— Sorti de cabane ?

— Comme tu vois… et en grande forme. J'ai passé trois semaines à faire de la musculation. Poids libres et fonte. J'ai aussi organisé quelques combats de boxe.

— T'as des ennuis… ?

— Non, je ne crois pas. Je suis convoqué par Pat pour être entendu.

— Fais des conneries ?

— Te dis que non ! Enfin juste une petite bagarre, rien de grave.

— Sacré Gaby. Allez, à une prochaine…

— Tu sais où me trouver. On boit une bière dans la soirée…

— On verra bien… Ciao !

Gaby te retient par la manche.

— Je… je voulais encore une fois te remercier…

— Oui ?

— Pour Mimi.

— Laisse.

— Non, c'est bien de ta part.

Gaby n'en dira pas plus. Il te fixe du regard, te serre fermement le bras. Tu déglutis, tu sais à quoi il fait allusion. En février dernier la Centrale annonce une tentative de suicide. Tu interviens seul. À ton arrivée, l'ambulance est déjà sur place. Tu pousses doucement la porte d'entrée, bois foncé, moulures apparentes, et ferrures en métal forgé. Tu pénètres dans l'appartement, sens dessus dessous. Vieux bâtiment. Vieux domicile. Mimi s'occupe seule de ses trois enfants, huit ans, dix ans, treize ans. Le père est une loque, s'est d'ailleurs exilé en Colombie pour fuir la justice et quelques rancœurs; pour la poudre, aussi. Il va de soi que Mimi est sans emploi. L'assistance sociale lui a dégotté un abri dans cet ancien immeuble qui sera rasé dans peu de temps. À disposition, électricité et eau. Pour le chauffage, un ancien fourneau à bois fait l'affaire; fonte noire et faïences vertes; des briques de charbon sont déposées dans le coin d'une pièce. Toutefois, deux radiateurs électriques chauffent la chambre des gosses. Tu franchis le seuil et comprends aussitôt que Mimi est sortie d'affaire. Dans la cuisine, assise sur une chaise, elle fume une cigarette. Teint blême. Robe de chambre rose pâle, effilochée. Cheveux blonds, ébouriffés. Un des ambulanciers range le matériel d'intervention, l'autre termine un bandage au poignet.

« Salut ! »

« Salut ! Je termine. Madame s'est tailladé le poignet. Rien de grave, mais ses mômes ont paniqué. »

Tu tournes la tête et aperçois les trois gosses dans le salon, assis sur le canapé.

« Je comprends. »

T'approches de Mimi, elle baisse les yeux. Louve blessée. Tu lui soulèves doucement le menton. Elle te regarde, yeux mouillés, et s'efforce de sourire.

« Putain, Mimi, qu'est-ce que tu fous ? »

« Laisse, une connerie… voilà tout. Ça va mieux maintenant. »

« Ça va, tu te fous de moi ? »

« Non, j'te dis ! »

Tu te retournes. Un des ambulanciers secoue la tête.

« Bien, on doit y aller. »

« O.K. ! et merci beaucoup. »

Ils te serrent la main. Sans dire un mot, ils s'approchent de Mimi, lui touchent l'épaule. Se retournent et font un signe aux gamins, sortent de l'appartement.

Ton regard glisse sur les pièces. Rien n'est rangé. Les habits jonchent le sol. Pas d'armoire. Deux étagères fixées contre le mur. Des chaises en bois, une table remplie de journaux et de boîtes de biscuits. Des verres et des assiettes. Une télévision. Des jouets.

Dans le salon, quatre lits superposés. L'appartement comprend trois pièces, meublées avec des objets récupérés et du mobilier délabré. Le sol est usé, le parquet ondule et laisse apparaître la charpente de l'étage d'au-dessous. Depuis longtemps les murs n'ont pas été rafraîchis. Des dessins d'enfants sont épinglés sur les parois. Tu les observes : maisons, sentiers forestiers, animaux, soleils, filles et garçons ; aucun adulte n'est représenté. Les couleurs se mélangent. Rouge. Vert. Bleu. Jaune. Noir. Une dominance de noir. Tu aperçois sur la table des livres d'école, des crayons, une règle graduée. Une équerre et un compas d'écolier s'enchevêtrent au milieu de ce barda.

« Qu'est-ce que tu fais, Mimi ? »

« Laisse ! »

Mimi s'effondre en larmes. Tu t'approches, poses un genou à terre et la prends dans tes bras. Mimi colle sa tête contre ton épaule. Pleure. Tu ne dis rien. Respires profondément et, tout naturellement, Mimi calque son souffle sur le tien. Inspiration, expiration. Inspiration, expiration.

« Ce n'est rien, Mimi, ça va s'arranger. »

Tu entends derrière toi les enfants se disputer pour une cassette vidéo. Mimi pleure.

« J'en ai marre... »

« Explique. »

En sanglotant, Mimi vomit sa vie sur ton épaule. L'enfance et les échecs successifs. Fugues et maisons de correction. Onze ans: le grand frère qui la déflore sur la banquette arrière de la voiture de papa. Papa ivre qui cogne pour le plaisir. Et maman sous neuroleptiques. Le grand frère qui crève dans une bagarre. Fait divers. Et ce putain de trottoir qui l'a sortie de l'enfer familial; illusion d'une ascension sociale. Dix-neuf ans: maîtresse, fouet, lanières, cuir noir. Mimi cogne sur les clébards. Trottoirs, salons, studios, chambres d'hôtels, cabines de camion, toilettes publiques et baraquements de chantiers. Les hommes ont glissé entre ses cuisses, comme l'argent entre ses doigts et la drogue dans ses veines. Mimi est tombé sur un costaud, l'homme de sa vie. Et voilà trois gamins! La roue tourne, rien ne semble finir aujourd'hui. Mimi ne tapine plus, plus trop... Pour finir, elle dit qu'elle crache sur les dépouilles de ses parents. Partis dans la misère. Misérable vie.

« J'en peux plus, je vais me foutre en l'air. »

« Dis pas de conneries, et les mômes? »

Mimi s'effondre. Tu lui caresses le dos.

« N'appelle personne, je ne verrais plus les petits. »

« T'inquiète pas! Seulement je ne veux pas te laisser dans cet état, j'appelle Gaby. »

Tu sais qu'il la sort de temps en temps et s'occupe parfois des enfants. Doucement, tu la repousses, te redresses. Mimi prend un briquet posé sur la table, porte une cigarette à ses lèvres, l'allume et ferme les yeux; s'appuie contre le dossier de la chaise. Des larmes, noircies de mascara, maquillage de la peine, maculent ses joues, coulent jusque dans son cou. Tu sors de la pièce. Te dis qu'il est inutile de chercher un téléphone dans ce taudis, alors composes le numéro sur ton portable personnel. Gaby se pointe vingt minutes plus tard. Les enfants braillent, courent à sa rencontre et se jettent dans ses bras. Il les embrasse, s'approche de Mimi et lui caresse l'épaule. Te regarde. Ne dit rien. Gaby le pudique te regarde, c'est tout.

«J'ai des connaissances dans des régies, vais faire de mon mieux, dis-tu en balayant des yeux l'appartement.»

Ce jour-là, en refermant la porte, tu te souviens d'avoir ressenti une morsure, dans les tripes.

— Bon! ben alors... tu rêves? te demande Dom depuis la porte d'entrée.

— Excuse-moi.

Avant de refermer la porte derrière toi, tu jettes un regard sur Gaby. Les épaules larges, la nuque épaisse. Tu te dis que ce genre de bonhomme sort tout droit d'un roman d'Émile Zola. Peine. Travail. Douleur. Gueule noire.

Ton collègue, ton ami, souhaite, ce soir, prendre le volant. Tu ouvres la portière, t'assois à la place du copilote. Tu es inquiet. Dom a déjà reconnu qu'il avait des problèmes de vue la nuit. C'est ainsi que maintenant tu t'expliques ces écarts, parfois brutaux, quand il conduit. Tu allumes la radio de bord. De but en blanc dis:

— La nuit, il faut savoir la caresser, elle se mérite! n'est-ce pas mon pote?

Dom tourne lentement la tête dans ta direction.

— Qu'est-ce que tu racontes?

— Je dis que la nuit se mérite, il faut savoir la caresser... On ne la pénètre pas comme on le souhaite, il y a des règles à respecter. Tu ne trouves pas?

— T'es vraiment dingue.

Tu te marres en lui boxant l'épaule.

— Arrête ! Enfoiré !

Cesses et t'installes confortablement contre le siège.

— Vas-y ! dis-tu en frappant sur le tableau de bord.

Dom secoue la tête et démarre. Fait reculer le véhicule sans prendre garde à un cycliste qui roule sur la piste cyclable. L'homme donne un coup de guidon, contourne la voiture.

— ÇA VA PAS !

N'en dira pas plus à la maréchaussée, n'en pense pas moins. Dom agite sa main et s'excuse tout en descendant la fenêtre. Tu souris, te dis que tu prendras le volant dès que possible.

— On va où ? demandes-tu.

Il s'excuse encore, remonte la vitre et te regarde.

— Nom de Dieu, le con !

— Ouais, ouais, t'as surtout eu beaucoup de veine. Alors on va où ?

— La Centrale demande que l'on passe chez un vieux... ne répond plus.

— Oh nonnn ! pas une levée de corps...

Dom s'engage dans le trafic en plissant les yeux. Tu entrouvres la fenêtre, l'air frais pénètre l'habitacle. À cette heure-ci, la lumière s'atténue. Les fenêtres s'éclairent les unes après les autres. À l'entrée des cabarets, les affiches lumineuses mettent en valeur les corps des filles photographiées, annoncent le spectacle, chaud. Tu observes le monde de la nuit qui s'éveille, te répète : « La nuit se mérite, se caresse ! C'est véritablement un monde en soi... rien à voir avec le jour. Les masques tombent. » Tu cogites, te dis que dans le quartier, depuis dix ans, rien n'a vraiment changé. Si ce n'est qu'aujourd'hui les boîtes de strip-tease ne font plus vraiment recettes ; les bouteilles de champagne sont devenues trop chères pour les quelques tristes ondulations offertes par des filles de l'Est ou du Maghreb, pas franchement convaincues par ce qu'elles font. Les salons privés, tenus par des Asiatiques, ou des Africaines, ne passionnent pas grand monde; il semble manquer de choix, de diversité et d'originalité. Tu penses encore que ce n'est pas dans le regard froid, perdu, lointain, d'une de ces filles de Saint-Domingue, ou de la Réunion, qui répètent inlassablement les mêmes gestes, que le client trouve du réconfort, qu'il se sent désiré, aimé et unique en ce bas monde.

Alors il reste le trottoir, immuable espace de rencontres, où les filles de tous les continents, de toutes les confessions, de toutes les couleurs de peau et de tous les prix offrent les plus grands choix; l'ambiance est garantie dans la rue. En outre, il y a aussi les travestis qui depuis plusieurs années sont arrivés sur le marché du sexe tarifé. Les femmes y trouvent du réconfort, des caresses féminines et un corps d'homme. Les hommes y trouvent un compagnon et un corps de femme.

Le client passe de bistrot en cabaret et s'arrête sur cet espace entre la chaussée et l'immeuble, ce territoire exigu qu'est le trottoir, patrie des exclus. Même si depuis quelques années, l'escorte semble faire concurrence aux autres filles; ces call-girls recrutées via Internet, choisies par un simple clic de souris.

C'est un univers, un monde, une ville, un quartier... Tu as toujours aimé y patrouiller.

Cependant, ce soir, de l'intérieur de cette voiture de police, tu observes les piétons, te dis que tu n'as plus aucune envie de porter sur eux un regard de flic, que tu souhaites les voir tels qu'ils peuvent être, des hommes... libres!

Il fait bon. L'air caresse ton visage.

Dom ralentit, immobilise le véhicule près d'un abribus. Tu l'observes qui fouille dans ses poches, tu comprends que son téléphone portable vibre. Il le trouve. Le porte à l'oreille. C'est Véronique, son ex-femme.

— Tu la salues pour moi ! dis-tu te reposant contre l'appuie-tête.

Aperçois alors une femme, visage buriné, assise sous le portique de l'abribus. Lèvre inférieure proéminente, yeux bridés, noirs ; cheveux gris, tombant sur les épaules, et deux petites mèches torsadées, longues, qui glissent le long du visage, pour se perdre dans le cou. La peau, tirée, est parcheminée de profonds sillons. De larges rides dessinées autour de la bouche, d'autres à la racine du nez, filent jusqu'aux oreilles ; d'autres encore dessinent des vagues sur le front. La femme est vieille, épuisée, les étapes de sa vie imprimées. Une histoire, son histoire, récit des hommes. Ton regard se pose sur le cou dénudé et la peau flétrie. La femme est belle. Vieille, d'une beauté époustouflante. Mère, grand-mère… et étrangère ! Elle incarne cette étrangeté des gens d'ailleurs. Doit être originaire d'Amérique du Sud, Venezuela, Pérou, Équateur ? Elle doit loger dans le quartier, avec sa fille et son beau-fils, ou alors avec son fils et sa belle-fille. Dans tous les cas, elle est clandestine.

Ce soir, tu éprouves de la honte. Te souviens de ces Chiliennes, Péruviennes, Équatoriennes ou encore Philippines que tu as interpellées. Femmes terrorisées à l'idée qu'une patrouille de police les aperçoit ; filles, mères, qui redoublent d'attention et de prudence. Leurs familles ont besoin de cet argent gagné à la force du bras. Femmes qui risquent leur vie et, par-dessus tout, leur honneur. En outre, elles dissimulent à leurs proches, demeurés sur place, à leurs frères, à leurs sœurs, leur véritable état, leur désœuvrement. Racontent au cours de longues et coûteuses communications téléphoniques qu'elles sont épanouies et réussissent en Europe. Que dire d'autre ?

Tu es souvent intervenu parce qu'elles travaillent illégalement pour un bourgeois, un diplomate ou pour le compte d'une société de nettoyage, un hôtel ou une usine. Sous-payées, surexploitées, souvent abusées, elles vivent dans la terreur d'être dénoncées. Femmes exploitées dans leur âme et dans leur chair. Interpellées, et les trois, quatre, cinq billets de banque économisés vont servir à acquitter le billet de retour. Aller simple. Classe éco.

Tu cogites. Grave. Penses au travail de flic de quartier. À tes débuts. Quelques semaines dans la rue, et tu as porté un regard empreint de préjugés sur la société. Tu as contrôlé ce type, étranger, contrôlé cette fille, camée, cet automobiliste, bourré. Tu étais si certain que celle-ci était immigrante illégale ou que celui-ci était une crevure. Ben voyons... la vie est si simple ! Chemin tout tracé pour le délit de faciès. Délit mortel. Tu cogites. C'est la mort de l'autre en soi, mort de soi en l'autre... Requiem des innocents ! Flic de quartier, il t'est prétendument interdit de contrôler un type en raison de sa gueule. Pourtant, tu travailles en observant les visages et les comportements, les indices, les regards fuyants et les hochements de tête, parfois la couleur de peau. Tu cogites. Te dis que les démocraties y gagneraient en valeur et en morale, en permettant aux flics de quartier d'exprimer leurs failles : doutes, peines, douleurs, angoisses... parfois violence. Tu cogites. Ne pas permettre la libre circulation de la parole, rappeler à l'ordre, museler, favorise la naissance des ombres. Bien au contraire, et en dépit des hiérarchies qui craignent la transparence, tu te dis qu'il faut enfin accueillir le verbe... des flics de quartier.

La vieille femme aperçoit la voiture de police. Son regard croise le tien. Terreur. Elle se penche et fait mine de chercher quelque chose dans son sac à commissions. Dom démarre. Coup de frein. Évite une voiture qui surgit par la droite. Tu observes l'automobiliste qui se retient de gueuler. Tu ne dis rien. Il est temps que tu prennes le volant !

— On y est ! dit Dom en garant la voiture en créneau.

Tu sors de tes rêveries, regardes autour de toi : secteur hispanique du quartier. Dans cette rue se côtoient les plus grands restaurants espagnols de la ville. Ici, tu as mangé les meilleures paellas, les meilleures pariadas. Tu as goûté aux plus grands crus, d'Espagne, de France, mais encore du Chili, d'Afrique du Sud ou d'Australie.

— Hola José ! Hola... qué tal Juan ? Eh Diego ! como te va la vida ? s'exclame Dom à peine sorti.

Tu salues toutes ces figures du quartier, commerçants, clients, habitants. Qui, pour avoir aperçu Dom, sortent du café Las Bota, se regroupent autour de lui, gesticulent et gueulent. S'aiment.

Dom te fait sourire. Roi des types, jovial, plaisantin et sensible. Tu te questionnes sur les raisons qui l'ont amené à être flic de quartier. « C'est un pari ! t'a-t-il raconté un jour. Un pari entre potes. J'étais un jeune con et plusieurs d'entre nous se sont inscrits lors d'une campagne de pub... J'ai été engagé. » Il s'est laissé séduire par l'aventure, rêvait, lui aussi, de justice ; aujourd'hui il est l'ami des déshérités. Dom désarme les gens par son honnêteté et sa gentillesse. C'est de cette manière qu'il règle les conflits. Il a fait un peu de boxe... il y a longtemps, il n'en reste pas grand-chose, mais cela aide parfois dans une bagarre de rue. Tu regardes ses joues rouges, été comme hiver ; son sourire et ses cheveux châtains, ébouriffés.

Tu es heureux pour ton ami ; il mérite sincèrement d'être aimé. Le cœur sur la main, les yeux humides à l'évocation des injustices, il voyage aux frontières d'univers qui, il y encore quelque temps, t'étaient inaccessibles. Dom, tu l'as rencontré au turbin et tu as vite apprécié sa vision de l'existence. Il a visité le monde, ses terres et océans, est allé se perdre de Patagonie aux jungles birmanes.

Combien de nuits de service as-tu passé à échanger avec lui des propos sur l'immigration, légale ou clandestine, sur les dégâts causés par les colonisations successives ou par les décolonisations foireuses, sur les régimes totalitaires, sur le Nord, sur le Sud. Mais encore sur les dommages des déforestations d'Amazonie ou de Bornéo, les pollutions de l'empire soviétique, les ravages économiques de l'aigle américain et les expériences nucléaires en Corée du Nord. Ton ami t'éblouit car il est capable de dépeindre une aquarelle aux tons pastel, employant les teintes de la peine et de la désolation. Dom régénère la vie. Il t'a offert un cadeau merveilleux, l'amitié.

— Oh, tu te réveilles !

— Oui… Oui. Voilà.

Tu l'accompagnes. Fais quelques pas à ses côtés et empoignes la poignée en laiton, la porte est lourde, tu marches dans l'allée. Sur ta gauche, une quinzaine de boîtes aux lettres forcées. Sur chacune d'elles, un bouton en ivoire jauni ; les sonnettes sont désactivées depuis des décennies. Des étiquettes autocollantes indiquent les noms des derniers habitants. Audessous, plusieurs casiers à lait servent aujourd'hui de corbeilles à papier. Le bâtiment est délabré. Une ampoule, nue, éclaire le couloir sombre. Couloirs aux murs sales sur lesquels tu distingues des restes de peinture beige. À la hauteur des épaules on distingue une ligne brune, d'environ vingt centimètres. Des résidus de couleurs laissent penser que le bas était peint en vert. Des poubelles grises, en métal. Des sacs à ordures. Trois vélos abandonnés, et des escaliers en pierre patinés. Odeurs croupissantes. Tu t'approches de la rambarde en métal forgé noir. Poses ta main. Froid. Quelques marches descendantes, en molasse, mènent à une lourde porte grillagée qui bloque l'accès à la cave et à l'ancienne loge du concierge.

Tu lèves les yeux et regardes la cage d'escalier, compte huit étages. Te mets à gravir les marches, l'une après l'autre. Dom te devance, te dit que le vieux habite au septième. Ta main glisse sur la rambarde. Tu imagines les autres mains qui, depuis des générations, ont empoigné ce même métal. Songes alors à un jeune garçon, cheveux courts, rasés sur les côtés, coiffé d'un béret basque noir penché sur le côté. Il porte une chemise à carreaux de couleurs pâles, un pantalon golf en velours brun, des chaussettes grises montantes, tricotées, et des chaussures en cuir, lacées à l'aide d'une ficelle de chanvre. Le gamin porte un sac à dos, en peau de vache tachetée de noir et de blanc. Il tient une pomme verte dans une main, l'autre posée sur la rampe. Il sifflote. Sa mère, sur le palier du premier étage, l'observe qui s'éloigne. Elle a les cheveux châtains, relevés en chignon. Un tablier de ménage, blanc, recouvre une robe longue, ample, plissée vers le bas et qui recouvre ses chevilles. Tu imagines cette femme qui s'essuie les mains dans son tablier et qui crie à son enfant que lorsque les sirènes retentiront, il faudra obéir à la maîtresse, et sans discuter. Qu'il descende le plus rapidement possible à l'abri, dans la cave de l'école. Car depuis plusieurs mois, les alliés empruntent le couloir aérien, par-dessus la ville, pour se rendre en Allemagne. «JE T'AIME!» crie-t-elle. L'image est si forte que tu crois même sentir le savon de Marseille qui recouvre le sol.

Septième étage. Le palier, mal éclairé, donne accès à deux portes, en bois brun foncé, aux charnières en fer forgé. Deux paillassons. Un chat aux poils gris, couché sur le rebord d'une petite lucarne taillée dans le mur gris, observe ces deux flics de quartier qui perturbent son sommeil.

— C'est celle-ci! dit Dom

— T'as des renseignements?

— Non. La Centrale dit que les amis du vieux s'inquiètent de ne plus le voir au bistrot... ont donné l'adresse.

— Bien…

Tu t'approches et inspectes l'encadrement de bois. Un filet de lumière filtre de chaque côté de la porte. Tu colles un œil contre un interstice.

— J'vois rien. Il me semble distinguer une chambre… mais rien d'autre.

Dom appuie sur un bouton en laiton doré. Rien.

— Il n'y a plus d'électricité.

— J'crois pas… on laisse pas un vieillard dans ces conditions.

— Ah, tu penses … gros naïf, répond Dom.

Il frappe à plusieurs reprises. La porte branle.

— MONSIEUR ! MONSIEUR ! OUVREZ ! C'EST LA POLICE.

Silence. Tu retiens ta respiration. Dom te regarde en coin.

— Essaye encore une fois.

— MONSIEUR, C'EST LA POLICE !

Silence.

— Écoute, Dom. Si on fait venir un serrurier, il faut l'autorisation d'un officier, et on va perdre un temps fou… Je mets un coup de pied dans la porte et on n'en parle plus.

— Tu crois.

— Ouais ! De toute façon, si c'est pour ramener un cadavre, dis-tu en reculant d'un pas.

Tu te concentres sur un point, fictif, au-dessous de la serrure. Décontractes tes muscles. Prends une profonde inspiration. Et *Mae geri*. Un seul coup de pied. Puissant. Technique que tu as pratiquée dans les dojos, contre un adversaire tenant sur son ventre un *maki wachi*, coussin conçu pour encaisser les chocs.

La porte vole en éclats. Les gonds tiennent le coup.

Un couloir sur ta droite. Une pièce devant toi. Dom y jette un coup d'œil. Rien.

Tu fais un pas. Empruntes le couloir. L'appartement comporte trois pièces. De vieux tapis, usés, troués, recouvrent un sol ondulé que tu devines en bois. Tu sens immédiatement l'odeur de cire d'abeille. Comprends que les meubles sont régulièrement astiqués. Tu fais un pas. Les murs sont recouverts d'un papier vert, déchiré à plusieurs endroits. Tu aperçois au plafond des lamelles de jonc tressé, aux endroits où des plaques de plâtre se sont effondrées. Un porte-manteau est fixé contre le mur ; y est suspendue une pèlerine de pluie. Tu fais un pas. Du coin de l'œil tu devines une prise électrique, archaïque, peinte en vert, dans le ton de la tapisserie. Tu approches de la pièce du fond. Pas un bruit.

Cuisine. Petite pièce. Le corps est assis, affaissé, la tête rejetée en arrière. L'homme est recouvert d'une épaisse couverture en laine. Les deux bras croisés sur sa poitrine. Silence. Tu observes le vieil homme. Avant de s'endormir, le vieux a posé ses pieds sur l'ancien potager à bois, fonte noire, cuve en cuivre, trois foyers. Poêle accolé à l'évier, en émail jaune craquelé.

Dom souffle derrière toi, te pousse légèrement pour entrer dans la pièce. Il s'approche du vieux. Pose une main sur le potager.

— Putain ! C'est chaud. T'as vu ? Les pieds dans des chaussons, les chaussons sur le fourneau… Nom de dieu, il aurait pu y avoir un incendie.

Le visage de l'homme est pâle, parsemé de fleurs de cimetière. Les cheveux gris cendré sont tirés en arrière. La bouche grande ouverte laisse entrevoir deux, trois peut-être quatre dents, usées, jaunies. Tu t'approches. Les murs sont passablement délavés, blanc-gris. Sol en faïence beige, imitation pierre. Armoire de rangement, aux portes jaune pâle. Sur ta gauche, se trouve un meuble en bois, brun foncé, plateau en marbre blanc, sur lequel des traces de farine sont encore visibles. Au centre de la pièce, une table de cuisine, plateau rouge, pieds en métal chromé. Napperon blanc. Journaux. Bloc de papier. Photos jaunies dans un album ouvert. Une bouteille de vin, un verre.

Tu t'approches. Dom reste près du potager. Tu poses ta main sur l'épaule, veux toucher le corps, le pousse. Alors d'un seul élan, le vieux redresse la tête.

— QU'EST-CE QUE VOUS FOUTEZ LÀ? NOM DE DIEU !

Dom recule contre le fourneau en gueulant. Tu fais deux pas en arrière en hurlant à ton tour. Le vieux crie, se croyant attaqué. Tous hurlent ! puis chacun s'observe, à tour de rôle. Silence.

— Eh bien, j'ai failli crever ! dis-tu en te tenant la poitrine à deux mains.

— Putain ! On vous croyait mort ! réplique Dom

— Mais vous êtes de la police ! articule difficilement le vieux.

— Oui, on est de la police... monsieur... Ne vous inquiétez pas.

Silence.

— Eh bien, quelle trouille !

— Mais, qu'est-ce que vous faites chez moi ?

— Nous avons pensé à un malaise... Ce sont vos amis de l'auberge de Coutance qui nous ont demandé de vos nouvelles... s'inquiétaient.

Ton cœur palpite à toute allure, tu vois le visage de Dom qui devient écarlate, le vieux peine à reprendre son souffle.

— Pourquoi ne répondiez-vous pas? Nous avons pourtant frappé fort.

— J'entends mal... à quatre-vingt-neuf ans, vous savez.

— Et les pieds sur le fourneau ?

— J'ai parfois un peu froid... m'en plains pas, ça conserve. Je suis encore chauffé au bois, alors... je profite des braises.

— On peut s'asseoir une minute ?

— Allez-y, dit-il en soulevant ses pieds.

Se retourne, pousse la chaise et s'accoude à table. Dom s'assoit à table. Tu t'adosses contre l'armoire de rangement.

— Eh bien, quelle trouille !

Tu lui expliques que pour entrer, tu as malheureusement dû enfoncer la porte. Et c'est alors un petit quart d'heure de palabres, sur la vie, rude, dans un bâtiment comme celui-ci. Pas d'ascenseur, les commissions sont montées palier par palier. Le vieux se porte comme un charme. Il dit qu'il est parfois épuisé, mais encore vert. Oh ! il sait qu'un de ces jours la police viendra pour de bon, cette fois-ci.

— Vous savez, jeunes hommes, je suis d'un autre temps, suis né aux chandelles et me suis chauffé au charbon…

La radio grésille. Tu regardes Dom, qui d'un signe de la tête te fait comprendre qu'il est temps d'y aller. Le vieux est chaleureusement salué.

— Pouvez-vous me bricoler la porte… demande-t-il. C'est pas grave de l'avoir enfoncée, juste ennuyeux… j'tiens pas à avoir d'autres frais ! Merci !

Tu le rassures, lui dis que tu vas t'en occuper avant de partir. Le vieux s'excuse de rester assis et vous salue à son tour. Marmonne qu'il va faire quelques mots croisés, que demain il passera à l'auberge rassurer ses amis.

— J'irai dire un petit bonjour à Christian, le patron. Vous le connaissez ? dit-il en faisant un clin d'œil malicieux.

— Bien sûr ! réponds-tu en souriant.

Entrer à l'auberge, c'est découvrir le Sud-Ouest. Christian accueille les gens chaleureusement, fait déguster un Jurançon, ou encore un vin d'Estaing ou de Marcillac ; cuisine le poisson au vin rouge… saumon ou loup, et les viandes les plus tendres, les sauces les plus savoureuses, n'hésite pas à déglacer le canard avec des vins de la meilleure qualité.

Tu sors de la cuisine, traverses le couloir et t'approches de la porte d'entrée restée ouverte. La refermes, puis l'entrouvres, la refermes et l'ouvres à nouveau. Fais fonctionner le pêne. La gâche est légèrement descellée du chambranle. Tu décroches la radio suspendue à ta ceinture et cognes, à plusieurs reprises, contre la serrure en métal. Ajustes le tout avec quelques coups sur les côtés. Dom te rejoint.

— Ça va ?

— Ouais, le mécanisme n'a pas morflé. C'est comme neuf.

Tu fermes et ouvres plusieurs fois de suite. La porte est à nouveau fonctionnelle. Les interstices toujours existants.

— BIEN, ON VOUS LAISSE, MONSIEUR ! cries-tu dans le couloir.

Tu tends l'oreille. Rien. Repousses la porte derrière toi. Fais quelques pas, poses ta main sur la rambarde. À son contact, tu as la sensation d'être l'enfant, sac d'école et cahiers. Sens l'odeur du cuir, des tissus et celle, depuis longtemps disparue, de la colle de poisson qui maintenait les pages des livres d'écolier.

Sur le trottoir, tu jettes un coup d'œil à ta montre. Vingt heures quinze. Lèves la tête et scrutes le ciel. Les dernières lueurs traversent l'horizon. Les lampadaires se sont allumés. Le monde de la nuit a débuté. Les restaurants sont illuminés. Les enseignes lumineuses éclairent les façades noircies des bâtiments. Les véhicules circulent, feux de route allumés. Tu observes Dom. Lui souris. Ne dis rien. Routine. Il déclenche l'ouverture des portières. Tu ouvres celle de droite et t'installes à l'intérieur. Dom échange quelques mots avec des clients qui sortent du Las Bota. Tu l'entends qui rit aux éclats, le vois qui tape sur le dos d'un des bonshommes.

— Centrale, de 657… demandes-tu, microtel à l'oreille.

La radio grésille.

— 657, de Centrale… À l'écoute.

— Oui, Centrale, l'intervention pour le vieux… classée. Il roupillait… rien de plus.

— Merci 657… rejoignez le commissariat, une personne à relaxer !

— Bien compris, Centrale. On y est dans vingt minutes… faisons un tour dans le secteur, allons patrouiller vers les stations-service.

Tu te penches légèrement. Tu vois Dom en grande explication, qui gesticule en faisant son numéro de charme. Tu klaxonnes. Il se retourne. Lui fais signe de se grouiller. Il agite la main et salue les types sur le trottoir. Ouvre la portière.

— Qu'est-ce qui t'arrive ? demande-t-il en s'installant.

— La Centrale veut qu'on rentre, une mise au violon à relaxer.

— Peuvent pas s'en occuper au commissariat ?

— Faut croire que non ! Gégé et Pat tournent aussi… et tu vois le chef, va pas prendre de risques cinq ans avant la retraite. J'ai annoncé qu'on allait d'abord frimer près des stations-service.

— C'est entendu, mon pote ! dit-il, les yeux rieurs.

Tu lui jettes un coup d'œil enjoué.

— Pas croyable, le vieux… j'étais sûr qu'il avait clamsé.

Éclat de rire. Tu te plies en deux. Dom s'esclaffe à son tour en s'appuyant contre l'appuie-tête. Deux quidams observent la scène, sourient en montrant du doigt deux flics de quartier en crise.

Le calme revenu, Dom s'engage dans la circulation sans prendre garde aux autres automobilistes. Tu serres la mâchoire, tends les jambes, contractes ta musculature et empoignes vigoureusement la poignée de sécurité. Vois dans le rétroviseur, à ta droite, une voiture planter les freins. Crissement de pneus. Pas de klaxon. Rien. Silence. Tu te décontractes. Observes la route en pensant que ces situations, burlesques, vont sûrement te manquer.

— Dom !

— Ouais.

— T'es un chic type. Faut me croire... un chic type. Et je tiens à t'annoncer... je me tire, j'prends congé.

Il se retourne brusquement.

— Regarde la route... ! supplies-tu.

— Qu'est-ce que tu racontes ?

— Je me barre... La décision est prise. J'ai signé pour des missions à l'étranger.

— Je ne peux pas y croire...

— Je t'assure, j'envoie le document ce soir. Tu sais, j'ai eu des moments merveilleux avec toi, dans le quartier. Avec Pat et Gégé aussi... mais je veux passer à autre chose.

— Je ne peux pas y croire...

— Faudra bien.

— Mais t'es mon pote... Je vais m'emmerder.

— De toute manière tu sais bien que dans peu de temps nous serons séparés. Tu prends du grade, ne l'oublie pas. Alors !

— Bordel, je ne peux pas y croire.

— Eh ! Attention à la route. Après je conduis... d'accord ?

Tu l'observes qui tient à deux mains le volant. Tu vois qu'il est sincèrement contrarié. Doucement tu lui tapotes l'épaule.

— Allez ! on en reparle une autre fois.

— Tu m'en bouches un coin.

C'est la frime. Immobilisé à un feu rouge, tu sifflotes un refrain populaire. Additionnes les chiffres inscrits sur la plaque d'immatriculation du véhicule qui te précède. Feux verts. Dom accélère. Roule un bon kilomètre. S'éloigne du centre ville, se dirige à l'extrémité du secteur. S'y trouvent plusieurs stations-service, et de jour comme de nuit, à fréquences régulières, des braquages y sont commis.

La première semble calme. Lentement, le véhicule s'avance entre les colonnes d'essence. Tu restes prudent. Samedi dernier, ici même, et dans l'après-midi, un type se présente à la caissière, visage découvert et arme au poing. Il lui fait comprendre qu'elle doit se rendre à l'arrière-boutique et lui remettre le contenu de la caisse. Elle s'exécute sans un mot. Le type s'empare des billets. La station désertée, un coup d'œil sur la femme, il se dit qu'il peut profiter du corps. Elle sanglote. Plante le regard dans les yeux de son agresseur. Haine. Les doigts caressent la poitrine, le flingue dans le cou. C'est alors qu'une équipe de routiers entre dans le magasin. Et la femme échappe à l'horreur. Le braqueur braque et s'enfuit.

Tu regardes tranquillement les automobilistes, les voitures et les motos, aperçois un semi-remorque immobilisé au fond du parking, les rideaux de la cabine tirés. Sur ta droite, un employé de la station se tient sur le pas de la porte, fait un signe de bienvenue. Une deuxième station service puis une troisième sont ainsi visitées, tout est calme.

— Bien ! retour commissariat, dit Dom… et tu te tires, ajoute-t-il, j'peux pas y croire !

— Pour l'instant garde-le pour toi, Dom !…. J'aimerais en parler à ma femme avant que tout le monde le sache… tu comprends ?

Ton ami acquiesce et appuie sur l'accélérateur.

Ouverture de la porte. Brouhaha. Du monde à l'avant-poste. Les équipes de jour n'ont pas terminé. Et ce sera une heure cinquante supplémentaire à ajouter sur le décompte des horaires… et ce n'est pas fini, les aiguilles tournent !

Tes collègues sont assis derrière les écrans, entendent les témoignages de plusieurs personnes. Tu comprends qu'il s'agit d'une tentative de viol. Aperçois une jeune femme en pleurs dans une des salles d'audition, un couple à ses côtés.

— Les parents? demandes-tu à un collègue.

— Ouais!

— Qu'est-ce qui s'est passé?

— La miss a récupéré sa voiture sous le parking de la gare. Un type l'a bousculée, l'a forcée à monter à bord et menacée. Il avait un couteau. Elle a paniqué, tu comprends. Et le type s'est fait sucer… c'est quand il l'a forcée à passer à l'arrière qu'elle a pu s'enfuir. On est sur la trace de l'agresseur… plusieurs témoignages.

— L'enfoiré! dis-tu en serrant les poings.

Tu te rends à la cuisine.

— Voilà, chef! t'as besoin de nous?

Il lève la tête du journal qu'il feuillette, sans véritablement être intéressé par le contenu.

— Ouais, tu me relaxes la six. Une danseuse qui a fait du foin tout à l'heure, chez le Corse. Et faut que t'ailles récupérer son passeport… à son domicile. Prends-la avec toi! Pour plus d'infos, jettes un œil sur la main courante.

— On s'en occupe, chef!

Quelques lignes d'une écriture maladroite, encre noire, et tu apprends que la demoiselle a pris une biture d'enfer, s'est fait remarquer chez le Corse, un cabaret branché du quartier. À quatre heures de l'après-midi, à poil, elle aurait allumé les clients. S'était mise à faire un petit numéro. Érection collective. Avant qu'il n'y ait des débordements irrépressibles, le Corse a fait appel. Ce n'est pas dans son habitude. Tes collègues sont intervenus. Chaud. Ils ont sauvé la danseuse d'un viol collectif. 2,40 pour mille à l'éthylomètre portable. Tu as rarement vu un taux si élevé chez une femme. A carburé au champagne, disjoncté d'un seul coup. Il est probable qu'elle s'est fait une ou deux lignes de cocaïne avant de monter sur la scène.

Tu refermes la main courante, rejoins Dom qui discute à l'avant-poste avec l'un des surveillants du parking qui croit reconnaître l'agresseur de la jeune fille, il l'a vu rôder plusieurs fois dans les sous-sols.

— Dom... il nous faut accompagner une danseuse.

— Grande mission. J'arrive.

Tu te rends vers les cellules. Béton et métal. Croises Pat, qui visiblement doit partir pour une intervention urgente.

— Eh Pat ! et Gaby ?

— Rien de spécial... je l'ai juste entendu pour une connerie. M'a proposé de nous offrir un verre dans la soirée. On se voit tout à l'heure pour la croque.

— C'est ça ! bonne bourre.

Dom te rejoint.

La caisse numérotée contient un sac de cuir et une ceinture en peau de crocodile violet. Boucle de fermeture en métal doré. Un soutien-gorge, satin noir ; la lingerie est retirée afin d'éviter que la détenue se pende ou s'étouffe volontairement. À côté de la caisse se trouve une paire de chaussures, talons aiguilles, cuir crocodile violet. Une boucle de décoration en métal doré est fixée sur le cou-de-pied. Tu te baisses, prends les chaussures.

— Qu'est-ce que tu fais ?

— Je ne pousse plus les chaussures avec les pieds... question de principe ! dis-tu en ayant une petite pensée pour le soixante-huitard humilié qui t'a donné une bonne leçon de savoir-vivre.

— T'es taré, te répond Dom en secouant la tête, sans comprendre.

CLACK ! Les verrous sont retirés. Bruit métallique. Tu frissonnes.

— Debout, mademoiselle.

La fille se redresse. La claque. Une fille merveilleusement sexy. Un mètre quatre-vingts. Cheveux longs, noirs, frisés, tombant sur les reins. Yeux verts, dessinés en amande, cils noirs et paupières recouvertes d'une légère poudre argentée, givrante. Pommettes saillantes. Bouche épaisse, lèvres redessinées au collagène. Cou fin. Épaules droites. Taille fine. Longues jambes que tu devines musclées. Pantalon de cuir violet. Poitrine généreuse, recouverte d'un minuscule bustier blanc, pailleté violet.

— Euh... bonjour, madame, bafouille Dom.

— Dis pas de connerie, elle se fout de ton bonjour, dis-tu en le poussant du coude, t'efforçant de regarder la créature dans les yeux.

Tu frissonnes. Avances d'un pas.

— Tiens ! tes chaussures.

Elle te jette un regard dubitatif. Les yeux brillants. Et sourit.

— C'est bien la première fois qu'un flic me tend mes affaires...

— Eh ! tout peut arriver. Mais t'inquiète, c'est la première pour moi aussi.

— Merci bien, balbutie-t-elle en titubant. Excusez-moi ! Le champagne... ajoute-t-elle.

— Je comprends.

Elle prend ses chaussures et s'assoit sur le lit en béton. Replie une jambe par-dessus l'autre et se chausse. Effectue le même mouvement avec le deuxième pied. Tu l'observes qui bouge, es séduit. Elle n'hésite pas à faire passer ses cheveux d'un coté à l'autre, par un geste ample de la tête.

Alors se redresse. Chaussures aux pieds, elle te dépasse de plusieurs centimètres.

— Tiens ! dit Dom en tendant la boîte numérotée. Ramasse tes affaires et suis-nous.

— Certainement. Vous êtes beaux gosses, dit-elle sur un ton parfaitement choisi, suave.

— On a besoin de ton passeport. T'habites chez une copine, non ?

— Yes ! mes petits poulets, dit-elle en prenant son soutien-gorge.

— Allez, dépêche-toi, suis-nous.

Ses gestes sont contrôlés. Professionnels. Tu remarques que ses ongles sont recouverts d'un vernis laqué, violet, pailleté. À l'intérieur de la cellule flotte des effluves de parfum, corsé ; combat mené contre les odeurs nauséabondes, de transpiration et d'urine ; odeurs de commissariat de quartier.

— Rosa-Maria, c'est bien ton nom ?

— Vouiii… mes chéris, dit-elle en soulevant son bustier.

Tes yeux se posent sur deux seins gonflés à l'hélium, ronds comme des ballons, et prêts à exploser. Aréoles larges, couleur noisette sur peau de pêche.

— Attends ! On te laisse te rhabiller, dis-tu en t'efforçant de lever les yeux.

Bouffée de chaleur. Tu te retournes en tirant Dom par la manche. En sortant de la cellule, jettes un coup d'œil à ton ami. Clin d'œil. Dom se marre en te disant que c'est bien la première fois qu'il te voit rougir.

Rosa-Maria rajuste son bustier et sort de la cellule. Elle titube et passe la porte en se tenant à l'encadrement métallique. Te regarde. Arrondit ses lèvres et te lance un baiser sulfureux. Balance les hanches et passe devant toi en souriant. Dom ouvre la marche. Tu la fermes. Ne perds rien des ondulations de ce corps profilé pour la séduction. Poses les yeux sur l'arrondi des fesses, parfait.

Le couloir débouche à l'avant-poste. Rosa-Maria passe l'encadrement. Se redresse, les épaules droites, bombe le torse. Silence complet. Les hommes et les femmes, en attente d'être entendus par un collègue, tournent la tête. Les regards convergent. Souffle coupé, pas un seul son. Les respirations sont suspendues.

Dom passe les portes battantes, les charnières grincent. Tu souris. Observes l'immense crinière noire, frisée, qui tombe sur les reins. Sens les effluves de ce parfum corsé qui envahit l'avant-poste. Rosa-Maria passe le comptoir. Quelques pas entre les personnes, qui s'écartent, et Dom ouvre la porte d'entrée.

Air frais. Sur le trottoir, tu jettes un regard en direction du ciel, noir. Lisse comme un miroir. Les étoiles apparaissent l'une après l'autre. Tu frissonnes. La température est descendue de quelques degrés. Dom déverrouille les portières, et Rosa-Maria entre avec grâce à l'intérieur de la voiture ; est installée à l'arrière, côté copilote. Tu montes à ton tour et t'assois auprès d'elle. N'insistes pas pour conduire, et Dom prend le volant.

Tu détournes les yeux des jambes, cuir violet, et regardes par la fenêtre. Devines que Rosa-Maria s'est laissée aller contre l'appuie-tête, elle semble s'être endormie.

Feux clignotants. Dom engage le véhicule dans la circulation. Pas un mot n'est échangé.

C'est alors le parcours dans les rues les plus chaudes et les plus animées. Les chaussées sont encombrées. Sur les trottoirs, les filles, en tenues affriolantes, s'approchent des véhicules immobilisés. Elles s'accoudent aux fenêtres abaissées, ces messieurs discutent un prix. Alors la fille acquiesce, fait signe aux copines, et l'une d'entre elles relève le numéro d'immatriculation. Le véhicule démarre.

Sur ses mêmes trottoirs, les hommes se faufilent comme des ombres, jettent des coups d'œil, discrets, et remontent les épaules. Ralentissent le pas, pour mieux accélérer ; ralentissent une fois encore, pour finalement se décider. S'engagent dans une allée.

Tu observes cette animation. Repères Gaby, Marcel, Tony, José et Hubert, qui a ces heures-là traînent dans les mêmes endroits ; lieux qu'ils occupaient hier et avant-hier, et même depuis des lustres. Tu aperçois Josiane et Yolande en grande conversation qui surveillent les filles les plus jeunes ; elles leur prêteront main-forte si d'aventure l'une d'entre elles devait être rossée. Claudia et Mimi accostent leur clientèle devant chez T'schou. T'schou qui, comme à son habitude, se tient debout devant la porte de son établissement. Il y a aussi Violette, adossée devant l'entrée d'un peep-show. Renée, la doyenne, fatiguée, qui observe depuis sa fenêtre le monde s'agiter à ses pieds.

Il manque Francine, Jasmine et La Ginette pour que le tableau soit complet. Ainsi la vie s'écoule…

Coup de freins, Dom n'a pas remarqué le couple qui s'est jeté sur la chaussée. Feux de circulation rouges. Coup de volant, il les évite de justesse. Rosa-Maria grogne, s'enfonce un peu plus dans le siège. Tu vois le couple, surpris, yeux révulsés, n'a pas compris ce qu'il lui arrivait.

— Roule doucement, je prendrai le volant tout à l'heure.

Tu penses bien que Dom va devoir se résoudre à porter des lunettes.

Le couple s'éloigne, bras dessus, bras dessous. Tu penses à ces amants et époux qui rôdent dans le quartier. Les filles t'ont appris que de plus en plus de couples viennent se dévergonder par ici. C'est la raison pour laquelle, ces dernières années, des saunas et hammams qui proposent jacuzzis, *dark room* et coins câlins se sont multipliés auprès des traditionnels cabarets, sex-shops et peep-shows. Les salons de massage et clubs de rencontres organisent des soirées libertines. Même les discothèques offrent à leurs clients des spectacles érotiques. Des couples mariés, à la recherche de nouvelles expériences insolites, fréquentent les lieux. Selon les jours, les établissements organisent des soirées *body painting, fetish, string,* ou alors des soirées cuir, vinyle et *soft* SM ; ou bien des soirées porte-jarretelles et talons aiguilles ; ou nuits transparences, bi, mixtes, trios.

Dom appuie sur l'accélérateur, franchit en trombe le carrefour. Rosa-Maria bougonne. Tu aperçois Jean-Pierre et Guillaume qui entrent au Zézou bar, te dis que Momo ne doit pas y être ; ce matin il semblait sacrément atteint. Plusieurs motos, Harley Davidson, grosses cylindrées, sont garées en épi devant l'établissement. Un motard, genre rocky barjot, deux ailes brodées sur le cuir, surveille les bijoux mécaniques. Tu te dis qu'il va y avoir de l'ambiance, par ici… les mariolles sont de sortie.

Arrivée. Stationnement à cheval sur le trottoir, sous un panneau d'interdiction de s'arrêter. Tu sors, fais le tour du véhicule et ouvres la portière. Rosa-Maria se redresse lentement et sort à son tour. T'observe sans rien dire, te bouscule, fais quelques pas et s'engouffre dans une allée. Escaliers. Son postérieur ondule devant tes yeux. Troisième étage. C'est le pied-à-terre d'une prostituée. Studio sous-loué à une copine, qui elle-même le sous-loue à une cousine. Passé le vestibule, la couleur bleue domine la pièce. Les murs sont recouverts d'un papier bleu roi. La moquette, bleu clair. Épaisse. Les rideaux, voilage bleuté, couvrent une fenêtre à carreaux. Au centre de la pièce, un gigantesque lit, couverture en fourrure blanche. Sur les tables de nuit, deux lampes de chevet, aux abat-jour bleu foncé. Il y a encore, sur ta droite, une armoire, portes miroirs. Dans le fond de la pièce, une lampe halogène, sur pied, diffuse une lumière indirecte. Ambiance feutrée. Près de la fenêtre, un fauteuil, une chaise et une table, plateau en verre fumé. Tes yeux se posent sur une affiche des Bee Gees, *Stayin'alive.*

— Bien… dépêche-toi, Rosa !

— Vous prenez un verre ?

Tu tournes la tête et regardes Dom. Hésites.

— Pourquoi pas ! Après le vieux, ça ne nous fera pas de mal, dit-il en te faisant un signe de tête.

— D'accord.

Rosa-Maria file à la cuisine. Tu t'installes dans le fauteuil près du lit. Ouvres ton blouson. Prends tes aises. Dom s'installe sur la chaise proche de la fenêtre. Clin d'œil. Tu souris. Tu entends la porte du frigidaire s'ouvrir et se refermer. Bruit de verres qui s'entrechoquent. Rosa-Maria entre dans la pièce en faisant sauter le bouchon de la bouteille de champagne qu'elle tient dans une main, tient trois verres en cristal dans l'autre. Professionnelle. Large sourire. Elle ondule et s'approche de Dom, soulève la jambe gauche et le chevauche. Renverse la bouteille, et lentement le liquide, pétillant, s'écoule dans le verre en cristal. Rosa-Maria ondule du bassin, s'arrête, et fixe Dom dans les yeux pour vérifier l'effet qu'elle produit. Se lève, se retourne et s'approche de toi. Reste debout quelques secondes, t'observe et s'assoit sur ton genou. Verse le champagne. Clin d'œil. Te fixe dans les yeux, sourit, et se redresse. S'assoit sur le lit.

— Tschinnnnn ! fait-elle en levant son verre.

La radio grésille. Tu l'éteins. Approches tes lèvres du verre. Le nectar, pétillant, te coule dans le gosier. « Il y a du bon dans ce métier », penses-tu.

D'une seule oreille, tu écoutes Dom qui échange quelques mots sur le Brésil, les fêtes et l'amabilité des gens. Tu souris et essayes de te souvenir du nombre de fois où tu t'es retrouvé dans ce genre de circonstances. Les mots de ta femme surgissent à ton esprit : « La vie d'une femme de flic... c'est vraiment merdique. Tu me racontes tes trucs... tes nuits... tes rencontres. C'est parfait ! mais as-tu seulement déjà pensé à ce que je peux ressentir ? »

— Encore un verre ? demande Rosa-Maria.

— Merci non, on doit y aller… le crime n'attend pas. N'oublie pas ton passeport, dis-tu en te redressant, abandonnant le verre vide sur la table près du fauteuil.

— Oui ! voilà, dit-elle en se vautrant sur le lit.

S'étire. Roule sur le ventre et ouvre le tiroir de la table de nuit. Te regarde, paupières entrouvertes, se passe la langue sur les lèvres. Rosa-Maria te remet le document.

Tu feuillettes les pages, conclus qu'il s'agit d'un passeport authentique. Prends ton stylo à bille, encre bleue, dans la poche avant de ta chemise, et relèves sur ton carnet l'identité complète de cette femme.

— Merci bien, Rosa-Maria, à bientôt… peut-être ! dis-tu en lui tendant son passeport.

Dom se redresse à son tour et d'une main soulève le rideau, observe par la fenêtre.

— Super nuit ! dit-il en laissant retomber le voilage.

Rosa-Maria se retourne, s'assoit sur le bord du lit, se lève et fait un pas, se colle à toi. Alors te jette un regard braisé, cherche à t'embrasser. Tu tends la joue. Pas question de laisser traîner tes lèvres.

— Bien ! salut, dis-tu en la repoussant gentiment.

Elle t'observe en souriant, jette un coup d'œil à ton ami, lui lance un baiser.

— Salut, mes chéris, passez me voir, dit-elle en se laissant tomber sur le lit.

Tu la regardes une fois encore et sors de l'appartement. Sur le pas de la porte, te retournes et vois ce corps, sculptural, allongé de tout son long. Rosa-Maria secoue son pied droit. Sans un bruit, la chaussure, cuir violet, tombe sur la moquette.

Tu refermes la porte et t'engages dans les escaliers. Dom te suit sans un mot.

Patrouille. Frime. L'heure suivante, la Centrale t'envoie pour une dispute conjugale. Monsieur a la main lourde... Madame lui donne une seconde chance. Puis tu interviens pour un dégât matériel impliquant une voiture et une moto, le motard n'est qu'éraflé... Constat à l'amiable. Mais encore tu traverses le quartier pour écouter un restaurateur érythréen, énervé par la marmaille qui lance des graviers sur la devanture de son établissement. Pied aux fesses pour les gamins, les parents ne s'en plaignent pas. Enfin, tu vas voir un client qui s'estime escroqué par le patron d'un restaurant thaïlandais qui, par mégarde, a confondu l'addition de la table 9 avec la 12. Tout s'arrange devant un verre de liqueur de mangue.

Vingt-deux heures trente. Dom suggère de rentrer au commissariat, car il doit encore préparer le repas. Il est vrai que l'équipe apprécie de s'installer à table avant minuit ; on ne sait jamais comment se déroulera la seconde moitié de la nuit.

C'est encore une fois la frime entre les bâtiments, petits signes de la main destinés aux filles qui commencent à bien sentir le froid. Dom gare le véhicule sur les cases réservées à la police. Casquettes, gilets pare-balles, lampes de poche et matraques restent dans le véhicule. Prêts à l'emploi en cas d'urgence.

L'avant-poste est calme. Les plaignants, clients, touristes et trognes à goutte, mais aussi les hommes et femmes d'affaires sont probablement dans les restaurants, bars et troquets du quartier. L'ambiance chauffe aux alentours de deux heures du matin, à la fermeture des établissements.

Tu retires ton blouson et déposes ton talkie-walkie sur un bureau. Dom se défait de son attirail et enfile sa tenue de cuisinier. Un tablier blanc, passé par-dessus la chemise de police ; manches relevées. Dom rejoint la kitchenette.

Tu traverses les locaux. Silence. Ton chef derrière un écran s'amuse à un jeu de cartes électroniques. Le stagiaire assure l'avant-poste, trie différents dossiers derrière le comptoir. Pat et Gégé sont encore à l'extérieur. Tu t'approches de ta corbeille à courrier. Prends le tas de documents, t'assois à un bureau et consultes les affaires en cours.

Tu entends l'avertisseur de la porte d'entrée sonner à plusieurs reprises. Trois, quatre ou cinq minutes passent avant que le stagiaire ne se décide à demander de l'aide. Tu te lèves et te rends auprès de lui. Une femme d'une quarantaine d'années, talons joints, épaules droites, attend. Ne dis rien. Tu comprends qu'elle est inquiète, triste, timide et impressionnée. Un couple discute avec ton jeune collègue.

— Bonsoir, madame.

— Bonsoir, je souhaite porter plainte contre... contre mon mari, dit-elle à voix basse.

La dame avale plusieurs fois sa salive. Te fixe, regard noisette. Au même instant, Pat pousse vigoureusement la porte d'entrée tandis que Gégé maintient fermement une ivrogne qui hurle à tue-tête. Tu écartes la dame afin qu'elle ne soit pas importunée, et tes collègues filent avec leur colis. Tu fais un petit signe de tête à la plaignante pour qu'elle te suive. Te rends vers un bureau inoccupé, repousses la porte vitrée derrière toi et lui proposes de s'asseoir.

Madame jette de rapides coups d'œil autour d'elle. Sursaute en entendant l'ivrogne hurler des insanités depuis le violon.

— Ben... voilà, commence-t-elle.

Elle explique sa rencontre, il y plus de quinze ans, avec l'homme qui aujourd'hui la cogne. Tout y passe. Le mariage, les invités, et la belle-mère qui déjà à l'époque avait pleuré à l'idée que son fils se marie. L'ambiance a été chaude. Tu as droit à toute l'histoire. Ne retiens pas le nom des oncles et des tantes. Un boucan d'enfer parvient du violon. Madame sursaute. Se reprend.

— Allez-y ! dis-tu en lui souriant. Ne vous inquiétez pas !

Elle livre ses secrets d'alcôve. Les week-ends en famille et les engueulades infernales, les brimades continuelles. Elle et son mari ont pris des routes qui divergent. En l'écoutant, tu te dis qu'une fois encore tu es témoin d'une vie, déroulée devant toi, en quelques minutes, au coin de ce bureau en formica abîmé. « Elle a de beaux yeux », te dis-tu. Ton regard glisse sur le corps. Col roulé, pull noir, serré contre le buste. Formes voluptueuses. Elle a du charme. Toutefois, les épaules affaissées, la pâleur du visage, les cernes et les regards craintifs annihilent la flamme. Femme blessée.

Monsieur a tous les maux. Le prince charmant s'est révélé être une tique. Suceur de sang. Ces derniers temps, les disputes se sont rapprochées et les coups ont suivi. Les enfants pleurent et tout rentre dans l'ordre... jusqu'à la prochaine fois. Un jour, cette prochaine fois devient quotidienne. C'est sans parler du nombre de fois où elle a dû écarter les jambes ou présenter sa croupe. Devoir conjugal. Aujourd'hui, madame décide de déposer une plainte. « J'irais bien foutre mon poing sur la gueule de son mari », penses-tu en prenant la déposition.

— Vous avez un certificat médical ?

— Oui.

Elle te tend le document. Sursaute. Bruit et gueulées depuis le violon.

— Bien, le juge en aura besoin.

Elle semble hésiter quelques instants.

— Pouvez-vous me dire ce qui va se passer ?

Tu plantes tes yeux dans les siens.

— Ouais, j'ai pris votre déposition, vous signez en bas de la page et je vais chercher votre mari, pour l'entendre.

Madame fronce les sourcils. Visiblement anxieuse.

— Pour l'entendre ?

— Oui, pour l'entendre, répètes-tu. Il va certainement me

donner une autre version des faits. Mais avec votre certificat vous pouvez me croire : il est fait.

— Il est fait, il est fait… marmonne-t-elle.

Tu sens l'affaire glisser.

— Oui, madame, vous confirmez votre plainte ? On est d'accord ?

Elle réfléchit. Le temps s'écoule. Madame sursaute. L'ivrogne cogne contre la porte métallique de sa cellule.

— Laissez ! c'est une habitude pour nous autres.

Elle se reprend.

— Je suis d'accord, mais qu'est-ce qui va arriver à mon mari ?

Tu te recules, poses ton stylo. Prends ton souffle avant de lui répondre.

— J'vous l'ai dit, je vais le chercher, je l'entends et il sera déféré devant un juge.

Madame se frotte le menton.

— Il risque quoi ?

— Pour les coups… il passe dedans.

Les yeux dans le vague, elle semble regarder par-dessus ton épaule. Réfléchit.

— Passe dedans, passe dedans, bafouille-t-elle entre ses dents.

Tu l'observes. Tapotes à plusieurs reprises sur le bureau.

— Oui, il passe dedans. Le mérite largement, madame.

— Mais je veux juste lui faire peur et utiliser la plainte pour le divorce, dit-elle doucement.

— Je ne décide pas, madame, le juge prend l'affaire en main, et généralement pour les coups et les blessures, le type passe dedans. Oh, pas longtemps, je vous rassure, mais passe quand même dedans.

Madame réfléchit encore. Tu t'attends à la réponse. Depuis plus de dix ans tu entends les mêmes rengaines.

— Attendez ! je retire ma plainte, je ne veux pas que le père de mes enfants aille en prison. De toute façon, dites-moi ce qui se passera quand il en sortira ?

D'une pression du doigt tu effaces le document. Écran noir. Les coups restent, les blessures avec.

— Ben voyons ! Préférez qu'il cogne ?

Tu t'en veux immédiatement d'avoir employé ce ton. Te reprends.

— Excusez-moi, mais nous n'intervenons que sur plainte, madame. Vous comprenez ?

Tu sens son amertume. Mais rien n'y fait.

— Laissez, je dois réfléchir, dit-elle avant de prendre ses affaires et de se lever.

— Attendez ! dis-tu en ouvrant le tiroir à ta droite. Tenez ! ajoutes-tu en tendant un document, papier glacé. Si jamais... c'est le nom d'une association qui s'occupe des femmes en détresse et battues.

Madame te remercie et glisse l'imprimé dans son sac à main.

Tu te lèves à ton tour et la raccompagnes. À l'avant-poste, pousses les portes battantes, fais quelques pas et ouvres la porte d'entrée. Le regard fuyant, madame te salue timidement. Tu l'observes qui file à toute allure, frôlant les murs, le sac à main collé contre la poitrine, sais qu'elle ne tardera pas à revenir ; dans quelque temps... dans quelques coups. Écœuré. Te dis qu'une fois encore une femme décide de cacher la vérité. « Malheureuse et loyale », te dis-tu. Tu n'es pas autorisé à dénoncer le comportement du mari. Secret professionnel. Liberté individuelle. On doit attendre que madame soit blessée, parfois mortellement, puis on peut condamner l'homme pour agression. Te dis que le mâle est aveugle. Il reste sourd aux pleurs des victimes, il s'en réjouit.

Tu inspires profondément, refermes la porte et regagnes le comptoir. Renifles des odeurs de cuisine, te dis que le repas est bientôt près. Ton ventre gargouille.

Le stagiaire est toujours en discussion avec le couple. Il s'agit d'une disparition, fugue du fiston. Tu interpelles un jeune homme, look jet-setteur, qui attend patiemment son tour. Costume trois-pièces anthracite, cravate rouge, chemise bleue; visage lisse et lunettes rondes; cheveux châtains, peignés et laqués. Il s'avance, se racle la gorge.

— Oui, voilà, on m'a embouti ma voiture et le responsable est parti sans laisser de mot, dit-il, visiblement agacé.

— Attendez, je vérifie si l'on a signalé quelque chose. Vous connaissez à peu près l'heure?

— Entre ce matin neuf heures et cette après-midi trois heures.

Tu tournes les pages de la main courante. Rien n'y est inscrit.

— Bien, asseyez-vous, je vais prendre une déposition.

Quelques minutes derrière l'écran et tu enregistres bientôt la plainte pour dommage à la propriété. Carrosserie flamboyante, pare-chocs chromés... et l'aile droite froissée. Le jeune homme est angoissé, se mordille les lèvres. Tu souris. Les dépositions ou les dénonciations sont bien souvent de petits événements sans importance. Cependant pour la personne lésée, l'affaire est ennuyeuse. «Je ne devrais pas l'oublier», penses-tu. Au fil du temps, pour le flic de quartier, les problèmes perdent de leur importance. Tout devient naturel. Les pires choses sont banalisées. Les plaignants s'énervent parfois devant ton aplomb, ton manque de réaction ou ton manque d'empathie. «Je ne sais plus m'étonner... vivement que je change d'air», te dis-tu. Tu te concentres sur l'écran. Termines la saisie des données et imprimes l'attestation de dépôt de plainte; la remets au jeune branché, costume trois-pièces. Il te remercie et quitte le commissariat.

— Monsieur! dit un type en toussotant.

— Oui.

— Je roulais sur l'autoroute et sans que je puisse faire quoi que ce soit, un renard s'est précipité devant ma voiture. J'ai dû l'éblouir avec mes phares. Le choc a été terrible. Mais j'ai heureusement gardé la maîtrise du véhicule et me suis arrêté sans délai.

— La voiture est bien endommagée ?

— Rien. Quelle chance ! Pas une éraflure. Je fais quoi de l'animal ?

— Laissez, mes collègues de l'autoroute s'en chargeront.

— J'l'ai dans ma voiture.

— Pardon ?

— Dans le coffre de ma voiture. J'l'ai pris, je ne voulais pas le laisser sur la chaussée.

— Pardon ! Vous avez ramassé l'animal ?

— Ouais.

— Mort ?

— Ouais, et je suis pressé, je vous le pose où ?

— Attendez, qu'est-ce que je vais faire de votre renard ? Il ne vous est pas venu à l'esprit qu'il pouvait être malade ?

— Non. Alors qu'est-ce que j'en fais ?

— Je n'en sais rien. Vous l'avez transporté jusqu'ici, en plein centre ville, alors que vous rouliez sur l'autoroute, à des kilomètres ?

— Ben... oui.

Tu crois rêver. Après les oiseaux blessés, les poules et les lapins perdus, les chats crevés, les chiens maltraités, après les cochons d'Inde, les fouines, les araignées exotiques et les serpents, voilà qu'un brave citoyen, bien intentionné, t'amène un renard mort. Tu te souviens de la fois où l'un de tes collègues avait recueilli un lapin blanc. Lapin certainement échappé d'un élevage. Homme du terroir, vieille famille paysanne, ton collègue s'en est bien volontiers occupé. Achevé dans la cuisine du commissariat, dépecé, évidé et mariné à la moutarde et au grain de poivre. La fête aurait pu être parfaite si une gamine de cinq ans n'était pas venue récupérer son lapin blanc. Accompagnée de papa, couettes blondes, grands yeux, pommettes roses, elle avait appris que quelqu'un avait retrouvé son lapin blanc. Il s'appelait Pan-pan, un vrai nom de lapin. Pan-pan marinait toujours dans la cuisine. Il n'aurait pas été correct de le lui remettre dans cet état. Une collecte a été effectuée au sein de l'équipe, et la gamine a retrouvé son Pan-pan… un Pan-pan.

Renard raide mort. Carcasse déposée sur le comptoir. Écœurement du stagiaire et du couple qui se sont arrêtés de parler.

— Voilà ! et merci, m'sieur l'agent.

— Attendez, j'ai besoin de votre identité. Les maladies… On ne sait jamais.

— Vous croyez que je risque quelque chose ?

— Je n'en sais rien, les renards transportent une quantité de saloperies.

Délibérément tu laisses ce pauvre type dans le doute. « Petit plaisir, vengeance bienvenue », te dis-tu en souriant. Le renard finit dans un sac poubelle. La relève le déposera aux abattoirs de la ville.

Tu jettes un coup d'œil en direction de ton jeune collègue, vois qu'il termine avec le couple. Cinq minutes, et l'avant-poste est à nouveau silencieux.

— À TABLE !

Tu te rends à la cuisine. Le chef est installé, une serviette blanche autour du cou. Un verre à pied devant lui.

— Excellent ! dit-il en désignant les deux bouteilles de vin Faustino I, 1986, offertes par Miro, restaurateur du quartier.

La table est recouverte d'une nappe en papier rouge, de six assiettes blanches et de couverts, chromés. Les deux bouteilles de vin sont entourées de cinq verres à pied en cristal. Deux grandes casseroles sont posées sur des chauffe-plats.

Tu t'assois. Pat et Gégé s'installent à leur tour. Pat se penche et soulève un des couvercles. De la fumée s'élève, un délicieux parfum se répand entre les hommes.

— Dis voir, Dom ! Ça sent fichtrement bon... qu'est-ce ?

— Émincé de poulet à la vigneronne, répond-il en sortant de la kitchenette.

Il s'approche de la table et s'installe à son tour.

— Et ?

— Quoi et ?

— Qu'est-ce qu'il y a comme sauce ?

— Ah ! là, mon ami !.... tu vas baver. L'émincé est baigné dans de la crème, de la marjolaine, du sel et du poivre. Un peu de maïzena et des cubes de bouillon de volaille. Mais ce sont les morceaux de foie qui relèvent le goût. Tu ajoutes du raisin... et c'est grandiose !

Tu souris. T'adosses confortablement contre le dossier de ta chaise et observes tes camarades. Tu connais leurs qualités, leurs défauts, leurs peurs et leurs amours. Gégé, parfois colérique, toujours sympa. Pat parfois grognon, toujours subtil. Dom parfois tête en l'air, toujours attentionné. Le chef qui se fout de tout, car il prend sa retraite dans quelques années. Le stagiaire, plein de fougue et d'illusions sur la société. Tu les regardes et sais par avance qu'ils te manqueront. Penses alors au document, signé, en trois exemplaires, et tu prends la décision de l'envoyer après le repas.

Le téléphone retentit à plusieurs reprises. Les interventions sont soigneusement inscrites. Rien d'urgent. Tu souhaites que ce repas ne se termine jamais. Instant d'éternité. Tu regardes

Pat, te souviens d'une intervention pour des coups de feu dans un immeuble. Des enfants jouaient avec des pétards. Pied aux fesses. Tu regardes Gégé, le vois se jeter dans une bagarre, mouliner vigoureusement. Tu regardes Dom, le vois assommer, à l'aide de son bâton, un solide gaillard qui t'avait saisi par surprise. Tu observes ton chef et le revois, endormi, les pieds sur le bureau. En regardant le stagiaire, tu te remémores son premier jour, quand, timide, il cherchait une place aux vestiaires pour y déposer son sac.

Petit à petit, les assiettes, les verres et les plats se vident. Tu déposes tes couverts en travers de l'assiette, déboutonnes ton pantalon, vois tes camarades faire de même. Seul le stagiaire, avec sa jeunesse et son ventre plat, semble ne pas être incommodé par les calories ingurgitées. Tu regardes ta montre. Une heure trente. Recules ta chaise, te lèves, te dégourdis les jambes et décides d'aller chercher ton fameux document.

Tu restes un instant debout, devant la pelle à courrier. Ne penses à rien. Tournes les pages et vérifies que chacune d'elles est bien signée. Hésites. Enfin te décides. Le glisses dans l'enveloppe d'expédition.

— On sort ? demande Dom en s'approchant de toi. Le chef, ajoute-t-il, s'occupe de débarrasser la table. J'ai bien envie de faire un tour dans le quartier… à pied.

— Voilà, j'arrive.

Dom sourit en voyant l'enveloppe que tu tiens dans la main. Tu regardes ton ami dans les yeux, y voit le respect qu'il a pour toi ; il semble te dire « Vas-y !… Vas-y, mon pote ! » Sans hésitation, tu glisses l'enveloppe dans la boîte COURRIERS CONFIDENTIELS.

— On y va, canaille… rue barbare !

Les casquettes, lampes de poche et matraques sont récupérées dans la 657, les gilets pare-balles sont laissés sur la banquette arrière. Les portières refermées, tu t'éloignes, mains dans les poches de ton pantalon. Dom te rejoint, marche à tes côtés.

Tu longes un bâtiment. Prends à gauche. Traverses une route fréquentée. Prends à droite. Tu débouches dans le secteur le plus vivant du quartier. Déambules. Les souteneurs, filous, petits escrocs et arnaqueurs en tout genre te saluent chaleureusement. Les trognes à goutte éructent quelques borborygmes attentionnés, les costauds te serrent vigoureusement la pogne et les filles te font une bise en te demandant comment vont tes gosses. Seuls les clients, anonymes, t'ignorent. Font mine de s'intéresser aux menus, affichés à l'extérieur des restaurants.

Le ciel est noir. Il fait bon. Le temps s'écoule. Tu prêtes attention d'une oreille à ce que raconte Dom, de l'autre aux bruits de la rue. Sons graves; sons aigus; tempo sauvage. Tu vois ce couple qui te file sous le nez. T'arrêtes. Te retournes. Cet homme et cette femme sont de dos. Il est plutôt grand, elle plutôt petite. Il est costaud, quoiqu'un peu gras, laisse apparaître une nuque épaisse. Cheveux courts, noirs qui ne cachent rien des larges branches des lunettes dont tu devines plutôt que tu ne vois les épais verres médicaux. La démarche chaloupée, il semble très peu sûr de lui. Les épaules paraissent étroites par rapport à ce corps trop large. Il porte un blouson court, râpé; un jeans bleu délavé qui laisse apparaître le bas du dos et la raie des fesses. Sur la poche arrière gauche, tissu usé, l'empreinte blanche d'un porte-monnaie.

Le couple, bras dessus bras dessous. Elle, courte sur des jambes épaisses, grassouillette, se colle à l'homme. Atteinte d'une malformation de la jambe droite que tu imagines de naissance, elle boite, semble se traîner. Femme blessée, corps entravé quotidiennement, elle s'accroche, lutte. Le couple détonne dans cet univers où le corps est un commerce. Ils s'aiment. Tu le sens... voilà tout! Plus petite, elle le regarde d'en bas. Plus grand, il la regarde d'en haut. Se sourient. Se serrent plus fortement encore. Il pleut. Ils s'aiment... sans aucun doute! Tu es pris d'une forte émotion. Ils s'éloignent. S'arrêtent devant une vitrine. Les mannequins de plastique sont revêtus de vêtements que ce couple ne portera jamais. Ils s'aiment. Tu le ressens comme un coup dans le ventre. Ravales tes larmes.

— C'est quelque chose, l'amour! soupires-tu.

Tu rejoins Dom qui discute avec Jean-Jacques, un collègue sapeur-pompier que tu n'as pas revu depuis un certain temps. Six mois qu'il est en arrêt maladie. Dépression.

— Tiens! Qui voilà? dis-tu en lui tapant sur l'épaule.

— Salut! répond-il en souriant timidement.

Sa voix a perdu le timbre joyeux que tu lui connaissais.

— Toujours pas mieux?

— Pas vraiment... non. Mais enfin!

Jean-Jacques a supporté le pire. L'humiliation par un officier peu scrupuleux qui lui avait interdit, sous prétexte que le service ne le permettait pas, de se rendre auprès de son frangin, mortellement blessé. Son frère et lui avaient grandi ensemble, fait les quatre cents coups, reçu les mêmes baisers et les mêmes taloches. Frangins à la vie à la mort. Les chemins se séparent et se rejoignent, les routes sont de terre ou de béton, toutefois les parcours se ressemblent. Des frangins qui deviennent des hommes, et c'est la vie... d'autres horizons. L'un parcourt le monde, découvre l'aventure dans les coins les plus reculés de la planète, et l'autre construit une famille et découvre l'aventure auprès d'une femme aimante qui lui offre deux filles. La mort guette. Le frangin tire sa révérence. Aujourd'hui Jean-Jacques est meurtri dans son âme et dans sa chair. Son frangin tatoué sur la peau.

Jean-Jacques te sourit, t'assure qu'il recommencera à bosser dans quelque temps. Peut-être. Tu le fixes dans les yeux, lui poses la main sur l'épaule, et ne dis rien. Il n'y a rien à dire. Jean-Jacques sourit et s'éloigne.

Secoué, tu reprends la patrouille pédestre. Passes devant le Zézou bar, ralentis. Perçois la musique. Hésites. Dom te fait signe d'avancer, te dit qu'il sera bien assez tôt quand il faudra intervenir, tout à l'heure. Tu passes devant le Marmara, bondé ; les kebabs sont très appréciés à ces heures-là ; à l'intérieur, tu ne vois que des hommes, cheveux foncés, moustaches foncées, et Nourredine en sueur derrière un énorme morceau de viande d'agneau compactée. Quelques pas et tu passes devant le Il Gabiano, restaurant italien. Francesco, certainement le meilleur pizzaiolo du quartier, te salue de derrière sa vitrine ; fait s'envoler un disque de pâte à pizza qu'il rattrape avec un doigt. Se marre.

Vingt mètres. T'schou, sous le portique de son établissement, te fait signe de venir siroter un verre. Tu refuses d'un hochement de tête. Trop tôt. Tu croises Alain, le menuisier du quartier qui, au mois de décembre, troque sa salopette bleue contre celle du Père Noël, enchante les gamins et tire des larmes aux vieux, aux vieilles, entre rêve et réalité. Alain t'étreint chaleureusement l'épaule en te glissant à l'oreille qu'il t'attend, un de ces jours, à son atelier, on y débouchera un Pinot Gris.

Encore quelques mètres et tu jettes un coup d'œil à travers la vitrine du Rendez-vous, bistrot et bal musette. Comptoir en bois, plancher en bois, tables et chaises en bois et murs en pierres taillées. Plafond voûté. À ces heures-ci, l'établissement est complet, des couples, des célibataires et Robert, dans le fond, qui mène le bal, accordéon en bandoulière. Un lustre et des dizaines de bougies illuminent la salle. Bernadette, la patronne, file entre les tables et fait des chiquenaudes aux mufles qui lui pincent les fesses. Bernadette hurle de rire... comme ses clients.

Tu relèves ton col et te remets en marche. Dom s'arrête à la hauteur du cabaret du Corse, dans lequel Rosa-Maria s'est distinguée cette après-midi.

— On y fait un tour... depuis le temps ! dit Dom en poussant la porte.

La porte métallique passée, c'est la pénombre et la musique disco. Sur chacune des tables, une lampe à abat-jour rouge. Du monde sur la piste de danse, des fauteuils sont occupés par deux ou trois bonshommes... et des filles de l'Est. Un couple est assis au bar, de dos. Le bras du type par-dessus les épaules d'une entraîneuse aux cheveux blonds, courts. Tu devines qu'elle a une peau blanche, lisse. En haut, elle n'est habillée que d'un soutien-gorge blanc. Au creux de ses reins, un tatouage noir attire le regard, un string dépasse de son pantalon, satin noir. Sur le comptoir, une bouteille de Laurent Perrier et deux verres. Le type se retourne, croise ton regard. Détourne la tête et glisse un mot à l'oreille de la fille. Sa main descend et caresse l'intérieur des cuisses.

Tu rejoins le coin du bar. Le Corse s'approche et donne l'accolade à Dom en lui souhaitant la bienvenue. Te serre énergiquement la main.

— Un verre ? propose-t-il.

— C'est pas de refus, répond Dom en s'asseyant sur un tabouret recouvert de velours rouge.

Tu acquiesces et poses les coudes sur le comptoir. Une fille s'approche sur ta droite. S'assoit. Tu la regardes et souris. Lui fais comprendre qu'elle peut aller s'occuper d'un autre client ; tu travailles et de toute façon tu ne lui payeras pas un verre. Le Corse lui fait signe de déguerpir.

Deux coupes sont servies. Tu tends la main, en saisis une et la choques contre celle de Dom, la portes à tes lèvres.

Comme tous les tenanciers, le Corse parle sans jamais regarder son interlocuteur dans les yeux, son regard court d'un client à l'autre, d'une fille à l'autre. Claquements de doigts et signes de la tête, tu vois l'une des entraîneuses abandonner la piste de danse pour s'approcher d'un client qui pousse la porte d'entrée. Le Corse te parle de ses ennuis avec le fisc et de la peine qu'il a pour recruter des professionnelles, et encore des derniers cancans du quartier. La coupe de champagne à la main, tu regardes les shows qui se succèdent sur l'estrade. Après s'être caressées et avoir simulé un orgasme, les filles descendent dans le public et se frottent à un père de famille au sourire béat. Ses copains s'écroulent de rire.

Deux heures, tu pousses la porte et te retrouves sur le trottoir. Dom est retenu par une ivrogne qui se plaint des abus de pouvoir commis par la police. Tu relèves ton col, entends une dispute au loin. Scrutes et vois deux gars robustes s'empoigner. Rien de bien méchant. Tu reconnais Gilles qui met un coup de boule à un grand blond, frisé, qui simultanément lui balance un crochet dans la mâchoire. Tous les deux se retrouvent assis cul par terre.

Tu penses alors aux hommes. Te dis que main dans la main, tout ce monde chemine sur les mêmes parcours, les mêmes crêtes. Ces chemins faits de rencontres et de séparations; ces sentiers, ces chemins de campagne, ces routes, ces autoroutes. À certains pèlerins, le parcours semble long, sinueux et périlleux, pour d'autres il est tout simplement romanesque. Il y a les hommes qui marchent en regardant en l'air, ceux qui regardent par terre, ceux qui regardent de côté et ceux qui ne regardent pas.

Inéluctablement, tout ce monde est poussé en avant, l'auberge n'est qu'une étape, et l'arrivée est une fois encore repoussée. Seul compte le chemin parcouru! Tu te dis que ces gens virevoltent. Virevoltent comme ces papillons de nuit attirés par une lampe halogène... et en meurent! Virevoltent pour mieux s'enfermer dans un quotidien rassurant, dans une raison de vivre; pour un bénéfice médiocre; pour une guimbarde démodée. Virevoltent pour des vacances confortables ou une retraite dorée. Ces hommes, ces femmes, toi, virevoltez en état d'urgence. Urgence de vivre. Urgence d'accomplir. Accomplir les tâches de citoyens honnêtes prêts à répondre présents aux sons du clairon. Urgence d'une épitaphe.

Un cri. Tu regardes autour de toi, te secoues et redresses les épaules, te mets en mouvements, fatigué. Tu passes devant le Palais Mascotte, cabaret fermé depuis plusieurs années, vitrines couvertes d'affiches.

Ces nuits de service n'en finissent jamais. Il te faut rechercher au plus profond de toi la motivation nécessaire pour intervenir. Un cri. Tu te figes. Sondes la pénombre. C'est la nuit noire. Elle est autre, et pourtant si semblable aux autres. Ce soir, tu comprends que ce sont les couleurs et les lumières, parfois à peines aperçues, qui sont le lien, immuable. Il y a ces éclairages, néons, halogènes, panneaux publicitaires et lampadaires; mobilier urbain sur fonds noirs, bâtiments noirs. Il y a les coloris, les nuances et les grains. Noire. Peau. Jaune. Peau. Blanche. Peau. Et les hommes!

Tu relèves le col de ton blouson. Menottes, matraque, arme de service. Vérifies le fonctionnement de la lampe de poche. Ampoule noire. Grillée.

— C'est bien du matériel de merde, dis-tu en lorgnant ce kleenex froissé, abandonné sur l'asphalte.

Tu fais quelques pas et aperçois un rat noir qui se faufile entre les détritus qui jonchent le sol. Une fois encore tu poses un regard songeur sur l'éclairage des lampadaires, jaunâtre, qui illumine les bâtiments alentours. Le flux ininterrompu des voitures dessine les ondulations d'un serpent. Il fait nuit. Il fait bon. Tu jettes un coup d'œil sur les enseignes des établissements publics qui répandent des lumières tantôt blanches, tantôt rouges, tantôt bleues, tantôt violettes. Union avec les ténèbres.

« Des lucioles... un bal de lucioles ! » penses-tu. Ton talkie-walkie accroché à ta ceinture de cuir grésille. Tu tends l'oreille : « L'appel est-il pour moi ? te demandes-tu. Non, pour un autre flic. »

Dom sort à son tour de chez le Corse. Te rejoint. Sourit, et pose sa main sur ton épaule.

— Dire que tu nous quittes, Patrick !

Achevé d'imprimer
en avril deux mille trois
sur les presses de l'Imprimerie Slatkine à Genève
pour le compte des Éditions Zoé
Composition pressEXpress, Genève